AO FAROL

Livros da autora publicados pela **L&PM** EDITORES:

A arte do romance
Ao farol
Flush
Mrs. Dalloway
Profissões para mulheres e outros artigos feministas

Leia na Coleção **L&PM** POCKET:

Virginia Woolf – Alexandra Lemasson (Série Biografias)

Virginia Woolf

AO FAROL

Tradução de Denise Bottmann

L&PM CLÁSSICOS MODERNOS

Texto de acordo com a nova ortografia.
Título original: *To the Lighthouse*

Tradução: Denise Bottmann
Capa: Ivan Pinheiro Machado. *Foto*: "Farol perfurando a noite tempestuosa". HadelProductions/iStock.com
Revisão: Lia Cremonese

CIP-Brasil. Catalogação na fonte
Sindicato Nacional dos Editores de Livros, RJ.

W862a

Woolf, Virginia, 1882-1941
Ao farol / Virginia Woolf; tradução Denise Bottmann. – Porto Alegre, RS: L&PM, 2018.
224 p. : 20 cm. (Coleção L&PM Clássicos Modernos)

Tradução de: *To the Lighthouse*
ISBN 978-85-254-3771-6

1. Romance inglês. I. Bottmann, Denise. II. Título.

13-03333 CDD: 823
CDU: 821.111-3

Rua Comendador Coruja, 314, loja 9 – Floresta – 90.220-180
Porto Alegre – RS – Brasil / Fone: 51.3225.5777

PEDIDOS & DEPTO. COMERCIAL: vendas@lpm.com.br
FALE CONOSCO: info@lpm.com.br
www.lpm.com.br

Impresso no Brasil
Inverno de 2018

PARTE UM

A janela

I

— Sim, claro, se amanhã estiver bom – disse a sra. Ramsay. – Mas você vai ter de levantar com os passarinhos – acrescentou ela.

Para seu filho essas palavras transmitiram uma alegria extraordinária, como se estivesse assente, a excursão estivesse destinada a acontecer, e o prodígio que ele tanto esperara, parecia que por anos a fio, estava, depois de uma noite de escuridão e um dia de travessia, logo ali. Como, mesmo aos seis anos de idade, ele pertencia àquele grande clã que não consegue separar um sentimento do outro, mas precisa deixar que as perspectivas futuras, com suas alegrias e tristezas, anuviem o que está realmente próximo, como para tais pessoas mesmo na mais tenra infância qualquer girada na roda das sensações tem o poder de cristalizar e imobilizar o momento sobre o qual pousa sua sombra ou seu esplendor, James Ramsay, sentado no chão recortando figuras do catálogo ilustrado dos Armazéns do Exército e da Marinha, dotou a figura de um refrigerador, enquanto a mãe falava, de uma felicidade celestial. Ficou orlada de alegria. O carrinho de mão, o cortador de grama, o som dos choupos, folhas se esbranquiçando antes da chuva, gralhas grasnando, vassouras batendo, roupas farfalhando – tudo isso era tão colorido e nítido em seu espírito que ele já tinha seu código pessoal, sua linguagem secreta, embora parecesse a própria imagem da severidade dura e inflexível, com sua testa alta e os olhos azuis intensos, imaculadamente cândidos e puros, franzindo-se de leve à vista da fraqueza humana, a tal ponto que sua mãe, observando-o a guiar a tesoura com capricho em volta do refrigerador, imaginou-o de vermelho e arminho no tribunal ou comandando um empreendimento grave e importante em alguma crise dos assuntos públicos.

– Mas – disse seu pai, parando diante da janela da sala de visitas – não vai estar bom.

Tivesse um machado fácil, um espeto ou qualquer arma que abrisse um buraco no peito do pai e o matasse, ali na hora, James o pegaria. Tais eram os extremos de emoção que o sr. Ramsay despertava no peito dos filhos com sua mera presença; de pé, como agora, fino feito uma faca, estreito feito uma lâmina, com um largo sorriso sarcástico, não só pelo prazer de desiludir o filho e lançar ridículo na esposa, que era dez mil vezes melhor do que ele em todos os aspectos (pensava James), mas também por alguma secreta vaidade pelo acerto de seu juízo. O que ele dizia era verdade. Era sempre verdade. Ele era incapaz de inverdades; nunca falseava um fato; nunca alterava uma palavra desagradável para atender ao prazer ou à conveniência de qualquer mortal, e muito menos dos próprios filhos, os quais, nascidos de sua carne, deviam aprender desde a infância que a vida é difícil, os fatos inflexíveis, e que a jornada até aquela terra fabulosa onde nossas mais vivas esperanças se extinguem, nossas frágeis embarcações soçobram nas trevas (aqui o sr. Ramsay aprumava as costas e estreitava os olhos azuis miúdos postos no horizonte), exige, acima de tudo, coragem, verdade e a força de resistir.

– Mas pode estar bom; acho que vai estar bom – disse a sra. Ramsay, dando uma torcidela na meia marrom avermelhada que estava tricotando, impaciente. Se terminasse hoje à noite, se afinal fossem mesmo ao Farol, era para dá-la ao encarregado do Farol, para seu menino que estava com ameaça de uma tuberculose no quadril, junto com uma pilha de revistas velhas e algum tabaco, na verdade qualquer coisa que encontrasse por ali, não realmente necessária, mas apenas entulhando a sala, para dar àqueles coitados que deviam sentir um tédio mortal sentados o dia inteiro, sem nada para fazer a não ser limpar a lanterna ajeitar a mecha e rastelar aquele pedacinho de jardim, algo para entretê-los. Pois como vocês se sentiriam se ficassem trancafiadas durante um mês inteiro direto, e talvez ainda mais em tempo ruim, em cima de uma pedra do tamanho de um campo de tênis?, perguntava ela; sem ter cartas nem jornais, sem ver ninguém; se fosse casado, sem ver a mulher, sem saber como iam os filhos – se estavam doentes, se tinham caído e quebrado um braço ou uma perna; ficar vendo as mesmas ondas monótonas batendo semana após semana, e aí vir uma tempestade pavorosa, as janelas cobertas de respingos, as aves atiradas contra a lanterna, o lugar todo balançando e não poderem pôr o nariz fora de casa de medo de serem varridas para o mar? Como vocês se sentiriam?, perguntava, dirigindo-se às filhas em especial. Então acrescentava, num tom bem diferente, devia-se levar a eles o que fosse possível para distraí-los.

– Vem do oeste – disse Tansley, o ateísta, com os dedos descarnados abertos para que o vento soprasse entre eles, pois estava acompanhando o sr. Ramsay na caminhada do final de tarde pelo terraço, de cá para lá, de lá para cá. Quer dizer, o vento soprava da pior direção possível para ir ao Farol. Sim, ele dizia mesmo coisas desagradáveis, admitiu a sra. Ramsay; era muito antipático da parte dele repisar isso e deixar James ainda mais desapontado; mas ao mesmo tempo não admitiria que rissem dele. "O ateu", diziam; "o ateuzinho". Rose zombava dele; Prue zombava dele; Andrew, Jasper, Roger zombavam dele; até o velho Badger totalmente desdentado lhe dera uma mordida, por ser (como Nancy disse) o centésimo décimo rapaz a vir atrás deles até as Hébridas, sendo que era muito mais agradável ficarem sozinhos.

– Bobagem – disse a sra. Ramsay muito severa.

Tirando o hábito de exagerar que puxaram dela, e tirando a consequência (que era verdade) de que ela convidava gente demais para vir e tinha de alojar alguns hóspedes no povoado, não admitiria falta de educação com seus convidados, em especial os rapazes, que eram pobres feito ratos de igreja, "excepcionalmente capazes", dizia o marido, seus grandes admiradores, e tinham vindo passar uns dias de férias. De fato, ela tomava todo o outro sexo sob sua proteção; por razões que não sabia explicar, pelo cavalheirismo e bravura, pelo fato de negociarem tratados, governarem a Índia, controlarem as finanças; além disso, por uma atitude deles em relação a ela que nenhuma mulher deixaria de sentir ou achar agradável, uma espécie de confiança, de puerilidade e respeito que uma mulher de idade podia aceitar de um rapaz sem perder a dignidade e pobre da moça – rogava aos Céus que não fosse nenhuma de suas filhas! – que não sentisse o valor disso, e tudo o que significava, até a medula dos ossos!

Virou-se severa para Nancy. Ele não tinha vindo atrás, disse. Tinha sido convidado.

Precisavam encontrar uma saída. Devia existir alguma maneira mais simples, alguma maneira menos trabalhosa, suspirou ela. Quando se olhou no espelho e viu o cabelo grisalho, o rosto encovado, aos cinquenta anos, pensou, talvez pudesse ter cuidado melhor das coisas – do marido; do dinheiro; dos livros dele. Mas, de sua parte, nunca, sequer por um instante, iria lamentar sua decisão, nem se esquivar às dificuldades ou descuidar das obrigações. Agora sua figura causava impressão, e foi apenas em silêncio, erguendo os olhos de seus pratos, depois de ter falado com tanta severidade sobre Charles Tansley, que suas filhas, Prue, Nancy, Rose, puderam se entreter com as ímpias ideias de uma vida diferente da dela, que concebiam para si mesmas; em Paris, talvez; uma vida mais agitada; sem ficar cuidando o tempo inteiro de algum homem; pois todas elas questionavam mentalmente, em silêncio, a deferência e o cavalheirismo, o Banco da Inglaterra e o Império indiano, as rendas e anéis nos dedos, embora todas também enxergassem aí algo da essência da beleza, que evocava brio e virilidade em seus corações de mocinhas e fazia com que, sentadas à mesa sob os olhos da mãe, respeitassem sua estranha severidade, sua extrema cortesia, como uma rainha que erguesse da lama e lavasse os pés sujos de um mendigo, ao repreendê-las tão severamente por causa daquele ateísta miserável que tinha vindo atrás deles – ou, mais precisamente, tinha sido convidado a ficar com eles – na Ilha de Skye.

– Não terá como chegar ao Farol amanhã – disse Charles Tansley, dando uma palmada ruidosa junto à janela ao lado de seu marido. Sem dúvida, já falara demais. Ela queria que a deixassem em paz com James e continuassem a conversar. Fitou-o. Era um sujeito lastimável, diziam os filhos, cheio de falhas e defeitos. Não sabia jogar críquete; vivia se intrometendo; era desajeitado. Um grosseirão sarcástico, dizia Andrew. Sabiam o que mais lhe agradava – ficar eternamente andando de cá para lá, de lá para cá com o sr. Ramsay e falando quem tinha ganhado isso, quem tinha ganhado aquilo, quem era "excelente" em versos latinos, quem era "brilhante mas creio que essencialmente inseguro", quem era sem dúvida nenhuma o "sujeito mais capaz em Balliol", quem havia se enterrado temporariamente em Bristol ou Bedford, mas que fatalmente se tornaria conhecido quando seus Prolegômenos a algum ramo da matemática ou da filosofia, de cujas páginas iniciais o sr. Tansley trouxera as provas caso o sr. Ramsay quisesse ver, viessem à luz. Era disso que falavam.

Às vezes ela não conseguia conter o riso. Outro dia comentou alguma coisa sobre "as ondas da altura de uma montanha". Sim, disse Charles Tansley, estavam um pouco agitadas. "Não está encharcado até os ossos?", perguntara. "Só úmido, não chegou a molhar", respondeu o sr. Tansley, apertando a manga, apalpando as meias.

Mas não era isso que incomodava, diziam os filhos. Não era o rosto dele; não eram suas maneiras. Era ele – seu ponto de vista. Quando falavam de alguma coisa interessante, de gente, música, história, qualquer coisa, mesmo quando diziam que noite agradável, vamos sentar lá fora, o que incomodava em Charles Tansley era que, enquanto não desse uma volta toda na coisa e ela passasse de certa forma a realçá-lo e a desvalorizar os outros, enquanto não deixasse todos de certa forma nervosos com seu jeito cáustico de despir e esmiuçar tudo, não se dava por satisfeito. E ia a galerias de pintura, diziam, e perguntava se gostavam de sua gravata. Oh céus, dizia Rose, não havia como gostar.

Escapando da mesa furtivos como cervos tão logo terminava a refeição, os oito filhos e filhas do sr. e da sra. Ramsay partiam em busca de seus quartos, suas fortalezas numa casa onde não havia nenhum outro reduto onde pudessem conversar sobre tudo, sobre qualquer coisa, a gravata de Tansley, a aprovação do projeto de reforma, aves marinhas e borboletas, pessoas; enquanto o sol se despejava naqueles quartos do sótão, separados entre si apenas por um tabique de forma que se ouvia distintamente qualquer passo que se desse e os soluços da moça suíça por causa do pai que estava morrendo de câncer num vale dos Grisões; e iluminava tacos, calças de flanela, chapéus de palha, tinteiros, potinhos de tinta, besouros e crânios de passarinhos, enquanto extraía das algas em longas tiras crespas penduradas na parede um cheiro de sal e maresia, que também havia nas toalhas, ásperas de areia da praia.

Brigas, divergências, diferenças de opinião, preconceitos entretecidos na própria fibra do ser, oh, por que tinham de começar tão cedo, lamentava a sra. Ramsay. Eram tão críticos, seus filhos. Falavam tanta bobagem. Saiu da sala de jantar com James pela mão, pois ele não ia com os outros. Parecia-lhe uma bobagem tão grande – inventar diferenças quando, bem sabem os céus, as pessoas já eram bastante diferentes sem isso. As verdadeiras diferenças, pensou junto à janela da sala de estar, já são suficientes, mais do que suficientes. No momento ela pensava em ricos e pobres, classes altas e baixas, os bem-nascidos recebendo de sua parte, um tanto relutante, algum respeito, pois afinal não lhe corria nas veias o sangue daquela casa italiana muito nobre, embora ligeiramente mítica, cujas filhas, espalhadas por salões ingleses no século XIX, haviam ciciado com tanto encanto, haviam esbravejado com tanta energia? e toda a sua verve, sua atitude e temperamento provinham delas, e não das inglesas indolentes nem das escocesas indiferentes; mas, mais profundamente, ruminava o outro problema, o dos ricos e pobres, e as coisas que via com os próprios olhos, todas as semanas, todos os dias, aqui ou em Londres, quando ia visitar alguma viúva ou alguma esposa batalhadora com uma sacola no braço, lápis e caderninho onde registrava em colunas cuidadosamente traçadas para essa finalidade as receitas e as despesas, o emprego e o desemprego, na esperança de que assim deixaria de ser uma dona de casa cuja caridade servia em parte para aplacar a própria indignação, em parte para satisfazer a própria curiosidade, e se tornaria aquilo que com seu intelecto despreparado tanto admirava, uma pesquisadora, elucidando os problemas sociais.

Eram insolúveis aquelas questões, parecia-lhe ali parada, com James pela mão. Ele a seguira até a sala, aquele rapaz que era motivo de risos; estava de pé junto à mesa, brincando com alguma coisa entre os dedos, desajeitado, sentindo-se deslocado, como ela sabia sem precisar olhar. Todos tinham saído – os filhos, Minta Doyle e Paul Rayley, Augustus Carmichael, o marido – todos tinham saído. Então ela se virou com um suspiro e disse:

– Incomoda-se em me acompanhar, sr. Tansley?

Tinha um pequeno compromisso na cidade; precisava escrever uma ou duas cartas; levaria talvez uns dez minutos; ia pôr o chapéu. E, com a cesta e a sombrinha, ali estava ela de novo, dez minutos depois, dando uma sensação de estar pronta, de estar equipada para uma excursão, a qual, porém, teve de interromper por um momento, quando passaram pelo gramado, para perguntar ao sr. Carmichael, que lagarteava ao sol com seus olhos amarelos de gato semicerrados, e assim como os de um gato pareciam refletir os ramos se movendo ou as nuvens passando mas sem dar nenhum sinal de qualquer pensamento ou emoção interior, se precisava de alguma coisa.

Pois estavam saindo na grande expedição, disse rindo. Estavam indo ao povoado.

– Selos, papel de carta, tabaco? – sugeriu, parando a seu lado.

Mas não, ele não precisava de nada. Cruzou as mãos sobre a barriga volumosa, piscou os olhos, como se quisesse responder gentilmente a tais atenções (ela era sedutora, mas um pouco nervosa) mas não conseguisse, mergulhado como estava numa sonolência verde-acinzentada que envolvia todos eles, sem necessidade de palavras, numa vasta e afetuosa letargia de benevolência; toda a casa; todo o mundo; todas as pessoas no mundo, pois durante o almoço ele havia pingado no copo algumas gotas de alguma coisa, as quais eram responsáveis, pensavam os filhos, pelo vívido traço amarelo-canário no bigode e na barba que afora isso eram da cor do leite. Não precisava de nada, murmurou ele.

Teria dado um grande filósofo, disse a sra. Ramsay, enquanto desciam o caminho até a vila de pescadores, mas tinha feito um casamento infeliz. Segurando a sombrinha preta a prumo e andando com um indescritível ar de expectativa, como se fosse encontrar alguém virando a esquina, ela contou a história; um caso em Oxford com alguma moça; um casamento precoce; a pobreza; acabou indo para a Índia; esteve fazendo a tradução “muito bonita, creio eu” de algumas poesias, andou querendo ensinar persa ou hindustani aos meninos, mas de fato para que serviria? – e então agora ficava ali, como viram, no gramado.

Aquilo o lisonjeou; desfeiteado como fora, ficou contente que a sra. Ramsay lhe contasse o caso. Charles Tansley reviveu. Ao insinuar, tal como insinuara a grandeza do intelecto masculino mesmo em declínio, a subordinação de todas as esposas – não que culpasse a moça, e o casamento tinha sido bastante feliz, acreditava ela – ao trabalho dos maridos, ela o fez se sentir mais satisfeito do que nunca consigo mesmo, e bem que gostaria, se tivessem pegado um táxi, por exemplo, de pagar a corrida. Podia levar sua sacolinha? Não, não, respondeu, *esta* ela sempre levava pessoalmente. Ela também era assim. Ele o sentia. Sentia muitas coisas, uma coisa em particular que o alvoroçava e perturbava por razões que não saberia explicar. Gostaria que ela o visse, de beca e capelo, andando numa procissão. Uma docência, uma cátedra, ele se sentia capaz de qualquer coisa e se via – mas o que ela estava olhando? Um homem colando um cartaz. A enorme folha pendente se estendia, e a cada movimento da brocha revelavam-se novas pernas, argolas, cavalos, azuis e vermelhos resplandecentes, lindamente lustrosos, até que metade do muro ficou forrada com o anúncio de um circo; cem cavaleiros, vinte animais amestrados, focas, leões, tigres... Esticando o pescoço, pois era míope, ela leu em voz alta ... “visitarão esta cidade”, leu ela. Era um trabalho muito arriscado para um homem com um braço só, exclamou, ficar no alto de uma escada assim – ele tinha perdido o braço esquerdo decepado por uma colheitadeira dois anos antes.

– Vamos todos! – exclamou seguindo em frente, como se cheia de um entusiasmo infantil com todos aqueles cavalos e cavaleiros tivesse se esquecido da piedade.

– Vamos – disse ele, porém repetindo as palavras com tanto acanhamento que ela estranhou. – Vamos todos ao circo.

Não. Ele não conseguia dizer direito. Não conseguia sentir direito. Mas por que não?, perguntou-se ela. O que havia de errado com ele, então? Sentiu no momento um grande afeto por ele. Não os levavam ao circo, perguntou, quando eram crianças?

Nunca, respondeu, como se ela perguntasse exatamente aquilo a que queria responder; como se tivesse passado aqueles dias todos querendo contar que não iam ao circo. Era uma família grande, nove irmãos e irmãs, e o pai trabalhava.

– Meu pai é químico, sra. Ramsay. Tem uma botica.

Ele se sustentava sozinho desde os treze anos. Muitas vezes saía no inverno sem casacão. Nunca podia "retribuir a hospitalidade" (tais as palavras formais e empoladas que usava) na faculdade. Tinha de fazer as coisas durarem o dobro do que duravam para os outros; fumava o tabaco mais barato: fumo picado, o mesmo que os velhos fumavam nos cais. Trabalhava muito – sete horas por dia; seu tema agora era a influência de alguma coisa sobre alguém – continuavam a andar e a sra. Ramsay não captava bem o sentido, só as palavras, aqui e ali... dissertação... bolsa de estudos... assistente... catedrático. Não conseguia acompanhar o jargão feio da academia, que estralejava sozinho com tanta facilidade, mas disse a si mesma que agora entendia por que ir ao circo o desconcertara tanto, pobre rapaz, e por que ele se saíra imediatamente com aquela história toda sobre o pai, a mãe, os irmãos, as irmãs, e ela ia providenciar que não rissem mais dele; contaria aquilo a Prue. O que ele gostaria, imaginou ela, seria dizer que tinha ido assistir a Ibsen com os Ramsay. Era um presunçoso terrível – ah sim, um chato de galochas. Pois, embora já tivessem chegado à vila e estivessem na rua principal, com carroças rangendo no calçamento da rua, ele ainda continuava a falar, de fundações, de dar aulas, dos trabalhadores, de ajudar nossa classe, de conferências, até que ela concluiu que ele havia recobrado toda a autoconfiança, tinha se recuperado do circo e estava prestes (e agora ela voltou a gostar muito dele) a lhe contar – mas então, desaparecendo as casas de ambos os lados, chegaram ao cais onde a baía inteira se abriu diante deles e a sra. Ramsay não conseguiu conter a exclamação:

– Oh, que lindo!

Pois o grande prato de água azul estava diante de si; o Farol branco, distante, austero, no centro; à direita, até onde alcançava o olhar, esbatendo-se e diminuindo, num plissado baixo e suave, as dunas verdes cobertas de capins ondulantes, que pareciam correr e desaparecer em alguma paisagem lunar, desabitada de humanos.

Esta era a paisagem, disse ela, parando, os olhos cinzentos se acinzentando ainda mais, que seu marido amava.

Parou por um momento. Mas agora, disse, haviam chegado os artistas. De fato, a poucos passos adiante estava um deles, com um panamá e botas amarelas, sério, sereno, absorto, embora o observassem uns dez meninos, com um ar de profundo contentamento no rosto redondo e corado, fitando e então, depois de fitar, mergulhando, embebendo a ponta do pincel em algum montículo macio de verde ou rosa. Desde que o sr. Paunceforte chegara ali, três anos antes, todos os quadros eram assim, disse ela, verdes e cinzentos, com veleiros cor de limão e mulheres cor de rosa na praia.

Mas os amigos de sua avó, disse ela com um discreto olhar de relance ao passarem, tinham o maior trabalho; primeiro misturavam as próprias cores, depois maceravam e então cobriam com pano úmido para não ressecar.

Então supunha o sr. Tansley queria ela que ele visse que o quadro daquele homem estava atamancado, era assim que se dizia? As cores não eram firmes? Era assim que se dizia? Sob a influência daquela emoção extraordinária que viera crescendo durante todo o passeio, começara no jardim quando quis levar sua sacola, aumentara no povoado quando quis lhe contar tudo sobre si, estava passando a ver a si mesmo e a tudo o que sempre conhecera como se estivessem um pouco deformados. Era tremendamente estranho.

Lá ficou ele na saleta da casinha modesta aonde ela o levara, esperando, enquanto ela subia por um momento para ver uma mulher. Ouviu seus passos rápidos no andar de cima; ouviu sua voz animada, e depois baixa; olhou as toalhinhas, as latas de chá, os abajures de vidro; esperava com grande impaciência; estava ansioso pela caminhada de volta; decidido a lhe levar a sacola; então ouviu que ela saía, fechava uma porta, dizia que as janelas deviam ficar abertas e as portas fechadas, que pedisse às pessoas de casa qualquer coisa de que precisasse (devia estar falando com uma criança), até que, de súbito, apareceu, ficou em silêncio por um momento (como se lá em cima estivesse representando e agora fosse ela mesma por um momento), ficou totalmente imóvel por um momento na frente de um quadro da rainha Vitória usando a faixa azul da Jarreteira; e de repente ele entendeu o que era isso: era isso – ela era a pessoa mais bela que ele tinha visto na vida.

Com estrelas nos olhos e véus nos cabelos, com ciclamens e violetas silvestres – que bobagem lhe passava pela cabeça? Ela tinha cinquenta anos no mínimo; tinha oito filhos. Atravessando campos em flor e lhe levando ao regaço botões que se haviam rompido e cordeiros que haviam caído; com as estrelas nos olhos e o vento nos cabelos – Ele lhe tomou a sacola.

– Até logo, Elsie – disse ela e subiram a rua, ela segurando a sombrinha a prumo e andando como se esperasse encontrar alguém virando a esquina, enquanto pela primeira vez na vida Charles Tansley sentia um orgulho extraordinário; um homem cavando um dreno parou de cavar e olhou para ela, deixou pender o braço e olhou para ela; Charles Tansley sentia um orgulho extraordinário; sentia o vento, os ciclamens e as violetas pois estava andando com uma bela mulher pela primeira vez na vida. Tomara-lhe a sacola.

II

— Nada de Farol, James – disse ele, de pé junto à janela, falando de modo inconveniente, mas tentando por respeito à sra. Ramsay abrandar a voz com pelo menos uma aparência de simpatia.

Sujeitinho antipático, pensou a sra. Ramsay, por que continua dizendo isso?

III

— Talvez você acorde e veja o sol brilhando e os passarinhos cantando – disse ela compadecida, afagando o cabelo do menino, pois seu marido, com sua frase cáustica de que não estaria bom, lhe abatera o ânimo e isso ela podia ver. A ida ao Farol era uma paixão dele, via ela, e então, como se não bastasse o que seu marido havia dito, com sua frase cáustica de que amanhã não estaria bom, esse sujeitinho antipático vinha e repisava aquilo mais uma vez.

– Talvez amanhã esteja bom – disse ela, afagando-lhe o cabelo.

A única coisa que ela podia fazer agora era admirar o refrigerador e virar as páginas do catálogo dos Armazéns na esperança de encontrar algo como um ancinho ou um cortador de grama, que, com seus dentes e alavancas, demandariam a maior habilidade e capricho para recortar. Todos esses rapazes eram uma paródia de seu marido, refletiu ela; ele dizia que ia chover; eles diziam que ia ser um verdadeiro temporal.

Mas então, quando virava a página, de súbito a busca de uma imagem de ancinho ou cortador de grama foi interrompida. O murmúrio rouco, rompido irregularmente pelos intervalos de pôr cachimbo e tirar cachimbo que tinham continuado a lhe assegurar, embora não conseguisse ouvir o que diziam (sentada à janela), que os homens estavam conversando alegremente; esse som, que agora durava fazia meia hora e ocupara de maneira reconfortante seu lugar na escala dos sons que se comprimiam a seu redor, como as leves tacadas nas bolas, de vez em quando o grito agudo e inesperado, "Como foi? Como foi?", dos filhos jogando críquete, tinha cessado; de forma que o tamborilar monótono das ondas na praia, que em geral marcava um ritmo cadenciado e tranquilizante para seus pensamentos e parecia repetir consolador quando estava sentada com os filhos os versos de alguma velha cantiga de ninar murmurada pela natureza, "Estou velando por ti – Sou teu apoio", porém outras vezes, de súbito e de inopino, sobretudo quando sua mente se afastava ligeiramente da tarefa que estava fazendo, não tinha esse sentido benévolo, mas, como um fantasmagórico rufar de tambores batendo implacavelmente o compasso da vida, fazia pensar na destruição e no engolfamento da ilha pelas águas do mar e advertia a ela cujo dia se escoara numa rápida sucessão de afazeres que tudo era efêmero como um arco-íris – esse som que fora obscurecido e encoberto pelos outros sons de repente trovejou surdamente em seus ouvidos e fez com que erguesse os olhos num impulso de terror.

Tinham parado de falar; era esta a explicação. Passando num átimo da tensão que se apoderara dela para o outro extremo que, como para compensá-la do desnecessário dispêndio de emoção, era calmo, divertido e até levemente malicioso, ela concluiu que o pobre Charles Tansley fora liquidado. Pouca importância tinha para ela. Se seu marido exigia sacrifícios (e de fato exigia) ela de bom grado lhe oferecia Charles Tansley, que mostrara falta de consideração por seu menino.

Por mais um momento, com a cabeça erguida, ficou a ouvir, como se aguardasse algum som habitual, algum som mecânico regular; e então, ouvindo se iniciar no jardim alguma coisa rítmica, entre fala e canto, enquanto seu marido percorria o terraço cadenciadamente, de cá para lá, de lá para cá, alguma coisa entre um grasnido e uma cantiga, sentiu-se reconfortada outra vez, segura de novo que tudo estava bem, e olhando o livro no colo encontrou a imagem de um canivete de seis lâminas que só daria para recortar se James tivesse muito capricho.

De repente um grito alto, como de um sonâmbulo, semidesperto, algo como

> Atacados por balas e obuses

bradado com a máxima intensidade em seu ouvido, fez com que se virasse apreensiva para ver se mais alguém o ouvira. Apenas Lily Briscoe, alegrou-se em descobrir; e não tinha importância. Mas a imagem da moça pintando no final do gramado lhe fez lembrar;

devia manter a cabeça na mesma posição pelo máximo de tempo possível para o quadro de Lily. O quadro de Lily! A sra. Ramsay sorriu. Com seus olhinhos de chinesa e o rosto contraído, nunca se casaria; não dava para levar sua pintura muito a sério; mas era uma criaturinha independente e a sra. Ramsay gostava dela por causa disso; assim, lembrando o prometido, inclinou a cabeça.

IV

Na verdade, ele quase derrubou seu cavalete, arremetendo para cima dela abanando as mãos, gritando "Velozes e audazes cavalgamos", mas, felizmente, deu uma guinada brusca e partiu a galope para ir morrer gloriosamente, supôs ela, nas colinas de Balaclava. Jamais alguém foi tão ridículo e alarmante ao mesmo tempo. Mas enquanto continuasse assim, abanando os braços, gritando, ela estava a salvo; ele não se deteria para olhar o quadro. E isso Lily Briscoe não suportaria. Mesmo enquanto olhava o volume, a linha, a cor, a sra. Ramsay sentada à janela com James, ela mantinha suas antenas atentas aos arredores para que ninguém aparecesse sub-repticiamente e de repente espiasse o quadro. Mas agora, com todos os seus sentidos aguçados como estavam, olhando, concentrando-se, até que a cor da fachada e da clematite roxa adiante se imprimisse a fogo em seus olhos, ela percebeu alguém saindo da casa e vindo em sua direção; porém de certa forma adivinhou, pelos passos, que era William Bankes, e assim, embora o pincel tremesse, ela, ao contrário do que faria se fosse o sr. Tansley, Paul Rayley, Minta Doyle ou praticamente qualquer outra pessoa, não debruçou o quadro na grama e deixou como estava. William Bankes parou e ficou a seu lado.

Ambos estavam hospedados no povoado e assim, entrando, saindo, despedindo-se à porta tarde da noite, tinham trocado amenidades sobre a sopa, sobre os meninos, sobre uma coisa e outra, e com isso tinham se tornado aliados; de forma que agora quando ele parou e ficou a seu lado com seu ar judicioso (e também tinha idade suficiente para ser seu pai, botânico, viúvo, cheirando a sabonete, muito meticuloso e asseado) ela apenas ficou ali. Ele apenas ficou ali. Os sapatos dela eram excelentes, observou ele. Permitiam uma folga natural aos dedos. Ocupando um quarto na mesma casa onde ela estava, ele também havia notado como era metódica, levantando-se antes do desjejum e saindo para pintar, julgava ele, sozinha: pobre, provavelmente, e decerto sem a tez nem o encanto da srta. Doyle, mas com um siso que a fazia, aos olhos dele, superior àquela jovem senhorita. Agora, por exemplo, quando Ramsay arremeteu sobre eles, gritando, gesticulando, teve certeza de que ela entendia.

Alguém cometera um erro.

O sr. Ramsay os fitou. Fitou-os sem parecer ver. Isso despertou um vago desconforto em ambos. Juntos tinham visto uma coisa que não deveriam ter visto. Tinham invadido uma intimidade. Assim, pensou Lily, provavelmente foi como pretexto para sair dali, para se afastar daquela voz, que o sr. Bankes logo a seguir comentou que estava fazendo frio e sugeriu que dessem um passeio. Ela iria, sim. Mas foi com dificuldade que afastou os olhos do quadro.

A clematite era de um roxo vivo; a fachada de um branco ofuscante. Ela não julgaria honesto adulterar o roxo vivo e o branco ofuscante, pois era assim que os via, por mais chique que fosse, desde a chegada do sr. Paunceforte, ver tudo pálido, elegante, translúcido. E sob a cor havia a forma. Ela podia ver tudo isso com muita clareza, com muita certeza: era ao pegar o pincel que a coisa mudava de feição. Era naquele momento fugidio entre a imagem e a tela que se via atacada pelos demônios que tantas vezes a levavam à beira das lágrimas e faziam desse trânsito da concepção à execução algo tão assustador quanto, para uma criança, seguir por um corredor escuro. Assim se sentia muitas vezes – lutando contra uma superioridade esmagadora para manter a coragem, para dizer: "Mas é isto o que eu vejo; é isto o que eu vejo", e para agarrar junto ao peito algum mísero resquício de sua visão, que um milhar de forças se empenhava em lhe arrancar. E foi então também, naquele caminho gélido e ventoso, quando começou a pintar, que sentiu o peso de outras coisas, sua própria inadequação, sua insignificância, cuidando da casa e do pai na Brompton Road, e tinha de fazer um grande esforço para conter o impulso de se lançar (graças aos céus conseguira resistir até agora) aos joelhos da sra. Ramsay e lhe dizer – mas o que se podia dizer a ela? "Estou apaixonada por você"? Não, não era verdade. "Estou apaixonada por tudo isso", abrangendo num gesto a sebe, a casa, as crianças. Era absurdo, era impossível. Não se podia dizer o que se tinha vontade. Então ela guardou cuidadosamente os pincéis na caixa, um ao lado do outro, e disse a William Bankes:

– De repente esfriou. O sol parece menos quente – disse olhando em torno de si, pois o dia estava bastante claro, a grama ainda era de um suave verde escuro, a casa com sua folhagem cravejada de flores roxas como a paixão e as gralhas soltando grasnos serenos no azul lá de cima. Mas algo se movia, cintilava, batia uma asa prateada no ar. Afinal era setembro, meados de setembro, e passava das seis da tarde. Assim seguiram pelo jardim na direção costumeira, atravessando o gramado e as plumas-de-capim até aquela brecha na sebe densa, guardada por lírios-tocha como braseiros de carvão incandescente, entre os quais as águas azuis da baía pareciam mais azuis do que nunca.

Todo final de tarde eles iam metodicamente até lá atraídos por alguma necessidade. Era como se a água desprendesse e levasse os pensamentos que tinham se estagnado em terra firme e até lhes desse ao corpo uma espécie de leveza física. Primeiro, a vibração da cor inundava a baía de azul, o coração se expandia com ela e o corpo nadava, apenas para ser tolhido e enregelado logo a seguir pelo negrume mordente na superfície das ondas encrespadas. Então, erguendo-se atrás da grande pedra negra, em quase todos os finais de tarde brotava esporadicamente, de forma que tinham de ficar atentos e era um encanto quando aparecia, um repuxo de água branca; e então, durante a espera, ficava-se a contemplar no semicírculo pálido da praia as ondas estendendo suavemente, sem cessar, uma película de madrepérola.

Ambos sorriram, parados ali. Ambos sentiram uma mesma alegria, despertada pelas ondas em movimento, e depois pela passagem de um veleiro que, cortando ligeiro as águas e traçando uma curva na baía, parou, tremulou, deixou caírem as velas; e então, num instinto natural de completar a cena, depois desse rápido movimento, ambos olharam as dunas distantes e em vez de regozijo sentiram sobrevir uma tristeza – em parte porque a coisa se completara, em parte porque paisagens distantes parecem sobreviver ao observador um milhão de anos (pensou Lily) e já estar em comunhão com um céu que contempla uma terra em absoluto repouso.

Olhando as dunas distantes, William Bankes pensou em Ramsay: pensou numa estrada em Westmorland, pensou em Ramsay a largos passos percorrendo sozinho uma estrada rodeado por aquela solidão que parecia ser sua atmosfera natural. Mas houve uma interrupção súbita, lembrava William Bankes (e devia se referir a algum episódio real), por causa de uma galinha abrindo as asas para proteger uma ninhada de pintinhos, ao que Ramsay, parando, apontou com a bengala e disse "Bonito – bonito", uma iluminação singular de seu coração, pensara Bankes, que mostrava sua simplicidade, sua afinidade com coisas humildes; mas sua impressão era que ali cessara a amizade dos dois, naquele trecho da estrada. Depois disso, Ramsay se casara. Depois disso, entre uma coisa e outra, desaparecera a substância sumarenta da amizade dos dois. De quem era a culpa ele não sabia dizer, só que, depois de algum tempo, a repetição ocupara o lugar da novidade. Era para repetir que ambos se encontravam. Mas nessa conversa calada com as dunas de areia ele sustentou que seu afeto por Ramsay não havia diminuído em nada; ali, como o corpo de um jovem jazendo na terra fazia um século, os lábios de um rubro fresco, estava sua amizade, em sua vividez e realidade, jazendo entre as dunas de um lado a outro da baía.

Queria muito em nome dessa amizade e talvez também para se absolver perante si mesmo da acusação de ter se ressequido e se retraído – pois Ramsay vivia num rebuliço de crianças, enquanto Bankes era viúvo e sem filhos – queria muito que Lily Briscoe não menosprezasse Ramsay (um grande homem à sua maneira) e ao mesmo tempo entendesse como estavam as coisas entre eles. Iniciada muitos anos atrás, a amizade de ambos se interrompera numa estrada de Westmorland, onde a galinha abrira as asas sobre seus pintinhos; depois disso Ramsay se casara e, tomando seus caminhos rumos diferentes, instalara-se, evidentemente sem ser culpa de ninguém, uma certa tendência, quando se encontravam, à repetição.

Sim. Era isso. Ele terminou. Afastou-se da paisagem. E, afastando-se para tomar o caminho de volta, subindo a trilha, o sr. Bankes se sentiu desperto para coisas que não o teriam tocado se aquelas dunas não lhe tivessem revelado o corpo de sua amizade com um rubro nos lábios jazendo estendido na terra – por exemplo, Cam, a pequena, a caçula de Ramsay. Estava colhendo alicinhas na ribanceira. Era arisca e impetuosa. Não ia obedecer ao "dê uma flor ao cavalheiro" que lhe dizia a pajem. Não! não! não! não ia dar! Cerrou a mão. Bateu o pé. E o sr. Bankes se sentiu velho e entristecido, de certa forma como que desmentido no que pensava sobre a amizade de ambos. Devia mesmo ter se ressequido e se retraído.

Os Ramsay não eram ricos, e era um milagre como conseguiam manter tudo aquilo. Oito filhos! Alimentar oito filhos com filosofia! Aqui estava mais um deles, agora Jasper, passando ao lado, para atirar num passarinho, disse ele despreocupado, chacoalhando a mão de Lily ao passar como se fosse a alavanca de uma bomba de água, o que fez o sr. Bankes dizer amargurado que *ela* era querida. Agora também havia a educação a levar em conta (bem, a sra. Ramsay talvez tivesse alguns recursos próprios) sem falar no gasto diário de meias e sapatos que aqueles "bons camaradas", todos rapazotes já bem crescidos, angulosos, implacáveis, deviam exigir. Quanto a saber quem era quem, ou em que ordem vinham, era algo que o ultrapassava. Chamava-os mentalmente como os reis e rainhas da Inglaterra, Cam a Malvada, James o Impiedoso, Andrew o Justo, Prue a Bela – pois Prue teria beleza, pensava ele, como poderia evitar?, e Andrew inteligência. Enquanto subia pela trilha e Lily Briscoe dizia sim, não e arrematava seus comentários (pois estava apaixonada por todos eles, apaixonada por este mundo), ele avaliava o caso de Ramsay, compadecia-se dele, invejava-o, como se o tivesse visto renunciar a todas aquelas glórias do isolamento e da austeridade que o coroavam na juventude para se tolher definitivamente com asas curtas e cacarejos domésticos. Davam-lhe algo – isso William Bankes reconhecia; seria agradável se Cam lhe pusesse uma flor na lapela ou se encarapitasse em seu ombro, como fazia com o pai, para olhar uma imagem do Vesúvio em erupção; mas também, e os amigos antigos não podiam deixar de senti-lo, tinham destruído alguma coisa. O que um estranho pensaria agora? O que esta Lily Briscoe pensava? Havia como não notar que ele estava criando hábitos? excentricidades, fraquezas talvez? Era espantoso que um homem com seu intelecto pudesse se rebaixar tanto – mas essa expressão era dura demais – pudesse depender tanto do elogio das pessoas.

– Oh, mas – disse Lily – pense no trabalho dele!

Quando "pensava no trabalho dele", ela sempre via claramente uma grande mesa de cozinha. Era por causa de Andrew. Tinha lhe perguntado do que tratavam os livros de seu pai. "Sujeito, objeto e a natureza da realidade", respondera Andrew. E quando ela exclamou, Céus, não fazia ideia do que significava aquilo, "Pense então numa mesa de cozinha", disse ele, "quando você não está ali".

Por isso agora, quando pensava no trabalho do sr. Ramsay, ela sempre via uma mesa de cozinha bem esfregada. Neste momento ela estava alojada na forquilha de uma pereira, pois haviam chegado ao pomar. E, num penoso esforço de concentração, enfocou a mente não no tronco de calombos prateados da árvore nem em suas folhas em formato de peixe, e sim numa mesa de cozinha imaginária, uma daquelas mesas de tábuas bem esfregadas, com seus veios e nós, cuja virtude parece ter sido posta a nu por anos de dedicação muscular, que estava suspensa ali, as quatro pernas no ar. Naturalmente, se a pessoa passava os dias contemplando a essência dos ângulos, reduzindo belos poentes, com todas as suas nuvens cor de flamingo, azuis e prateadas, a uma mesa de quatro pernas de pinho branco (e tal atividade era a marca distintiva das mentes mais aguçadas), naturalmente não se poderia julgá-la como a um indivíduo normal.

O sr. Bankes gostou que ela lhe pedisse para pensar "no trabalho dele". Tinha pensado, muitas e muitas vezes. Vezes sem fim dissera "Ramsay é daqueles que realizam sua melhor obra antes dos quarenta". Dera uma contribuição decisiva à filosofia num livrinho quando tinha apenas vinte e cinco anos; o que veio depois era basicamente uma ampliação, uma repetição. Mas a quantidade de homens que dão uma contribuição decisiva a qualquer coisa é muito pequena, disse ele, parando junto à pereira, bem composto, meticulosamente exato, cuidadosamente judicioso. De súbito, como se a largasse com a mão, toda a carga das impressões que ela acumulara sobre ele se ergueu, se inclinou e despejou numa tremenda avalanche tudo o que sentia a seu respeito. Esta foi uma sensação. Então a essência do ser dele se elevou num vapor. Havia outra. Sentiu-se paralisada pela intensidade de sua percepção; era a severidade, a bondade dele. Respeito-o (dirigiu-se em silêncio a ele) em cada átomo de seu ser; o senhor não é fútil; é inteiramente impessoal; é melhor do que o sr. Ramsay; é o melhor ser humano que conheço; não tem esposa nem filhos (sem qualquer sentimento sexual, sentiu desejo de acariciar aquela solidão); vive para a ciência (involuntariamente ergueram-se rodelas de batatas diante de seus olhos); um elogio lhe seria um insulto; homem heroico, generoso, puro de coração! Mas ao mesmo tempo ela lembrou que ele viera acompanhado de um criado pessoal; não gostava que cães subissem nas cadeiras; era capaz de discorrer horas a fio (até que o sr. Ramsay saísse batendo a porta) sobre o sal dos legumes e o horror que eram as cozinheiras inglesas.

Como então funcionava tudo isso? Como alguém julgava os outros, avaliava os outros? Como juntava isso e aquilo e concluía que gostava ou desgostava da pessoa? E essas palavras, que significado tinham, afinal? Agora parada, parecendo paralisada, junto à pereira, despejavam-se sobre ela as impressões a respeito daqueles dois homens, e acompanhar seu pensamento era como acompanhar uma voz que fala rápido demais para que se consiga anotar o que diz, e a voz era sua própria voz dizendo de improviso coisas inegáveis, permanentes, contraditórias, de modo que mesmo as gretas e os calombos no tronco da pereira ficaram irrevogavelmente fixadas ali para toda a eternidade. O senhor tem grandeza, prosseguiu ela, mas o sr. Ramsay não tem nenhuma. Ele é mesquinho, interesseiro, vaidoso, egoísta; é mimado; é um tirano; exaure mortalmente a sra. Ramsay; mas ele tem aquilo que o senhor (dirigiu-se ao sr. Bankes) não tem; um desprendimento enorme; não dá importância a ninharias; gosta de cães e ama os filhos. Tem oito. O senhor não tem nenhum. Pois ele não desceu outra noite com dois casacos e deixou que a sra. Ramsay lhe cortasse o cabelo numa forma de pudim? Tudo isso rodopiava como uma nuvem de mosquitos, todos separados, mas todos maravilhosamente controlados numa rede elástica invisível – rodopiavam na mente de Lily, dançavam entre os galhos da pereira, onde ainda pendia em efígie a mesa de cozinha, símbolo de seu profundo respeito pela mente do sr. Ramsay, até que o pensamento que rodopiara cada vez mais rápido explodiu devido à própria intensidade; sentiu-se desafogada; soou um tiro ali perto, e então apareceu, voando por entre os fragmentos da descarga, assustado, efusivo, buliçoso, um bando inteiro de estorninhos.

– Jasper! – exclamou o sr. Bankes.

Eles se viraram acompanhando o voo dos estorninhos, acima do terraço. Seguindo a dispersão das aves velozes no céu, passaram pela brecha na sebe alta, dando de frente com o sr. Ramsay, que lhes trovejou tragicamente:

– Alguém cometera um erro!

Seus olhos, vidrados de emoção, penetrantes de trágica intensidade, encontraram os deles por um instante e estremeceram à beira do reconhecimento; mas então, erguendo a mão a meia altura do rosto como para evitar, para afastar, num transe de vergonha impaciente, o olhar normal deles, como se lhes implorasse para adiar por um momento aquilo que sabia ser inevitável, como se lhes impusesse o próprio ressentimento infantil pela interrupção, e mesmo assim nem sequer no momento da descoberta se deixasse desbaratar completamente, mas estivesse decidido a se agarrar a algo dessa emoção deliciosa, desse arrebatamento impuro do qual se sentia envergonhado, mas no qual se deleitava – virou-se bruscamente, bateu-lhes à cara a porta de sua intimidade; e Lily Briscoe e o sr. Bankes, olhando para o céu em desconforto, notaram que o bando de estorninhos que Jasper havia desbaratado com sua arma pousara no alto dos olmos.

V

— E mesmo que amanhã não esteja bom – disse a sra. Ramsay erguendo os olhos de relance à passagem de William Bankes e Lily Briscoe – será outro dia. E agora – disse ela pensando que o encanto de Lily consistia em seus olhos de chinesa, repuxados no rostinho claro e contraído, mas que seria preciso um homem inteligente para notá-lo – e agora fique de pé para eu medir a perna – pois afinal poderiam ir ao Farol e ela precisava ver se não teria de encompridar a perna da meia em alguns centímetros.

Sorrindo, pois acabava de lhe passar pela cabeça uma ótima ideia – William e Lily deviam se casar –, ela pegou a meia cor de barro, com as agulhas metálicas de tricô cruzadas em cima, e mediu na perna de James.

– Meu querido, fique parado – disse ela, pois ciumento, não gostando de servir de modelo para o filho do encarregado do Farol, James se mexia de propósito; e se ficava se mexendo assim, como ela ia conseguir ver se estava comprida demais, curta demais?, perguntou.

Olhou para cima – que demônio tinha entrado nele, em seu caçula, em seu queridinho? – e viu a sala, viu as cadeiras, pensou que estavam medonhamente surradas. Estavam com as tripas de fora, como disse Andrew outro dia; mas do que adiantava, perguntou-se ela, comprar cadeiras boas e deixar estragando aqui durante todo o inverno quando a casa, tendo apenas uma mulher de idade para cuidar dela, ficava pingando de umidade? Não fazia mal, o aluguel era de dois pence e meio; as crianças adoravam; fazia bem a seu marido ficar a cinco mil ou, para ser exata, a quinhentos quilômetros de distância de seus livros, aulas e discípulos; e havia espaço para hóspedes. Tapetes de corda, camas de vento, fantasmas estrambóticos de mesas e cadeiras cuja vida útil em Londres chegara ao fim – eles iam muito bem aqui; e uma foto ou duas, e livros. Livros, pensou ela, cresciam sozinhos. Nunca tinha tempo de lê-los. Pena! nem os livros que os próprios poetas lhe tinham dado com dedicatória: "Para aquela cujos desejos são ordens"... "A Helena mais feliz de nossos dias"... uma vergonha dizer, nunca os lera. E Croom sobre a Mente e Bates sobre os Costumes Selvagens da Polinésia ("Meu querido, fique parado", disse ela) – nenhum daqueles dava para mandar ao Farol. Em algum momento, imaginava ela, a casa ia ficar tão surrada que teriam de tomar alguma providência. Se aprendessem a limpar os pés e não entrassem trazendo areia da praia – já seria alguma coisa. Caranguejos, ela tinha de permitir, se Andrew realmente queria dissecá-los, ou, se Jasper achava que dava para fazer sopa com algas marinhas, não havia como impedir; ou os objetos de Rose – conchas, caniços, pedras; pois tinham talento, seus filhos, mas cada um o seu, totalmente diferente do outro. E o resultado era, suspirou ela, abarcando a sala inteira do chão ao teto, enquanto media a meia pela perna de James, que as coisas iam ficando cada vez mais surradas verão após verão. O tapete estava desbotando, o papel de parede se descolando. Nem dava mais para dizer que era estampado de rosas. Mas, se todas as portas de uma casa ficam constantemente abertas e não existe um único serralheiro em toda a Escócia capaz de consertar um trinco, as coisas se estragam mesmo. Do que adiantava atirar um xale de caxemira verde sobre a moldura de um quadro? Em duas semanas estaria da cor de uma sopa de ervilha. Mas eram as portas que a irritavam; todas as portas ficavam abertas. Prestou atenção. A porta da sala estava aberta; a porta do vestíbulo estava aberta; pelo som, as portas dos quartos estavam abertas; e certamente a janela que dava para o patamar estava aberta, pois ela mesma abrira. As janelas deviam ficar abertas, as portas fechadas – uma coisa tão simples assim, nenhum deles era capaz de lembrar? Ela entrava nos quartos das empregadas à noite e pareciam um forno fechado, exceto o de Marie, a moça suíça, mais capaz de dispensar um banho do que uma lufada de ar fresco, mas lá em casa, ela tinha dito, "as montanhas são tão lindas". Tinha dito na noite passada olhando pela janela com lágrimas nos olhos. "As montanhas são tão lindas."

O pai estava morrendo, a sra. Ramsay sabia. Iam ficar sem pai. Repreendendo e demonstrando (como arrumar uma cama, como abrir uma janela, com mãos que se fechavam e se estendiam parecendo as de uma francesa), tudo se dobrara silenciosamente à sua volta, quando a moça falou, tal como, depois de voar à luz do sol, as asas de um pássaro se dobram silenciosamente e o azul de sua plumagem passa de um aço brilhante para um lilás delicado. Ficara ali calada pois não havia nada a dizer. Ele estava com câncer na garganta. À lembrança – como ficara ali, como a moça dissera: "Em casa as montanhas são tão lindas", e não havia esperança, nenhuma esperança – ela fez um trejeito de irritação e, falando rispidamente, disse a James:

– Fique parado. Não seja impertinente – de modo que ele percebeu na hora que a severidade dela era para valer, endireitou a perna e ela mediu.

A meia estava curta demais, faltando pelo menos um centímetro e meio, mesmo levando em conta que o menino de Sorley devia ser mais miúdo do que James.

– Está curta demais – disse ela –, muito, muito curta demais.

Nunca ninguém teve um ar tão triste. Amarga e negra, a meio caminho, na escuridão, no poço que descia da luz solar às profundezas, formou-se talvez uma lágrima; uma lágrima correu; as águas se ondularam, acolheram-na e se aquietaram. Nunca ninguém teve um ar tão triste.

Mas era apenas um ar?, perguntavam as pessoas. O que havia por trás dele – de sua beleza e esplendor? Teria ele estourado os miolos, perguntavam, teria morrido uma semana antes de se casarem – um outro amor, um anterior de que tinham ouvido falar? Ou não havia nada? nada senão uma beleza incomparável atrás da qual ela vivia e que nada podia perturbar? Pois mesmo que pudesse comentar facilmente em algum momento de intimidade quando surgiam na conversa histórias de grandes paixões – amores malogrados, ambições frustradas – que ela também conhecera, sentira, passara por aquilo pessoalmente, nunca falou. Sempre silenciou. Então sabia – sabia sem ter aprendido. Sua simplicidade sabia sondar o que os sagazes falseavam. Sua singeleza de espírito soltava a sonda como uma pedra a prumo, leve e exata como um pássaro, dava-lhe naturalmente essa capacidade do espírito em mirar e atingir com precisão a verdade que agradava, consolava, apoiava – falsamente, talvez.

("A natureza", disse o sr. Bankes certa vez, ouvindo sua voz ao telefone e se sentindo muito emocionado com isso, embora ela estivesse apenas lhe dizendo alguma coisa sobre um trem, "não tem muito da argila com que a moldou". Via-a na outra ponta da linha, grega, de olhos azuis, nariz reto. Como parecia incongruente estar falando ao telefone com uma mulher assim. As Graças reunidas pareciam se ter dado as mãos num campo de asfódelos para compor aquele rosto. Sim, ele pegaria o das dez e meia em Euston.

"Mas ela é tão inconsciente de sua beleza quanto uma criança", disse o sr. Bankes consigo mesmo, desligando o telefone e atravessando a sala para ver o progresso dos operários na construção de um hotel que estavam erguendo atrás de sua casa. E pensou na sra. Ramsay enquanto observava aquela movimentação entre as paredes inacabadas. Pois sempre, pensou, havia algo incongruente que se introduzia na harmonia de seu rosto. Enfiava um chapéu de caçador na cabeça; corria pelo gramado de galochas para arrancar uma criança de alguma travessura. Assim, quando se pensava apenas em sua beleza, era preciso lembrar a coisa fremente, a coisa viva (estavam transportando tijolos numa pequena tábua, enquanto ele os observava) e introduzi-la no quadro; ou, se se pensava nela simplesmente como uma mulher, era preciso dotá-la de algum laivo de idiossincrasia, ou imaginar algum desejo latente de se desfazer de suas formas majestosas, como se sua beleza e tudo o que os homens dizem da beleza a enfarassem e quisesse apenas ser como os outros, insignificante. Ele não sabia. Não sabia. Precisava ir para o trabalho.)

Tricotando a meia felpuda marrom avermelhada, com a cabeça absurdamente contornada pela moldura dourada, pelo xale verde que lançara na borda da moldura e pela obra-prima de Michelangelo, autenticada, a sra. Ramsay abrandou o que fora ríspido em suas maneiras um momento antes, ergueu a cabeça e beijou o filhinho na testa.

– Vamos encontrar outra figura para recortar – disse ela.

VI

Mas o que tinha acontecido?

Alguém cometera um erro.

Saindo de seu devaneio num sobressalto conferiu sentido a palavras que por muito tempo considerara sem sentido. "Alguém cometera um erro" – cravando os olhos míopes no marido, que agora estava ali perto, olhou-o detidamente até que a proximidade dele lhe revelou (o estribilho se encaixou em sua cabeça) que havia acontecido alguma coisa, alguém cometera um erro. Mas não conseguia de maneira nenhuma atinar o que era.

Ele tremia, estremecia. Toda a sua vaidade, toda a sua satisfação com o próprio esplendor, galopando fulminante como um raio, destemido como um falcão à frente de seus homens pelo vale da morte, fora estilhaçada, destroçada. Atacados por balas e obuses, velozes e audazes cavalgamos, chispamos pelo vale da morte, sob rajadas e ribombos – diretamente de encontro a Lily Briscoe e William Bankes. Ele tremia, estremecia.

Por nada no mundo ela falaria com ele, entendendo pelos sinais familiares, pelo desviar dos olhos e uma certa contração estranha do corpo, como se ele se enrolasse sobre si mesmo e precisasse de um espaço íntimo onde pudesse recuperar o equilíbrio, que se sentia ultrajado e angustiado. Afagou a cabeça de James; transferiu a ele o que sentia pelo marido e, enquanto observava o menino a colorir de giz amarelo a camisa branca de um cavalheiro no catálogo dos Armazéns do Exército e da Marinha, pensou como lhe agradaria se ele se revelasse um grande artista; e por que não? Tinha uma fronte esplêndida. Então, erguendo os olhos, enquanto seu marido passava mais uma vez por ela, ficou aliviada ao ver que a ruína se velava; a vida doméstica triunfava, o costume cantarolava sua melodia calmante, de modo que, em sua outra volta, quando, ao parar deliberadamente à janela, inclinou-se de uma maneira esquisita e engraçada para fazer cócegas na panturrilha descoberta de James com um galhinho de alguma coisa, ela o repreendeu por ter despachado "aquele pobre rapaz", Charles Tansley. Tansley precisou se recolher para escrever sua dissertação, disse ele.

– Um dia desses, James terá de escrever sua própria dissertação – acrescentou irônico, sacudindo o galhinho.

Odiando o pai, James repeliu o pauzinho coceguento com que ele de uma maneira muito peculiar sua, um misto de severidade e humor, estava arreliando a perna nua do filho mais novo.

Estava tentando terminar essas meias cansativas para mandar amanhã ao menino de Sorley, disse a sra. Ramsay.

Não havia a mais remota possibilidade de conseguirem ir ao Farol amanhã, retrucou o sr. Ramsay irascível.

Como sabia?, perguntou ela. O vento vivia mudando.

A extraordinária irracionalidade de seu comentário, a insensatez da mente feminina lhe deram raiva. Galopara pelo vale da morte, fora destroçado e estilhaçado; e agora ela fugia diante dos fatos, alimentava nos filhos esperança por coisas absolutamente fora de questão, mentia, em suma. Bateu o pé no degrau de pedra.

– Raios! – exclamou.

Mas o que ela tinha dito? Apenas que amanhã poderia estar bom. E poderia mesmo.

Não com o barômetro caindo e o vento vindo do oeste.

Perseguir a verdade com uma falta de consideração tão espantosa pelos sentimentos dos outros, rasgar os finos véus da civilização com tanta insensibilidade, com tanta brutalidade, era para ela uma ofensa tão horrível à decência humana que, sem responder, cega de aturdimento, inclinou a cabeça como que para deixar que a saraivada de granizo ferino, o esguicho de água suja passassem respingando por ela sem protestar. Não havia nada a dizer.

Ele ficou a seu lado em silêncio. Muito humildemente, por fim, disse que sairia e perguntaria à guarda costeira, se ela quisesse.

Não havia ninguém a quem ela reverenciasse tanto como reverenciava a ele.

Estava plenamente disposta a aceitar sua palavra, disse. Só que então não precisavam fazer sanduíches – apenas isso. Vinham até ela, naturalmente, pois era uma mulher, o dia inteiro com isso e com aquilo; um querendo isso, outro aquilo; as crianças estavam crescendo; muitas vezes sentia que não passava de uma esponja encharcada de emoções humanas. E aí ele dizia "Raios". Dizia "Vai chover". Dizia "Não vai chover"; e instantaneamente um paraíso de segurança se abria diante dela. Não havia ninguém a quem reverenciasse tanto. Não estava à altura sequer de lhe amarrar os sapatos, sentia ela.

Já envergonhado daquela petulância, daquela gesticulação dos braços enquanto comandava a carga de suas tropas, o sr. Ramsay um tanto encabulado arreliou mais uma vez as pernas nuas do filho, e então, como se ela lhe tivesse dado licença para se retirar, com um movimento que bizarramente lembrou à esposa o grande leão marinho no zoológico dando uma cambalhota para trás depois de abocanhar seu peixe e se afastando a espadanar água por todos os lados do tanque, ele mergulhou no ar do anoitecer, que, já mais tênue, estava eliminando a substância das folhas e das sebes mas, como em compensação, devolvia às rosas e aos cravos um lustro que não tinham de dia.

– Alguém cometera um erro – disse outra vez, a passos largos no terraço de cá para lá, de lá para cá.

Mas que mudança extraordinária no tom! Parecia o cuco; "em junho ele sai do tom"; como se experimentasse de novo, procurasse aos tenteios alguma expressão para um novo estado de espírito e, encontrando apenas esta, usasse-a mesmo destoando. Mas soava ridículo – "Alguém cometera um erro" – dito assim, quase como uma pergunta, sem nenhuma convicção, melodiosamente. A sra. Ramsay não pôde conter um sorriso e logo, claro, andando de cá para lá, cantarolou de boca fechada, interrompeu, silenciou.

Estava em segurança, estava de volta à sua intimidade. Parou para acender o cachimbo, olhou uma vez a esposa e filho na janela e, tal como alguém erguendo os olhos de uma página num trem expresso vê uma chácara, uma árvore, um grupo de chalés como uma ilustração, uma confirmação de algo que está na página do livro ao qual retorna, fortalecido e satisfeito, assim, sem distinguir o filho nem a esposa, a imagem deles o fortaleceu e satisfez e consagrou seu esforço de chegar a um entendimento absolutamente claro do problema que agora absorvia as energias de sua mente esplêndida.

Era uma mente esplêndida. Pois se o pensamento é como o teclado de um piano, dividido em muitas notas, ou como o alfabeto disposto em vinte e seis letras, todas em ordem, então sua mente esplêndida não tinha a menor dificuldade em percorrer aquelas letras uma por uma, com confiança e precisão, até alcançar, digamos, a letra Q. Ele alcançava o Q. Pouquíssimas pessoas em toda a Inglaterra algum dia alcançaram o Q. Aqui, parando por um momento junto à urna de pedra que continha os gerânios, ele viu, mas agora longe, muito longe, como crianças catando conchas, divinamente inocentes e ocupadas com pequenas ninharias a seus pés e de certa forma totalmente indefesas contra um destino que ele vislumbrava, sua esposa e filho, juntos, na janela. Precisavam de sua proteção; ele lhes dava. Mas e depois do Q? O que vem? Depois do Q há muitas letras, sendo a última delas quase invisível a olhos mortais, mas cintila rubra à distância. O Z só é alcançado apenas uma vez por apenas um homem em toda uma geração. Ainda assim, se conseguisse alcançar o R já seria alguma coisa. Aqui pelo menos estava o Q. Fincou pé no Q. Do Q ele tinha certeza. O Q ele podia demonstrar. Se Q, então Q– R–. Aqui bateu as cinzas do cachimbo, com duas ou três pancadinhas sonoras no chifre de carneiro que formava a alça da urna e continuou. "Então R..." Firmou-se. Forçou-se.

Qualidades que salvariam a tripulação vulnerável de um navio num mar tumultuado e escaldante com seis biscoitos e um cantil de água – a resistência e a justiça, a previdência, a devoção, a habilidade vieram em seu auxílio. R então é – o que é o R?

Uma veneziana, como a pálpebra coriácea de um lagarto, tremulou sobre a intensidade de seu olhar e obscureceu a letra R. Naquela centelha de escuridão ouviu as pessoas dizendo – era um fracasso – que o R estava além dele. Nunca alcançaria o R. Avante, ao R, mais uma vez. R–

Qualidades que numa expedição desolada por entre as solidões glaciais da região polar fariam dele o líder, o guia, o conselheiro, cuja índole, nem impetuosa nem apática, examina com serenidade e enfrenta o que há de vir, acorreram novamente em seu auxílio. R–

O olho do lagarto tremulou mais uma vez. As veias em sua testa se dilataram. O gerânio na urna ganhou uma vividez alarmante e, exposta entre suas folhas, ele pôde ver, sem querer, aquela velha, aquela óbvia distinção entre as duas categorias de homens; de um lado, os firmes e constantes com força sobre-humana que, labutando e perseverando, repetem o alfabeto inteiro em ordem, vinte e seis letras ao todo, do começo ao fim; de outro lado, os talentosos, os inspirados que, miraculosamente, amontoam todas as letras de uma só vez – os homens de gênio. Ele não tinha gênio; não tinha pretensões a isso: mas tinha, ou poderia ter tido, a capacidade de repetir todas as letras do alfabeto de A a Z na ordem exata. Enquanto isso, estava parado no Q. Avante, ao R, então.

Sentimentos que não desonrariam um líder que, agora que a neve começou a cair e o topo da montanha está coberto de neblina, sabe que deve se deitar e morrer antes que amanheça, se insinuaram furtivamente, empalidecendo a cor de seus olhos, dando-lhe, mesmo nos dois minutos de caminhada pelo terraço, o olhar descorado da velhice fanada. Mas não morreria deitado; encontraria alguma fraga e lá, os olhos postos na tempestade, tentando até o fim penetrar a escuridão, morreria em pé. Nunca alcançaria o R.

Ficou imóvel feito um tronco, ao lado da urna, os gerânios a transbordar. Quantos homens num bilhão, indagou-se, alcançam o Z, afinal? Certamente o líder de uma esperança perdida pode se perguntar isso e responder, sem trair a expedição que o segue, "Um talvez". Um numa geração. Poderiam censurá-lo, então, por não ser este um? se labutou honestamente, se deu o máximo de suas capacidades, até não lhe restar nada para dar? E sua fama, quanto há de durar? É admissível mesmo para um herói à morte que antes de morrer pense de que forma os homens falarão dele no futuro. Sua fama durará talvez dois mil anos. E o que são dois mil anos? (perguntou o sr. Ramsay ironicamente, fitando a sebe). O que são, de fato, se olharmos do alto de uma montanha o longo declínio das eras? Até a pedrinha que se chuta com a bota durará mais do que Shakespeare. Sua própria luzinha cintilaria, não com muito brilho, por um ou dois anos, e então se fundiria em alguma luz maior, e esta em outra ainda maior. (Perscrutou a escuridão, o entrelaçado dos galhos.) Quem então poderia censurar o líder daquele grupo perdido que afinal escalara uma altura suficiente para enxergar o declínio dos anos e a extinção das estrelas, se antes que a morte lhe enrijeça os membros e lhe tire qualquer movimento ele erguer com uma ponta de afetação os dedos entorpecidos até a têmpora e endireitar os ombros, de modo que quando a equipe de resgate chegar irá encontrá-lo morto em seu posto, a bela figura de um soldado? O sr. Ramsay endireitou os ombros e se empertigou ao lado da urna.

Quem há de censurá-lo se, assim imóvel por um momento, ele se detém a pensar na fama, em equipes de resgate, nas pedras que seus gratos seguidores hão de lhe depor sobre os ossos? Por fim, quem há de censurar o líder da expedição condenada, se, tendo se arriscado ao máximo, tendo usado até o último fio de suas forças e tombado adormecido sem se importar muito se voltaria a despertar ou não, agora percebe por um formigamento nos dedos dos pés que está vivo e que no geral não faz nenhuma objeção a viver, mas pede compaixão, uísque e os ouvidos de alguém a quem logo possa contar a história de seus sofrimentos? Quem há de censurá-lo? Quem não há de se alegrar secretamente quando o herói retira a armadura, detém-se à janela e fita a esposa e filho, que, muito distantes de início, gradualmente se aproximam mais e mais, até que lábios, livro e cabeça se fazem nítidos à sua frente, embora ainda encantadores e pouco familiares em vista da intensidade de seu isolamento e do declínio das eras e da extinção das estrelas, e finalmente pondo o cachimbo no bolso e curvando sua cabeça magnífica diante dela – quem há de censurá-lo se presta homenagem à beleza do mundo?

VII

Mas o filho o odiava. Odiava-o por se aproximar de cima, parar e baixar o olhar para eles; odiava-o por interrompê-los; odiava-o pela exaltação e sublimidade dos gestos; pela magnificência de sua cabeça; por seu rigor exigente e seu egoísmo (pois lá estava ele, ordenando que o atendessem), mas acima de tudo odiava a estridência que se alternava entre álacre e trovejante da emoção do pai que, vibrando em torno deles, perturbava a completa simplicidade e sensatez de suas relações com a mãe. Olhava fixamente a página na esperança de que assim ele seguisse adiante; apontava uma palavra com o dedo na esperança de recuperar a atenção da mãe, que, sabia raivosamente, se dispersou no instante em que o pai parou. Mas não. Nada faria o sr. Ramsay seguir adiante. Lá estava ele, exigindo compaixão.

A sra. Ramsay, que se sentava descontraída, com um braço envolvendo o filho, firmou-se e, virando-se a meio, pareceu se erguer num esforço e lançar de súbito um jorro de energia, um jato de vigor ao ar, parecendo ao mesmo tempo disposta e animada como se todas as suas energias se fundissem numa força ardente e luminosa (porém estava calmamente sentada, retomando a meia) e nessa prazerosa fecundidade, nessa fonte e jorro de vida, mergulhou a fatal esterilidade do macho, como um bico de bronze, bruto e árido. Ele queria compaixão. Era um fracasso, disse. A sra. Ramsay lampejou suas agulhas. O sr. Ramsay repetiu, sem tirar os olhos do rosto dela, que ele era um fracasso. Ela lhe devolveu num sopro. "Charles Tansley...", disse. Mas ele precisava de mais. Era compaixão que ele queria, que o assegurassem de sua genialidade, em primeiro lugar, e então que o acolhessem no círculo da vida, dessem-lhe calor e reconforto, que seus sentidos lhe fossem restaurados, sua esterilidade se fizesse fecunda e todos os aposentos da casa se enchessem de vida – a sala de estar; no fundo da sala a cozinha; em cima da cozinha os quartos; adiante dos quartos o aposento das crianças; deviam estar providos, deviam estar repletos de vida.

Charles Tansley o julgava o maior metafísico da época, disse ela. Mas ele precisava de mais. Precisava de compaixão. Precisava que lhe assegurassem que também vivia no coração da vida; que precisavam dele, não apenas aqui, mas em todo o mundo. Lampejando as agulhas, confiante, aprumada, ela criou sala e cozinha, pô-las a brilhar; pediu-lhe que ficasse à vontade, entrasse, saísse, aproveitasse. Ria, tricotava. De pé entre seus joelhos, muito rígido, James sentia toda a sua força subindo num fulgor para ser consumida e exaurida pelo bico de bronze, pela cimitarra estéril do macho, que arremetia impiedosamente, sem cessar, exigindo compaixão.

Era um fracasso, repetia ele. Bem, então olhe, então sinta. Lampejando as agulhas, relanceando em torno, pela janela, pela sala, pelo próprio James, ela o tranquilizou e assegurou, para além de qualquer sombra de dúvida, com seu riso, seu porte, sua competência (como uma pajem que leva uma luz a um quarto escuro para tranquilizar uma criança rebelde), que aquilo era real; a casa estava cheia; o jardim florido. Se depositasse tácita confiança nela, nada o feriria; por mais fundo que se enterrasse ou por mais alto que subisse, nem por um instante se veria sem ela. Assim ostentando sua capacidade de cercar e proteger, mal lhe restava qualquer fragmento próprio pelo qual pudesse conhecer a si mesma; tudo era dado e usado com prodigalidade; e James, ainda rígido entre seus joelhos, sentiu que ela crescia como uma árvore frutífera carregada de flores róseas com folhas e ramos dançantes por entre a qual o bico de bronze, a cimitarra estéril de seu pai, o homem egoísta, arremetia e mergulhava, exigindo compaixão.

Saciado com suas palavras, como uma criança que se retira satisfeita, ele disse, por fim, olhando-a com gratidão humilde, restaurado, revigorado, que ia dar uma volta; ia observar as crianças jogando críquete. Foi.

Imediatamente a sra. Ramsay pareceu se dobrar sobre si mesma, uma pétala por cima da outra, e o conjunto inteiro caiu de exaustão como um todo, restando-lhe forças apenas para mover o dedo, num delicioso abandono à exaustão, pela página do conto de Grimm, enquanto por ela latejava, como a pulsação de uma mola que se expandiu em toda a sua extensão e agora cessa suavemente de vibrar, o êxtase da criação realizada.

Cada latejo dessa pulsação parecia, enquanto ele se afastava, conter a si e ao marido e dar a ambos aquele consolo que duas notas diferentes, uma aguda, outra grave, vibrando ao mesmo tempo, parecem se dar mutuamente quando formam um acorde. Porém, quando a ressonância morreu e ela voltou ao conto de fadas, a sra. Ramsay não só se sentiu fisicamente esgotada (depois, não na hora, ela sempre se sentia assim), mas tingiu também seu cansaço físico uma sensação levemente desagradável de outra origem. Não que, enquanto lia em voz alta o conto da Mulher do Pescador, ela soubesse exatamente de onde provinha; nem se permitiria pôr em palavras sua insatisfação quando percebeu ao virar a página, quando parou e ouviu vagamente, pressagamente, cair uma onda, que provinha do seguinte: não gostava, nem por um instante, de se sentir melhor do que o marido; e além do mais, não suportava não ter plena segurança, quando lhe falava, da verdade do que dizia. Que as universidades e as pessoas o queriam, que aulas, livros e correlatos eram da mais alta importância – de nada disso duvidava nem por um momento; mas era a relação entre ambos, ele vir a ela daquela maneira, abertamente, à vista de todos, que a transtornava; pois aí as pessoas diziam que ele dependia dela, ao passo que deviam saber que dos dois era ele o mais importante, infinitamente, e o que ela dava ao mundo, em comparação ao que dava ele, era insignificante. Mas aí também havia aquela outra coisa – não ser capaz de lhe dizer a verdade, sua apreensão, por exemplo, com o telhado da estufa e quanto custaria, cinquenta libras talvez, para consertá-lo; e também sobre seus livros, a apreensão que ele pudesse adivinhar, coisa de que ela tinha uma leve suspeita, que seu último livro não era propriamente sua melhor obra (ela ouviu isso de William Bankes); e também por lhe ocultar coisinhas do cotidiano, e as crianças vendo aquilo e o peso que era para elas – tudo isso diminuía a alegria plena, a alegria pura, das duas notas soando juntas e fazia o som agora morrer em seus ouvidos com uma melancólica insipidez.

Uma sombra caiu na página; ela ergueu os olhos. Era Augustus Carmichael passando, precisamente agora, no exato momento em que era doloroso ser lembrada da inadequação das relações humanas, que mesmo a mais perfeita delas tinha falhas e não poderia resistir ao exame que, amando o marido, com seu instinto pela verdade, ela lhe dedicava; em que era doloroso se sentir acusada de indignidade e obstada em sua devida função por essas mentiras, esses exageros – foi neste exato momento em que se sentia ignobilmente corroída no rescaldo de sua exaltação que o sr. Carmichael passou, arrastando seus chinelos amarelos, e algum demônio dentro dela fez com que lhe perguntasse ao passar:

– De volta, sr. Carmichael?

VIII

Ele não disse nada. Tomava ópio. Os filhos diziam que por isso tinha a barba manchada de amarelo. Talvez. Para ela o evidente era que o pobre homem era infeliz, vinha ficar com eles todos os anos como uma fuga; e no entanto todos os anos ela sentia a mesma coisa: ele não confiava nela. Dizia: "Estou indo à cidade. Quer que lhe traga selos, papel de carta, tabaco?" e sentia que ele se retraía. Não confiava nela. Era coisa da esposa. Ela lembrou a crueldade da esposa em relação a ele, que a deixara petrificada, lá no quartinho horrível de St John's Wood, quando vira com seus próprios olhos aquela mulher detestável pô-lo para fora de casa. Andava desleixado; derrubava coisas no paletó; tinha o cansaço de um velho sem nada para fazer no mundo; e ela o pôs para fora do quarto. Disse com seu ar detestável: "Agora, a sra. Ramsay e eu queremos conversar um pouco", e a sra. Ramsay pôde ver, como se estivessem diante de seus olhos, as inúmeras desgraças da vida dele. Tinha dinheiro suficiente para o tabaco? Precisava pedir a ela? meia coroa? dezoito pence? Oh, não suportava pensar nas pequenas indignidades que ela lhe infligia. E agora (por quê, ela não conseguia imaginar, a não ser que provavelmente derivava de alguma maneira daquela mulher) ele sempre se retraía diante dela. Nunca lhe contava nada. Mas o que mais podia fazer? Havia um quarto ensolarado reservado para ele. Os filhos eram gentis com ele. Ela nunca deu nenhum sinal de que fosse indesejado. Na verdade empenhava-se em ser simpática. Precisa de selos, de tabaco? Eis aqui um livro que talvez lhe agrade e assim por diante. E afinal – afinal (aqui insensivelmente ela se contraiu, fisicamente, a consciência de sua beleza se fazendo, o que tão raro acontecia, presente a ela) afinal, em geral ela não tinha nenhuma dificuldade em fazer com que gostassem dela; por exemplo, George Manning, o sr. Wallace, famosos como eram, vinham vê-la num final de tarde, calmamente, conversando a sós e se aquecendo a seu calor. Ela carregava, não podia ignorá-lo, a tocha de sua beleza; portava-a ereta em qualquer aposento em que entrasse; e afinal, por mais que a encobrisse e recuasse ao enfaramento que lhe impunha o fato de portá-la, sua beleza era evidente. Tinha sido admirada. Tinha sido amada. Tinha entrado em salas de velórios. Lágrimas haviam corrido em sua presença. Homens, e também mulheres, entregues à multiplicidade das coisas, tinham-se permitido em sua presença o alívio da simplicidade. Magoava-a que ele se retraísse. Sentia-se ferida. E no entanto de uma maneira que não era limpa, não era correta. Era isso o que a incomodava, ainda mais por vir coroar sua insatisfação com o marido; a sensação que teve agora quando o sr. Carmichael passou, apenas assentindo com um aceno de cabeça em resposta à sua pergunta, com um livro debaixo do braço, arrastando seus chinelos amarelos, de que era suspeita; e que todo esse seu desejo de dar, de ajudar, era vaidade. Seria para sua própria satisfação que desejava tão instintivamente ajudar, dar, para que as pessoas então dissessem "Oh, sra. Ramsay! querida sra. Ramsay... A sra. Ramsay, claro!", precisassem dela, mandassem chamá-la, admirassem-na? Não era isso secretamente que ela queria, e portanto quando o sr. Carmichael se retraía para evitá-la, como fez neste momento, encafuando-se em algum canto onde ficaria compondo acrósticos sem fim, ela não se sentiu apenas repelida em seu instinto, mas advertida da mesquinharia de alguma parte dentro de si, e das relações humanas, como eram falhas, como eram desprezíveis, como eram interesseiras, as melhores delas. Gasta e cansada, e provavelmente não mais (suas faces estavam encovadas, o cabelo branco) uma visão que enchesse os olhos de alegria, melhor faria em dedicar sua atenção ao conto do Pescador e sua Mulher e assim acalmar aquele feixe de sensibilidade (nenhum dos filhos era tão sensível quanto ele), seu filho James.

– "O coração do homem ficou pesado" – leu em voz alta – "e não queria ir. Disse consigo: 'Não está certo', mas mesmo assim foi. E quando chegou ao mar a água estava totalmente roxa e azul escuro, cinza e espessa, não mais verde e amarela, mas ainda serena. E ele parou ali e disse..."

A sra. Ramsay preferiria que o marido não tivesse escolhido aquele momento para parar. Por que não fora como havia dito observar as crianças jogando críquete? Mas ele não falou; olhou; assentiu com a cabeça; aprovou; seguiu em frente. Ele deslizou, vendo diante de si aquela sebe que tantas vezes arrematara alguma pausa, significara alguma conclusão, vendo a esposa e filho, vendo de novo as urnas com o rastro de gerânios vermelhos que tantas vezes ornamentaram seus processos de pensamento, registraram-nos por escrito entre as folhas como se fossem pedaços de papel onde se anota alguma coisa na pressa da leitura – vendo tudo isso, deslizou de mansinho para especulações sugeridas por um artigo no *The Times* sobre o número de americanos que visitam anualmente a casa de Shakespeare. Se Shakespeare nunca tivesse existido, indagou ele, o mundo seria muito diferente do que é hoje? O progresso da civilização depende dos grandes homens? É a sina do ser humano médio ser melhor agora do que no tempo dos faraós? É a sina do ser humano médio, porém, indagou a si mesmo, o critério pelo qual medimos o grau de civilização? Talvez não. Talvez o bem maior exija a existência de uma classe escrava. O ascensorista do metrô é uma necessidade eterna. O pensamento lhe foi desagradável. Abanou a cabeça. Para evitá-lo, encontraria alguma maneira de desvalorizar a importância das artes. Argumentaria que o mundo existe para o ser humano médio; que as artes são apenas um ornato que se acrescenta ao topo da vida humana; não são uma expressão dela. E Shakespeare não é necessário a ela. Sem saber exatamente por que queria desvalorizar Shakespeare e vir em socorro do homem que fica eternamente à porta do elevador, arrancou brusco uma folha da sebe. Tudo isso teria de ser apresentado de maneira apetitosa aos jovens em Cardiff no mês que vem, pensou; aqui, em seu terraço, estava apenas coletando provisões e fazendo um piquenique (jogou fora a folha que arrancara tão impaciente) como um homem se esticando da garupa do cavalo para colher um ramo de rosas ou para encher os bolsos de nozes enquanto calmamente segue a furta-passo pelas veredas e campos de uma região que conhece desde a meninice. Era tudo familiar; essa curva, aquele desnível, aquele atalho pelos campos. Passaria horas assim, com seu cachimbo, ao entardecer, com o pensamento subindo e descendo, entrando e saindo pelas velhas, pelas familiares veredas e terras comunais, que estavam todas pontilhadas com a história daquela campanha lá, a vida deste estadista aqui, com poemas e anedotas, com figuras também, este pensador, aquele soldado; tudo muito vigoroso e claro; mas por fim a vereda, o campo, a terra comunal, a nogueira carregada e a sebe florida o levaram àquela curva adiante na estrada onde ele sempre desapeava, amarrava o cavalo a uma árvore e seguia a pé sozinho. Alcançou o final do gramado e olhou a baía abaixo.

Era seu destino, sua peculiaridade, quisesse ou não, chegar assim a uma faixa de terra que o mar vem consumindo lentamente e lá, como uma desolada ave marinha, ficar sozinho. Era seu poder, seu dom, de súbito descartar todas as superfluidades, encolher-se e diminuir até parecer mais desnudo e se sentir mais enxuto, mesmo fisicamente, e no entanto sem nada perder de sua intensidade mental e assim se postar em seu pequeno penedo diante das trevas da ignorância humana, como não sabemos nada e o mar consome o solo onde estamos – este era seu destino, seu dom. Mas se desfazendo, ao desapear, de todos os ademanes e ouropéis, de todos os troféus de nozes e rosas, e se encolhendo de modo que não só a fama mas até seu próprio nome lhe saíam da memória, mantinha mesmo naquela desolação uma vigilância que não poupava nenhum fantasma e não se comprazia em nenhuma visão, e era sob este aspecto que ele inspirava em William Bankes (de maneira intermitente) e em Charles Tansley (de maneira servil) e agora em sua esposa, ao levantar os olhos e vê-lo parado no final do gramado, de maneira profunda, reverência, piedade e também gratidão, como uma estaca fincada no leito de um canal sobre a qual se empoleiram as gaivotas e o bater das ondas inspira nos alegres ocupantes de um barco um sentimento de gratidão pela tarefa que está tomando a si, a de marcar o canal lá sozinha durante a maré cheia.

"Mas o pai de oito filhos não tem escolha." Murmurando a meia voz, assim ele se interrompeu, virou-se, suspirou, ergueu os olhos, procurou a figura da esposa lendo histórias para seu menino, encheu o cachimbo. Desviou-se da visão da ignorância humana, da sina humana, do mar consumindo o solo onde estamos, visão esta que, se lhe tivesse sido possível contemplar fixamente, poderia ter levado a alguma coisa; e encontrou consolo em ninharias tão pequenas em comparação ao augusto tema que naquele instante tinha diante de si que se sentiu propenso a rejeitar aquele reconforto, a reprová-lo, como se ser flagrado feliz num mundo de desgraças fosse para um homem honesto o mais desprezível dos crimes. Era verdade; de modo geral era feliz; tinha sua esposa; tinha seus filhos; prometera para dali a seis semanas falar "alguma bobagem" aos rapazes de Cardiff sobre Locke, Hume, Berkeley e as causas da Revolução Francesa. Mas isso e seu prazer nisso, seu orgulho pelas frases que criava, pelo entusiasmo da juventude, pela beleza da esposa, pelos tributos que lhe vinham de Swansea, Cardiff, Exeter, Southampton, Kidderminster, Oxford, Cambridge – tudo isso devia ser recriminado e menosprezado sob a expressão "falar bobagem", porque, na verdade, não fizera o que podia ter feito. Era um disfarce; era o refúgio de um homem receoso de sentir os próprios sentimentos, que não podia dizer, Eis o que me agrada – eis o que sou; e decerto deplorável e desagradável para William Bankes e Lily Briscoe, que se perguntavam por que tais ocultamentos se faziam necessários; por que ele sempre precisava de elogios; por que um homem tão intrépido no pensamento havia de ser tão tímido na vida; quão estranhamente era digno de respeito e ridículo ao mesmo tempo.

Ensinar e doutrinar estão além do poder humano, desconfiava Lily. (Estava separando suas coisas.) Se o indivíduo é um exaltado, de certa forma deve se tornar um semeador. A sra. Ramsay lhe dava o que ele pedia com excessiva facilidade. Mas a diferença devia ser muito desconcertante, disse Lily. Ele sai de seus livros, entra e encontra todos nós entretidos em algum jogo e falando bobagem. Imagine que diferença em comparação às coisas em que ele pensa, disse ela.

Vinha se aproximando. Então parou de vez e ficou olhando o mar em silêncio. Então se virou e foi embora de novo.

IX

Sim, disse o sr. Bankes, observando-o partir. Era uma imensa pena. (Lily tinha dito algo sobre o medo que ele lhe dava – mudava de um humor a outro tão de repente.) Sim, disse o sr. Bankes, era uma imensa pena que Ramsay não conseguisse se comportar um pouco mais como as outras pessoas. (Pois ele gostava de Lily Briscoe; com ela podia conversar abertamente sobre Ramsay.) Era por isso, disse ele, que os jovens não leem Carlyle. Um velho ranzinza e grosseiro que se enfurecia se a sopa estivesse fria, como poderia nos doutrinar?, era o que o sr. Bankes achava que os jovens diziam hoje em dia. Era uma imensa pena caso se considerasse, como considerava ele, Carlyle como um dos grandes mestres da humanidade. Lily sentiu vergonha em dizer que não lia Carlyle desde a época da escola. Mas em sua opinião as pessoas gostavam tanto mais do sr. Ramsay porque ele achava que, se estivesse com o mindinho doendo, o mundo inteiro ia se acabar. Não era *isso* o que a incomodava. Pois a quem ele conseguiria enganar? Ele pedia claramente que o lisonjeassem, que o admirassem, suas pequenas artimanhas não enganavam ninguém. O que não lhe agradava era sua estreiteza, sua cegueira, disse ela, seguindo-o com o olhar.

– Um pouco hipócrita? – sugeriu o sr. Bankes, também seguindo o sr. Ramsay com o olhar, pois não estava ele pensando em sua amizade, em Cam lhe recusando uma flor, em todos aqueles meninos e meninas, em sua própria casa, muito confortável, mas, desde a morte da esposa, silenciosa? Claro, ele tinha seu trabalho... Mesmo assim, gostaria que Lily concordasse que Ramsay era, como ele disse, "um pouco hipócrita".

Lily Briscoe continuou separando os pincéis, olhando para cima, olhando para baixo. Olhando para cima, lá estava ele – o sr. Ramsay – avançando na direção deles, bamboleando, despreocupado, distraído, distante. Um pouco hipócrita? repetiu ela.

Oh, não – o mais sincero dos homens, o mais autêntico (aqui estava ele), o melhor; mas, olhando para baixo, ela pensou, vive absorvido em si mesmo, é tirânico, é injusto; e continuou olhando para baixo, de propósito, pois apenas assim poderia manter a calma, ficando com os Ramsay. Na hora em que a pessoa erguia os olhos e os via, sentia-se inundada por aquilo que ela chamava de "estar apaixonada". A pessoa se tornava parte daquele universo irreal mas penetrante e emocionante que é o mundo visto pelos olhos do amor. O céu se colava a eles; as aves cantavam por meio deles. E, o que era ainda mais emocionante, sentia ela, também, enquanto via o sr. Ramsay se curvando e se retirando e a sra. Ramsay sentada com James à janela, a nuvem passando e a árvore se inclinando, a pessoa deixava de ser feita de pequenos incidentes separados e vividos um a um, enovelava-se e se fazia inteira como uma onda que se erguia e se derrubava, erguendo e derrubando junto a pessoa, logo ali, com uma pancada na praia.

O sr. Bankes ficou na expectativa de sua resposta. E ela estava prestes a dizer algo criticando a sra. Ramsay, como ela era alarmante, também, à sua maneira, arrogante, ou alguma palavra com essa intenção, quando o sr. Bankes lhe tornou totalmente desnecessário falar devido a seu êxtase. Pois assim era considerando-se sua idade, chegado aos sessenta, seu asseio e impessoalidade, o jaleco científico branco que parecia revesti-lo. Para ele fitar como Lily o viu fitar a sra. Ramsay era um êxtase, equivalente, sentia Lily, ao amor de dezenas de jovens (e talvez a sra. Ramsay jamais tivesse despertado o amor de dezenas de jovens). Era amor, pensou ela, fingindo ajeitar a tela, destilado e filtrado; amor que nunca tentava agarrar seu objeto; mas, como o amor com que os matemáticos geram seus símbolos ou os poetas seus versos, pretendia se espalhar pelo mundo e se tornar parte do aprimoramento humano. Assim era de fato. Sem dúvida o mundo comungaria desse amor se o sr. Bankes conseguisse dizer por que aquela mulher lhe agradava tanto; por que sua imagem lendo um conto de fadas para seu menino tinha sobre ele exatamente o mesmo efeito da solução de um problema científico, de modo que se deteve na contemplação da cena e sentiu, como sentia quando demonstrava algo absoluto sobre o sistema digestivo das plantas, que a barbárie estava domada, o império do caos, subjugado.

Tal êxtase – que outro nome lhe caberia? – fez Lily Briscoe esquecer inteiramente o que estava prestes a dizer. Não era nada de importante; algo sobre a sra. Ramsay. Empalidecia ao lado desse "êxtase", dessa contemplação silenciosa, pela qual sentiu intensa gratidão; pois nada a consolava tanto, apaziguava-lhe a perplexidade da vida e aliviava miraculosamente seu fardo quanto esse poder sublime, essa dádiva celestial, tão impossível de perturbar, enquanto durasse, quanto remover a réstia que se estendia no chão.

Que as pessoas amassem assim, que o sr. Bankes sentisse isso pela sra. Ramsay (olhou-o de relance a cismar) era salutar, era exaltante. Limpou um pincel depois do outro num pedaço de trapo velho, humildemente, cuidadosamente. Protegeu-se da reverência que recobria todas as mulheres; sentiu-se ela mesma elogiada. Que continue a contemplar; assim lhe pouparia um olhar a seu quadro.

Sentiu vontade de chorar. Estava ruim, estava ruim, estava absolutamente ruim! Podia ter feito de outra maneira, claro; a cor podia ser mais leve e atenuada; as formas mais etéreas; era como Paunceforte teria visto. Mas não era assim que ela via. Ela via a cor ardendo numa moldura de aço; a luz da asa de uma borboleta pousando nos arcos de uma catedral. Daquilo tudo restavam apenas algumas marcas aleatórias rabiscadas na tela. E nunca seria visto; nunca seria sequer pendurado, e lá estava o sr. Tansley sussurrando a seu ouvido, "As mulheres não sabem pintar; as mulheres não sabem escrever...".

Então lembrou o que ia dizer sobre a sra. Ramsay. Não sabia como teria dito; seria algo crítico. Sentira-se incomodada na outra noite por uma certa arrogância. Seguindo o nível dos olhos do sr. Bankes a contemplá-la, ela pensou que nenhuma mulher era capaz de adorar outra mulher da maneira como ele a adorava; poderiam apenas se abrigar à sombra que o sr. Bankes lhes estendia. Seguindo sua mirada radiante, ela lhe acrescentou seu outro raio, pensando que era inquestionavelmente a mais adorável das pessoas (curvada sobre o livro); a melhor talvez; mas também diferente da forma perfeita que se via ali. Mas por que diferente, e diferente como?, perguntou a si mesma, raspando da paleta todos aqueles montículos de azul e verde que lhe pareciam agora pelotas totalmente destituídas de vida, e ainda assim prometeu que iria lhes instilar alento, iria obrigá-las a se mover, a fluir, a obedecê-la amanhã. No que ela era diferente? Qual era o espírito nela, a coisa essencial, pela qual, se alguém encontrasse uma luva amarrotada no canto de um sofá, iria saber, pelo dedo retorcido, que era indiscutivelmente dela? Era como um pássaro pela velocidade, uma flecha pelo rumo reto e direto. Era voluntariosa; era autoritária (claro, lembrou-se Lily, estou pensando em suas relações com as mulheres, e sou muito mais jovem, uma pessoa insignificante, morando na Brompton Road). Nos quartos abria as janelas. Fechava as portas. (Assim ela tentou iniciar mentalmente a melodia da sra. Ramsay.) Chegando tarde da noite, com uma leve batida à porta do quarto, envolta num velho casaco de peles (pois a montagem de sua beleza era sempre aquela – às pressas, mas apropriada), ela arremedaria alguma coisa qualquer – Charles Tansley perdendo o guarda-chuva; o sr. Carmichael farejando e fungando; o sr. Bankes dizendo "Os sais minerais dos legumes se perdem". Tudo isso ela era hábil em fazer; até distorcia maliciosamente; e, avançando para a janela, pretextando que precisava ir – estava amanhecendo, ela podia ver o sol nascendo – virava-se a meio, mais íntima, mas sempre rindo, insistia que ela deveria, Minta deveria, todas deveriam se casar, visto que no mundo inteiro qualquer laurel que lhe pudesse ser concedido (mas a sra. Ramsay não se importava nem um pingo com sua pintura) ou qualquer triunfo que fosse conquistado (provavelmente a sra. Ramsay tivera sua parcela deles), e aqui se entristecia, se sombreava e voltava ao assento, o indiscutível era o seguinte: uma mulher solteira (tomou-lhe levemente a mão por um momento), uma mulher solteira perde o melhor da vida. A casa parecia cheia de crianças dormindo e a sra. Ramsay ouvindo; luzes veladas e respiração regular.

Oh, diria Lily, mas havia seu pai, sua casa; até, se ousasse dizer, sua pintura. Mas tudo isso parecia tão pequeno, tão pueril, em contraste com aquilo outro. Porém, enquanto a noite passava e luzes brancas atravessavam as cortinas, e mesmo algum passarinho chilreava de vez em quando no jardim, reunindo uma coragem desesperada ela pleiteou sua isenção da lei universal; insistiu nela; gostava de estar sozinha; gostava de ser ela mesma; não era feita para aquilo; e assim teve de enfrentar uma mirada séria de olhos com uma profundidade sem igual e arrostar a certeza simples da sra. Ramsay (e agora parecia uma criança) de que sua querida Lily, sua pequena Brisk, era uma tola. Então, lembrou ela, pousara a cabeça no colo da sra. Ramsay e rira, rira, rira, rira quase histericamente à ideia da sra. Ramsay presidindo com uma calma inabalável a destinos que absolutamente não entendia. Ali estava ela sentada, simples, séria. Agora recuperara sua percepção sobre ela – era este o dedo retorcido da luva. Mas em qual santuário havia entrado? Lily Briscoe finalmente erguera os olhos, e ali estava a sra. Ramsay, totalmente incônscia do que lhe causara o riso, ainda presidindo, mas agora abolidos todos os traços voluntariosos e, em seu lugar, algo claro como o espaço que as nuvens por fim desvelam – o pequeno espaço celeste que se aninha ao lado da lua.

Era sabedoria? Era conhecimento? Era, uma vez mais, a capacidade enganadora da beleza, de modo que todas as percepções, a meio caminho da verdade, se entrelaçavam numa meada dourada? ou trancava dentro de si algum segredo que certamente todos deviam ter, acreditava Lily Briscoe, para que o mundo pudesse continuar? Nem todos podiam ser tão atabalhoados, imprevidentes como ela. Mas, se soubessem, poderiam contar o que sabiam? Sentada no chão rodeando com os braços os joelhos da sra. Ramsay, o mais perto que podia, sorrindo ao pensar que a sra. Ramsay nunca saberia a razão daquela proximidade, ela imaginava que nas câmaras da mente e do coração da mulher que a estava tocando, fisicamente, encontravam-se, como tesouros nas tumbas dos reis, tabuinhas com inscrições sagradas que, se alguém conseguisse decifrar, ensinariam tudo, mas nunca seriam ofertadas ao mundo, nunca se fariam públicas. Qual era a arte, que o amor ou a sagacidade conheciam, para entrar e percorrer aquelas câmaras secretas? Qual o expediente para se tornar, como águas vertidas num mesmo jarro, indissoluvelmente uno, idêntico ao objeto adorado? O corpo conseguiria, ou a mente, mesclando-se sutilmente nas intrincadas passagens do cérebro? ou do coração? Poderia o amor, como era chamado, criar unidade entre ela e a sra. Ramsay? pois não era o conhecimento, era a unidade que ela desejava, não inscrições em tabuinhas, nada que pudesse ser escrito em qualquer língua conhecida aos homens, mas a intimidade mesma, que é conhecimento, pensara ela, pousando a cabeça nos joelhos da sra. Ramsay.

Nada aconteceu. Nada! Nada! quando pousou a cabeça nos joelhos da sra. Ramsay. E no entanto ela sabia que havia sabedoria e conhecimento armazenados no coração da sra. Ramsay. Como, então, perguntara a si mesma, podia-se saber alguma coisa sobre as pessoas, lacradas como eram? Apenas como uma abelha, atraída por alguma doçura ou pungência no ar intangível ao toque ou paladar, buscava-se a colmeia arredondada em cúpula, percorria-se sozinho a vastidão do ar por todas as terras do mundo e então buscavam-se as colmeias com seus murmúrios e seus alvoroços; as colmeias, que eram pessoas. A sra. Ramsay se levantou. Lily se levantou. A sra. Ramsay saiu. Por dias pairou em torno dela, como depois de um sonho sente-se alguma mudança sutil na pessoa com quem se sonhou, com mais nitidez do que qualquer coisa que dissesse, o som do murmúrio e, enquanto ficava sentada na cadeira de vime à janela da sala, ela era dotada, aos olhos de Lily, uma forma augusta; a forma de uma cúpula.

Esse raio passou junto com o raio do sr. Bankes diretamente até a sra. Ramsay lá sentada lendo com James a seus joelhos. Mas, enquanto ainda olhava, o sr. Bankes agira. Pusera os óculos. Recuara um passo. Erguera a mão. Estreitara levemente os olhos azuis claros, quando Lily, voltando a si, viu o que ele estava prestes a fazer e se encolheu como um cão que vê se erguer uma mão pronta para lhe bater. Bem que tiraria o quadro rápido do cavalete, mas disse a si mesma, É preciso. Firmou-se para enfrentar a terrível provação de ter alguém olhando seu quadro. É preciso, disse, é preciso. E se é preciso que seja visto, o sr. Bankes era menos assustador do que qualquer outro. Mas que qualquer outro olhar visse o resíduo de seus trinta e três anos, a sedimentação de cada dia de sua vida mesclada a algo mais secreto do que jamais comentara ou mostrara no decorrer de todos aqueles dias era uma agonia. Ao mesmo tempo era imensamente estimulante.

Nada poderia ser mais calmo e tranquilo. Tirando um canivete, o sr. Bankes deu uma leve batidinha na tela com o cabo de osso. O que ela queria indicar com a forma triangular roxa, "bem ali"?, perguntou.

Era a sra. Ramsay lendo para James, respondeu. Ela sabia de sua objeção – que ninguém diria que era uma forma humana. Mas não procurara dar nenhuma semelhança, disse ela. Então por que os pusera ali?, perguntou. De fato, por quê? – apenas porque se ali, naquele canto, houvesse luminosidade, aqui, neste outro, ela sentia necessidade de sombra. Mesmo sendo simples, óbvio, trivial como era, o sr. Bankes estava interessado. Mãe e filho então – objetos de veneração universal, e neste caso a mãe era famosa por sua beleza – podiam ser reduzidos, ponderou ele, a uma sombra roxa sem irreverência.

Mas não era um quadro deles, disse ela. Ou não no sentido em que ele dizia. Havia outros sentidos também em que era possível reverenciá-los. Com uma sombra aqui e uma luz ali, por exemplo. Era aquela forma que seu tributo assumia caso um quadro, como vagamente supunha, devesse ser um tributo. Uma mãe e filho podiam ser reduzidos a uma sombra sem irreverência. Uma luz aqui exigia uma sombra ali. Ele avaliou. Estava interessado. Tomou-o cientificamente em plena boa-fé. A verdade era que todos os seus preconceitos estavam em outra parte, explicou. O maior quadro em sua sala de estar, louvado por pintores e avaliado a um preço maior do que pagara por ele, era com as cerejeiras floridas nas margens do Kennet. Havia passado a lua de mel nas margens do Kennet, disse. Lily devia ir vê-lo, disse. Mas então – virou, com os óculos erguidos no exame científico de sua tela. Se a questão eram as relações entre volumes, luzes e sombras, coisa na qual, para ser sincero, nunca pensara antes, gostaria de entender – o que ela queria fazer com isso? E indicou a cena diante deles.

Ela olhou. Não conseguiria lhe mostrar o que queria fazer, nem ela mesma conseguia ver, sem um pincel na mão. Retomou sua velha posição de pintar com os olhos opacos e o ar ausente, subordinando todas as suas impressões como mulher a algo muito mais geral; voltando a estar sob o poder daquela visão que vira claramente uma vez e que agora devia encontrar tateando entre sebes, casas, mães, filhos – seu quadro. Era uma questão, lembrou, de ligar este volume à direita com aquele à esquerda. Podia conseguir isso prolongando esta linha do galho até aqui, assim; ou podia romper o vazio no primeiro plano com um objeto (James talvez), assim. Mas o problema era que fazendo isso podia perder a unidade do conjunto. Parou; não queria enfadá-lo; afastou levemente a tela do cavalete.

Mas fora visto; fora-lhe tomado. Este homem partilhara com ela algo profundamente íntimo. E agradecendo ao sr. Ramsay por isso, a sra. Ramsay por isso, e à hora e ao lugar, atribuindo ao mundo um poder do qual não suspeitara – que era possível percorrer aquela longa galeria não mais sozinha mas de braços dados com alguém – o sentimento mais estranho e mais revigorante do mundo – ela travou o fecho de sua caixa de tinta, com mais firmeza do que era necessário, e o fecho daquele momento pareceu envolver num círculo eterno a caixa de tintas, o gramado, o sr. Bankes e aquela traquinas, Cam, passando em disparada.

X

Pois Cam passou quase relando pelo cavalete, por um dedo; não parou para o sr. Bankes e Lily Briscoe, embora o sr. Bankes, que gostaria de ter uma filha, estendesse a mão; não parou para o pai, a quem também quase relou por um dedo; nem para a mãe, que chamou "Cam! Venha aqui um instante!", enquanto passava em disparada. Voava feito uma ave, bala ou flecha, impelida por qual desejo, disparada por quem, mirando a quê, quem sabia? O quê, o quê?, perguntava-se a sra. Ramsay a observá-la. Podia ser uma visão – de uma concha, de um carrinho de mão, de um reino encantado do outro lado da sebe; ou podia ser o prazer glorioso da velocidade; ninguém sabia. Mas, quando a sra. Ramsay chamou "Cam!" pela segunda vez, o projétil parou no meio da carreira e Cam voltou devagar, arrancando uma folha pelo caminho, até a mãe.

Com o que ela estava sonhando, indagou-se a sra. Ramsay, vendo-a distraída, quando parou ali, com algum pensamento todo seu, de modo que teve de repetir o recado duas vezes – pergunte a Mildred se Andrew, a srta. Doyle e o sr. Rayley já voltaram. As palavras pareciam ter caído num poço, cujas águas, se eram límpidas, tinham também uma capacidade tão extraordinária de distorção que, mesmo enquanto desciam, dava para vê-las se espiralando para formar sabe-se lá que desenho no fundo da mente da menina. Que recado Cam daria à cozinheira?, indagava-se a sra. Ramsay. E de fato foi apenas esperando com paciência e ouvindo que havia uma velha na cozinha de faces muito coradas, tomando uma tigela de sopa, que a sra. Ramsay finalmente fez aflorar aquele instinto de papagaio que recolhera as palavras de Mildred com grande precisão e agora podia apresentá-las, se a pessoa tivesse paciência de esperar, numa cantilena sem cor. Mexendo-se de um pé para o outro, Cam repetiu as palavras, "Não, não voltaram, e falei para a Ellen tirar a mesa do chá".

Minta Doyle e Paul Rayley então não tinham voltado. Aquilo só podia significar, pensou a sra. Ramsay, uma coisa. Devia aceitá-lo ou recusá-lo. Essa saída depois do almoço para um passeio, mesmo Andrew estando com eles – o que poderia significar? a não ser que ela tivesse decidido, com razão, pensou a sra. Ramsay (e ela era muito, muito afeiçoada a Minta), aceitar aquele bom rapaz, que podia não ser brilhante, mas, pensou a sra. Ramsay, notando que James estava lhe dando uns puxões para que continuasse a ler o Pescador e sua Mulher, do fundo do coração preferia infinitas vezes uns toleirões a homens muito sabidos que escreviam dissertações; Charles Tansley, por exemplo. Fosse como fosse, a essas alturas já devia ter acontecido.

Mas leu: "Na manhã seguinte, a mulher acordou antes, enquanto rompia o dia, e da cama viu o belo campo que se estendia à sua frente. O marido ainda se espreguiçava...".

Mas como agora Minta poderia recusá-lo? Não poderia depois de concordar em ficar passeando tardes inteiras pelo campo só com ele – pois Andrew devia ter ido procurar seus caranguejos – mas talvez Nancy estivesse com eles. Tentou relembrar a imagem de ambos na porta da entrada após o almoço. Lá estavam olhando o céu, comentando o tempo e ela dissera, em parte para disfarçar a timidez de ambos, em parte para incentivá-los a sair (pois suas simpatias estavam com Paul), "Não há uma nuvem sequer numa extensão de quilômetros", ao que pôde perceber a risota do franzino Charles Tansley, que os acompanhara até lá fora. Mas ela fez isso de propósito. Se Nancy estava ali ou não, não sabia com certeza, fitando um e outro com os olhos da memória.

Continuou a ler: "'Ah, mulher', disse o homem, 'por que haveríamos de ser reis? Não quero ser rei'. 'Bem', disse a mulher, 'se você não quer ser rei, eu quero; vá até o Linguado, pois quero um reino'".

– Entre ou saia, Cam – disse ela, sabendo que Cam se sentia atraída apenas pela palavra "Linguado" e que num instante começaria a espicaçar e a brigar com James, como sempre. Cam saiu chispada. A sra. Ramsay continuou a leitura, aliviada, pois ela e James tinham os mesmos gostos e se sentiam bem juntos.

"E quando ele chegou ao mar, estava de um cinzento muito escuro, as águas se erguiam das profundezas e cheiravam mal. Então parou ali e disse:

'Linguado, linguado que estás no mar,
Peço-te, vem aqui me encontrar;
Pois minha mulher, a boa Isabela,
Quer algo que eu não quereria por ela.'

"'Bom, e o que ela quer?', perguntou o Linguado." E onde eles estavam agora?, indagou-se a sra. Ramsay, lendo e pensando, as duas coisas ao mesmo tempo; pois o conto do Pescador e sua Mulher era como o baixo acompanhando suavemente uma cantiga, que de vez em quando se erguia inesperado na melodia. E quando lhe contariam? Se não tivesse acontecido nada, precisaria ter uma conversa séria com Minta. Pois não podia ficar passeando pelos campos a tarde toda, mesmo que Nancy estivesse com eles (tentou de novo, sem sucesso, visualizar as costas deles descendo pela trilha e contar quantos eram). Ela era responsável diante dos pais de Minta – a Coruja e o Espeto. Os apelidos que dera a eles lhe ressurgiram enquanto lia. A Coruja e o Espeto – sim, ficariam aborrecidos se soubessem – e com certeza ficariam sabendo – que Minta, hospedada com os Ramsay, tinha sido vista et cetera et cetera et cetera. "Ele usava uma peruca na Câmara dos Comuns e ela o auxiliava com competência no alto das escadas", repetiu, pescando-os da memória com uma frase que, voltando de alguma festa, tinha dito para divertir o marido. Ora, ora, disse a sra. Ramsay consigo mesma, como geraram essa filha incongruente? essa Minta amolecada, com a meia furada? Como ela existia naquela atmosfera portentosa onde a empregada vivia recolhendo numa pazinha de lixo a areia que o papagaio tinha espalhado, e quase toda a conversa se resumia às façanhas – interessantes talvez, mas afinal limitadas – daquela ave? Naturalmente, alguém a convidara para almoçar, tomar chá, jantar, por fim para passar uns dias com eles em Finlay, o que resultara num certo atrito com a Coruja, sua mãe, e mais visitas, mais conversas, mais areia até que, no final, ela tinha contado tantas lorotas sobre papagaios que dariam para uma vida inteira (assim disse ao marido naquela noite, voltando da festa). No entanto Minta veio... Sim, veio, pensou a sra. Ramsay, suspeitando de algum espinho no emaranhado desse pensamento; desenredando-o, descobriu que era o seguinte: certa vez uma mulher a acusara de "lhe roubar a afeição da filha", e a sra. Doyle tinha dito alguma coisa que lhe fez lembrar aquela acusação. Querendo dominar, querendo interferir, induzindo as pessoas a fazerem o que queria – tal era a acusação contra ela, que julgava extremamente injusta. Como podia deixar de parecer "assim" aos outros? Ninguém poderia acusá-la de tentar causar impressão. Muitas vezes se envergonhava da própria aparência surrada. E não era dominadora nem tirânica. Podia ser verdade em relação a hospitais, esgotos e laticínios. Sobre coisas assim era de fato veemente e gostaria, se pudesse, de agarrar as pessoas pela nuca e levá-las para ver. Nenhum hospital na ilha inteira. Era uma desgraça. O leite entregue à porta em Londres, decididamente marrom de sujeira. Devia ser proibido. Uma leiteria e um hospital modelos aqui – essas duas coisas ela gostaria de fazer, pessoalmente. Mas como? Com todos esses filhos? Quando estivessem mais crescidos, talvez tivesse tempo; quando todos estivessem na escola.

Oh, mas gostaria que James jamais crescesse! e Cam também não. Esses dois, gostaria de mantê-los sempre exatamente como eram, uns diabretes de levados, uns anjos de encantadores, nunca ver se transformarem nuns monstrengos compridos. Nada compensava a perda. Quando estava lendo nesse minuto para James, "e havia muitos soldados com tímpanos e cornetas", e os olhos dele se escureceram, ela pensou, por que tinham de crescer e perder tudo aquilo? Ele era o mais dotado, o mais sensível de seus filhos. Mas todos, pensou, eram promissores. Prue, um verdadeiro anjo com os outros, e agora às vezes, principalmente de noite, de uma beleza de tirar o fôlego. Andrew – até seu marido reconhecia que o dom dele para matemática era extraordinário. E Nancy e Roger, os dois eram agora duas criaturinhas afoitas, correndo pela região o dia inteiro. Quanto a Rose, tinha uma boca grande demais, mas sua habilidade manual era maravilhosa. Se montavam alguma peça, era ela que fazia as roupas; fazia tudo; gostava principalmente de fazer arranjos de mesa, de flores, de qualquer coisa. Não gostava que Jasper atirasse em passarinhos; mas era apenas uma fase; todos eles passavam por fases. Por que, perguntou premindo o queixo na cabeça de James, tinham de crescer tão depressa? Por que tinham de ir para a escola? Gostaria de ter sempre um bebê. Era com um bebê no colo que se sentia mais feliz. Então, se quisessem, podiam dizer que era tirânica, dominadora, autoritária; não se importava. E encostando os lábios no cabelo dele, pensou, nunca será tão feliz como agora, mas deteve-se, lembrando como seu marido se zangou quando disse isso. Mesmo assim era verdade. Agora eram mais felizes do que jamais voltariam a ser. Um joguinho de chá de dez pence deixava Cam feliz por dias a fio. Ouvia o som dos pés e as palrices das crianças no andar de cima quando acordavam. Vinham numa algazarra pelo corredor. Então a porta se escancarava e irrompiam, frescas como rosas, arregalando os olhos, muito vivazes, como se essa irrupção na sala de jantar após o desjejum, que faziam todos os dias de suas vidas, fosse um verdadeiro acontecimento para elas, e assim continuavam, com uma coisa depois da outra, o dia inteiro, até que ela subia para lhes dar boa noite e as encontrava aninhadas em suas camas de vento como avezinhas entre cerejas e framboesas, ainda inventando histórias sobre alguma miudeza – algo que tinham ouvido, algo que tinham colhido no jardim. Todas tinham seus pequenos tesouros... E então ela desceu e disse ao marido, Por que precisam crescer e perder tudo isso? Nunca voltarão a ser tão felizes. E ele se zangou. Por que adotar uma visão tão melancólica da vida?, perguntou ele. Não é sensato. Pois era estranho – e ela acreditava que era verdade – que ele, com toda a sua melancolia e desesperança, fosse no geral mais feliz, mais esperançoso do que ela. Menos exposto a preocupações humanas – talvez fosse isso. Ele sempre tinha seu trabalho ao qual podia se recolher. Não que ela fosse pessoalmente "pessimista", como ele a acusava de ser. Apenas pensava que a vida – e uma pequena faixa de tempo se apresentou a seus olhos – seus cinquenta anos. Ali estava diante dela – a vida. A vida, pensou – mas não concluiu o pensamento. Olhou a vida, pois tinha uma clara sensação de que ela estava ali, algo real, algo pessoal, que não partilhava com os filhos nem com o marido. Havia entre ambas uma espécie de transação, em que ela estava num lado e a vida no outro, e sempre tentando levar a melhor, como se lhe coubesse; e às vezes negociavam uma trégua (quando estava sozinha); havia, lembrou, grandes cenas de reconciliação; mas de modo geral, bastante estranhamente, ela tinha de admitir que essa coisa a que chamava de vida lhe parecia terrível, hostil, pronta a atacar na primeira oportunidade. Havia problemas que eram eternos: sofrimento, morte, pobreza. Sempre havia uma mulher morrendo de câncer, mesmo aqui. E mesmo assim dissera a todas essas crianças, Vocês superarão tudo isso. A oito pessoas dissera isso incansavelmente (e a conta da estufa ficaria em cinquenta libras). Por essa razão, sabendo o que estava diante delas – o amor, a ambição, a tristeza e a solidão em lugares desconsolados, muitas vezes vinha-lhe o sentimento, Por que precisam crescer e perder tudo isso? E então disse a si mesma, brandindo sua espada à vida, Bobagem. Serão plenamente felizes. E aqui estava ela, refletiu, outra vez sentindo a vida como algo sinistro, tentando que Minta se casasse com Paul Rayley; porque, qualquer que fosse seu sentimento quanto à sua negociação pessoal, tivera experiências que não precisam acontecer a todos (não as nomeou para si mesma); sentia-se impelida, sabia que rápido demais, quase como se fosse uma fuga para ela também, a dizer que as pessoas deviam se casar; as pessoas deviam ter filhos.

Estaria errada nisso, perguntou-se, revendo sua conduta na última semana ou quinzena, e pensando se teria de fato pressionado Minta, que tinha apenas vinte e quatro anos, a se decidir. Sentiu-se incomodada. Não escarnecera disso? Não estava esquecendo outra vez o quanto influenciava as pessoas? O casamento requeria – oh, todas as espécies de qualidades (a conta da estufa ficaria em cinquenta libras); uma – não precisou nomeá-la – que era essencial: a coisa que tinha com seu marido. Eles tinham?

"Então vestiu as calças e saiu correndo feito um louco", leu. "Mas lá fora caía um temporal tão forte e pesado que ele mal conseguiu ficar de pé; casas e árvores tombavam, as montanhas estremeciam, pedras rolavam e se afundavam no mar, o céu estava um breu, trovejando e relampeando, e o mar avançava com ondas negras da altura das montanhas e dos campanários, com as cristas de espuma branca."

Virou a página; faltavam apenas algumas linhas, de modo que terminaria o conto, embora já passasse da hora de ir para a cama. Estava ficando tarde. A luz no jardim lhe dizia isso; e o embranquecimento das flores e algo cinzento nas folhas conspiravam para lhe despertar uma sensação de ansiedade. A respeito do que seria, de início não conseguiu imaginar. Então lembrou; Paul, Minta e Andrew não tinham voltado. Mais uma vez invocou mentalmente o pequeno grupo no terraço diante da porta de entrada, de pé fitando o céu. Andrew estava com sua rede e cesto. Isso significava que estava indo apanhar caranguejos e coisas variadas. Isso significava que ia escalar uma pedra; estaria separado dos outros. Ou voltando em fila indiana por uma daquelas pequenas trilhas no alto do penhasco um deles podia escorregar. Rolaria e então se espatifaria. Estava ficando totalmente escuro.

Mas não permitiu a menor alteração na voz enquanto terminava o conto e acrescentou, fechando o livro e dizendo as últimas palavras como se fossem dela mesma, fitando James no fundo dos olhos: "E lá continuam a viver até hoje".

– E assim termina – disse e viu nos olhos dele, enquanto o interesse pela história se desvanecia, alguma outra coisa ocupar o lugar; algo incerto, pálido, como o reflexo de uma luz, que o fez fitar e se maravilhar. Virando-se, ela olhou a baía e lá, sem dúvida, primeiro vindo pelas ondas dois clarões rápidos e depois um clarão longo e constante, estava a luz do Farol. Estava aceso.

Dali a pouco ele iria lhe perguntar, "Iremos ao Farol?". E ela teria de dizer, "Não, amanhã não; seu pai diz que não". Felizmente, Mildred entrou para vir buscá-lo e se distraíram com aquilo. Mas ele continuou a olhar por sobre o ombro enquanto Mildred o levava e ela teve certeza de que ele estava pensando, não vamos ao Farol amanhã; e pensou, ele vai se lembrar disso pelo resto da vida.

XI

Não, pensou ela, juntando algumas das figuras que ele recortara – um refrigerador, um cortador de grama, um cavalheiro vestido a rigor – as crianças nunca esquecem. Por isso era tão importante o que se dizia e se fazia, e era um alívio quando iam dormir. Pois agora ela não precisava pensar em ninguém. Podia ser ela mesma, por si mesma. E era disso que agora andava precisando – pensar; bem, sequer pensar. Ficar quieta; ficar sozinha. Todo o ser e o fazer, expansivos, cintilantes, sonoros, se evaporavam; e a pessoa se recolhia, com um senso de solenidade, para ser ela mesma, um núcleo cuneiforme de escuridão, alguma coisa invisível aos outros. Embora continuasse a tricotar sentada com as costas direitas, era como se sentia; e este ser tendo se desfeito de suas ligações estava livre para as mais estranhas aventuras. Quando a vida cedia por um momento, o leque de experiências parecia ilimitado. E para todos sempre havia essa sensação de recursos ilimitados, imaginava ela; um após o outro, ela, Lily, Augustus Carmichael, deviam sentir que nossas aparências, as coisas pelas quais nos conhecem, são meras puerilidades. Por baixo é tudo escuro, é tudo espraiado, é insondavelmente fundo; mas de vez em quando subimos à superfície e é assim que aparecemos e somos vistos. Seu horizonte lhe parecia ilimitado. Havia todos os lugares que não vira; as planícies indianas; sentiu-se afastando a grossa cortina de couro de uma igreja em Roma. Esse núcleo de escuridão podia ir a qualquer lugar, pois ninguém o via. Não podiam detê-lo, pensou exultante. Havia liberdade, havia paz, havia, o melhor de tudo, uma concentração, um repouso numa plataforma de estabilidade. Encontrava-se repouso para sempre não como ela mesma, em sua experiência (aqui executou destramente alguma coisa com suas agulhas), mas como uma cunha de escuridão. Perdendo-se a personalidade, perdia-se a impaciência, a pressa, a agitação; e sempre aflorava a seus lábios alguma exclamação de triunfo sobre a vida quando as coisas se reuniam nesta paz, neste descanso, nesta eternidade; e aqui pausando, procurou com os olhos aquele clarão do Farol, o clarão longo e constante, o último dos três, que era seu clarão, pois olhando-os com essa disposição sempre a esta hora a pessoa não podia deixar de se ligar a uma coisa em especial entre as coisas que via; e esta coisa, o clarão longo e constante, era seu clarão. Muitas vezes dava por si sentada olhando, olhando sentada, com o trabalho nas mãos até se tornar a coisa que olhava – aquela luz, por exemplo. E isso traria à tona uma ou outra pequena frase que lhe estivera na mente como aquela – "As crianças não esquecem, as crianças não esquecem" – que repetia e à qual começava a acrescentar, Vai terminar, vai terminar, dizia. Vai chegar, vai chegar, quando de repente acrescentou, Estamos nas mãos do Senhor.

Mas imediatamente sentiu-se aborrecida consigo mesma por dizer aquilo. Quem havia dito? Não ela; fora ardilosamente levada a dizer algo que não pretendia. Olhou por sobre o tricô e encontrou o terceiro clarão e era como se seus olhos encontrassem seus próprios olhos, esquadrinhando como apenas ela podia esquadrinhar sua mente e seu coração, expurgando aquela mentira, qualquer mentira. Elogiou-se elogiando a luz, sem vaidade, pois era firme, era esquadrinhadora, era bela como aquela luz. Era estranho, pensou, como a pessoa, estando sozinha, se inclinava para coisas inanimadas; árvores, riachos, flores; como sentia que a expressavam; sentia que se tornavam uma unidade; sentia que conheciam a pessoa, em certo sentido uniam-se nela; sentiu assim uma ternura irracional (olhou aquela luz longa e constante) como por si mesma. Lá se erguia, e ela olhou e olhou com as agulhas suspensas, lá subia se espiralando do fundo da mente, erguia-se do lago do próprio ser, uma névoa, uma noiva ao encontro do amado.

O que a levou a dizer que "Estamos nas mãos do Senhor"?, indagou-se. A insinceridade se insinuando entre as verdades foi como um alerta e se aborreceu. Voltou outra vez ao tricô. Como algum Senhor poderia ter feito este mundo?, perguntou. Com sua mente sempre captara o fato de que não existe razão, ordem, justiça, mas sofrimento, morte, pobreza. Não havia traição que o mundo não cometesse; sabia disso. Nenhuma felicidade durava; sabia disso. Tricotava numa atitude firme, franzindo levemente os lábios e, sem ter consciência disso, endureceu e compôs as linhas do rosto com tal rigidez que quando o marido passou, embora estivesse casquinando à ideia de Hume, o filósofo, imensamente gordo, atolado num lamaçal, não pôde deixar de notar, ao passar, a rigidez no âmago de sua beleza. Isso o entristeceu e o distanciamento dela lhe doeu, e sentiu, ao passar, que não poderia protegê-la e, quando alcançou a sebe, estava triste. Não podia fazer nada para ajudá-la. Devia ficar ao lado e observá-la. De fato, a verdade infernal era que ele piorava as coisas para ela. Era irritadiço – era suscetível. Perdera a calma por causa do Farol. Fitou o interior da sebe, seu entrelaçado, sua escuridão.

O que, sentia a sra. Ramsay, sempre ajudava alguém relutante a sair da solidão era se agarrar a alguma miudeza, algum som, alguma imagem. Pôs-se à escuta, mas tudo estava muito quieto; o críquete tinha acabado; as crianças estavam no banho; havia apenas o som do mar. Parou de tricotar; segurou a longa meia marrom avermelhada balançando nas mãos por um instante. Viu a luz outra vez. Com alguma ironia em sua interrogação, pois afinal quando alguém despertava suas relações mudavam, olhou a luz firme e constante, a impiedosa, a implacável, que era ela em tão grande e, no entanto, tão pequena medida, que a mantinha sob seu comando (ela acordava à noite e via como a luz cruzava a cama deles, batendo no chão), mas apesar de tudo, pensou observando-a fascinada, hipnotizada, como se batesse com seus dedos de prata em algum vaso lacrado em seu cérebro cuja explosão iria inundá-la de prazer, conhecera a felicidade, a profunda felicidade, a intensa felicidade, e ela tingiu de prata as ondas encapeladas dando-lhes um pouco mais de brilho enquanto a luz do dia se apagava, e o azul saiu do mar e rolou em ondas de puro amarelo limão que se encurvavam, se avolumavam e se quebravam na praia e o êxtase lhe explodiu nos olhos e ondas de puro prazer correram pelo fundo de sua mente e ela sentiu, Isso basta! Isso basta!

Ele se virou e a viu. Ah! Era encantadora, agora mais encantadora do que nunca pensou ele. Mas não podia falar com ela. Não podia interrompê-la. Tinha urgência em falar com ela agora que James saíra e por fim estava sozinha. Mas decidiu, não, não ia interrompê-la. Estava agora distante dele em sua beleza, em sua tristeza. Ia deixá-la em paz, e passou por ela sem uma palavra, embora o magoasse que ela tivesse um ar tão distante e não pudesse alcançá-la, não pudesse fazer nada para ajudá-la. E passaria novamente por ela sem uma palavra se, naquele exato momento, ela não lhe tivesse dado de livre e espontânea vontade o que sabia que ele jamais pediria, não o tivesse chamado, retirado o xale verde da moldura do quadro e se dirigido até ele. Pois, sabia ela, ele queria protegê-la.

XII

Dobrou o xale verde nos ombros. Tomou-lhe o braço. Ele tinha uma tal beleza, disse ela, começando a falar de Kennedy, o jardineiro, era tão tremendamente bonito que não podia despedi-lo. Havia uma escada apoiada à estufa e pedacinhos de massa grudados aqui e ali, pois estavam começando a consertar a estufa. Sim, mas, enquanto continuava a andar com o marido, sentiu que aquela fonte específica de preocupação fora localizada. Sentiu na ponta da língua que estava para dizer, enquanto andavam, "Vai custar cinquenta libras", mas em vez disso, pois não tinha ânimo de falar em dinheiro, falou de Jasper atirando em passarinhos, e ele logo disse, acalmando-a instantaneamente, que era natural num garoto e tinha certeza de que não demoraria em encontrar maneiras melhores de se entreter. Seu marido era tão sensato, tão justo. E assim ela respondeu:

– Sim; todas as crianças passam por fases.

Começou a avaliar as dálias no amplo canteiro, a imaginar as flores no ano seguinte, e perguntou se ele sabia qual o apelido que as crianças tinham dado a Charles Tansley. O ateu, era como o chamavam, o ateuzinho.

– Não é um sujeito muito educado – disse o sr. Ramsay.

– Longe disso – comentou a sra. Ramsay.

Imaginava que seria melhor deixá-lo por conta própria, disse a sra. Ramsay, indagando-se se valia a pena enviar os bulbos; plantariam?

– Oh, ele tem sua dissertação para escrever – disse o sr. Ramsay.

Estava a par *disso*, comentou a sra. Ramsay. Ele não falava de outra coisa. Era sobre a influência de alguém sobre alguma coisa.

– Bem, é só com isso que ele conta – disse o sr. Ramsay.

– Queiram os céus que ele não se apaixone por Prue – disse a sra. Ramsay.

Ele a deserdaria se os dois se casassem, disse o sr. Ramsay. Olhava não as flores, que sua esposa estava avaliando, e sim um ponto uns dois palmos acima delas. Não havia nenhum problema com ele, acrescentou, e estava para dizer que de qualquer forma era o único rapaz na Inglaterra que admirava seus – quando se conteve. Não iria incomodá-la outra vez com seus livros. Essas flores pareciam muito boas, disse o sr. Ramsay, baixando os olhos e notando algo vermelho, algo marrom. Sim, mas estas ela mesma tinha plantado, disse a sra. Ramsay. A questão era o que aconteceria se enviasse os bulbos; Kennedy plantaria? A questão era sua preguiça incurável, acrescentou retomando o passo. Se ficasse o dia inteiro em cima dele com uma pá na mão, às vezes ele até faria alguma coisa. Continuaram a andar, na direção da touceira de lírios-tocha.

– Você está ensinando suas filhas a exagerar – disse o sr. Ramsay numa censura.

Tia Camilla era muito pior do que ela, observou a sra. Ramsay.

– Nunca ninguém tomou sua tia Camilla como modelo de virtude, ao que eu saiba – disse o sr. Ramsay.

– Era a mulher mais bonita que eu já vi – disse a sra. Ramsay.

– Outra é que era – disse o sr. Ramsay.

Prue ia ser muito mais bonita do que ela, disse a sra. Ramsay. Não via nenhum sinal disso, disse o sr. Ramsay.

– Bem, então veja hoje à noite – disse a sra. Ramsay.

Pararam. Ele queria que Andrew fosse incentivado a se esforçar mais. Perderia qualquer chance de uma bolsa de estudos se não o fizesse.

– Oh, bolsas de estudos! – disse ela.

O sr. Ramsay julgou que era uma tola em se referir daquela maneira a uma coisa séria como uma bolsa de estudos. Ele sentiria muito orgulho de Andrew se conseguisse uma bolsa de estudos, disse. Ela sentiria igual orgulho dele se não conseguisse, respondeu. Sempre discordavam a esse respeito, mas não tinha importância. Ela gostava que ele acreditasse em bolsas de estudos e ele gostava que ela sentisse orgulho de Andrew de qualquer maneira. De repente ela se lembrou daquelas trilhas estreitas na beira dos penhascos.

Não era tarde?, perguntou. Ainda não tinham voltado para casa. Ele destampou seu relógio num gesto despreocupado. Mas só passava um pouco das sete. Segurou o relógio aberto por um momento, decidindo se iria lhe contar o que sentira no terraço. Para começar, não era sensato ficar tão nervosa. Andrew sabia cuidar de si. Depois, queria lhe dizer que quando estava andando pelo terraço logo antes – aqui se sentiu incomodado, como se estivesse invadindo aquela solidão, aquele afastamento, aquela distância dela. Mas ela insistiu. O que ele queria lhe dizer, perguntou, pensando que era a respeito da ida ao Farol, que se desculpava por ter dito "Raios". Mas não. Ele não queria vê-la com um ar tão triste, disse. Apenas distração, protestou ela corando um pouco. Os dois se sentiam incomodados, como se não soubessem se avançavam ou retrocediam. Estivera lendo um conto para James, disse ela. Não, não podiam partilhar aquilo; não podiam comentar aquilo.

Haviam chegado à brecha entre as duas touceiras de lírios-tocha, e lá estava de novo o Farol, mas não se permitiria olhá-lo. Se soubesse que ele a estava olhando, pensou, não teria ficado sentada ali, a pensar. Desagradava-lhe qualquer coisa que lhe lembrasse que fora vista sentada a pensar. Assim olhou por sobre o ombro, para a cidade. As luzes estavam ondulando e correndo como se fossem gotas de água prateada que se mantinham firmes num vendaval. E toda a pobreza, todo o sofrimento tinham se virado para lá, pensou a sra. Ramsay. As luzes da cidade, do porto e dos barcos pareciam uma rede fantasmagórica flutuando para marcar algo que se afundara. Bem, se ele não podia compartilhar os pensamentos dela, disse o sr. Ramsay consigo mesmo, então se recolheria aos seus. Queria continuar a pensar, repetindo a si mesmo o episódio de Hume atolado num lamaçal; queria rir. Mas em primeiro lugar era bobagem se preocupar com Andrew. Quando ele era da idade de Andrew costumava andar pelo campo o dia todo, sem nada além de um biscoito no bolso e ninguém se preocupava com ele nem achava que tinha despencado de um rochedo. Disse em voz alta que pensava em passar o dia fora numa caminhada se o tempo ficasse firme. Bankes e Carmichael tinham lhe enchido as medidas. Queria um pouco de solidão. Sim, disse ela. Ficou aborrecido que ela não protestasse. Ela sabia que ele jamais o faria. Agora estava velho demais para andar o dia todo com um biscoito no bolso. Ela se preocupava com os meninos, mas não com ele. Anos atrás, antes de se casar, pensou ele olhando a baía, enquanto se detinham entre as touceiras de lírios-tocha, tinha andado o dia inteiro. Comera pão com queijo numa taverna. Trabalhara dez horas seguidas; uma velha vinha dar uma espiada de vez em quando e cuidava do fogo. Aquele era o campo que preferia, lá adiante; aquelas dunas de areia tremeluzindo e desaparecendo na escuridão. Podia-se andar o dia inteiro sem encontrar uma alma viva. Não havia nenhum povoado e apenas uma ou outra casa numa extensão de quilômetros. A pessoa podia se entregar em paz a suas preocupações. Havia pequenas faixas de areia onde ninguém pisara desde o início dos tempos. As focas se sentavam e ficavam olhando a pessoa. Às vezes lhe parecia que numa casinha lá longe, sozinho – interrompeu-se suspirando. Não tinha o direito. O pai de oito filhos – lembrou a si mesmo. E seria um insensível e um patife se desejasse qualquer mudança. Andrew ia ser um homem melhor do que ele tinha sido. Prue ia ser uma beldade, dizia a mãe. Lutariam um pouco contra a correnteza. Era um bom trabalho no conjunto – seus oito filhos. Mostravam que ele não amaldiçoava inteiramente o pobre e pequeno universo, pois num anoitecer como este, pensou olhando a terra que desaparecia no escuro, a ilhota parecia pateticamente pequena, quase engolida pelo mar.

– Pobre lugarejo murmurou num suspiro.

Ela o ouviu. Ele dizia as coisas mais melancólicas, mas ela notava que logo depois de dizê-las ele sempre parecia mais animado do que o habitual. Todo aquele fraseado era um jogo, pensou ela, pois se dissesse metade do que ele dizia já teria estourado os miolos.

Irritava-a, aquele fraseado, e lhe disse de maneira prosaica que o anoitecer estava realmente encantador. E o que estava murmurando, perguntou ela, meio rindo, meio se queixando, pois adivinhava o que ele estava pensando – teria escrito livros melhores se não tivesse se casado.

Não estava se queixando, disse ele. Ela sabia que ele não se queixava. Ela sabia que ele não tinha absolutamente nada do que se queixar. E lhe tomou a mão, levou aos lábios e beijou com uma intensidade que trouxe lágrimas aos olhos dela, e rapidamente soltou.

Deram as costas à paisagem e começaram a subir a trilha onde cresciam as plantas verde-prateadas em forma de lança, de braços dados. O braço dele parecia quase de um rapaz, pensou a sra. Ramsay, firme e esguio, e pensou com prazer como ele ainda era forte, embora com mais de sessenta anos, como era indômito e otimista e como era estranho que estar convencido, como estava ele, de todas as espécies de horrores parecia não deprimi-lo e sim animá-lo. Não era esquisito?, refletiu ela. De fato ele lhe parecia às vezes de feitio diferente dos outros, congenitamente cego, surdo e mudo às coisas comuns, mas com um olho de lince para as coisas incomuns. Muitas vezes ficava assombrada com sua capacidade de entendimento. Mas notava as flores? Não. Notava a paisagem? Não. Notava sequer a beleza da própria filha, ou se no prato havia pudim ou rosbife? Sentava-se à mesa com eles como se estivesse num sonho. E seu hábito de falar em voz alta ou recitar versos em voz alta estava aumentando, receava ela; pois às vezes era embaraçoso –

Sublime e radiosa vem!

a pobre srta. Giddings, quando ele lhe bradava aquilo, quase caía de susto. Mas é que, sra. Ramsay, embora tomando imediatamente o lado dele contra todas as Giddings tolas do mundo, é que, pensou ela, avisando com uma leve pressão em seu braço que ele estava subindo a trilha num passo rápido demais para ela, e que tinha de parar um momento para ver se aqueles montinhos de terra na margem eram novos, é que, pensou ela, inclinando-se para olhar, uma grande mente como a dele devia ser diferente da nossa em todos os aspectos. Todos os grandes homens que conhecera, pensou, concluindo que devia ter sido um coelho que entrou por ali, eram assim, e era bom para os jovens (embora a atmosfera dos salões de conferências lhe parecesse abafada e deprimente a um grau quase insuportável) simplesmente ouvi-lo, simplesmente olhá-lo. Mas, sem atirar nos coelhos, como controlá-los?, perguntou-se. Podia ser um coelho; podia ser uma toupeira. De qualquer modo, alguma criatura estava estragando suas prímulas-da-noite. E olhando para cima, viu além das árvores esguias a primeira pulsação da estrela que vibrava inteira e quis que o marido olhasse, pois a visão lhe dava intenso prazer. Mas deteve-se. Ele nunca olhava as coisas. Se olhasse, a única coisa que diria, seria, Pobre mundinho, com um de seus suspiros.

Naquele momento, ele disse "Muito bonitas" para agradá-la e fingiu admirar as flores. Mas ela sabia muito bem que não as admirava ou sequer percebia que estavam ali. Era apenas para agradá-la. Ah, mas aquela não era Lily Briscoe andando ao lado de William Bankes? Ela concentrou os olhos míopes nas costas de um casal que se afastava. Era, de fato era. Aquilo não significava que iriam se casar? Sim, devia significar! Que ótima ideia! Deviam se casar!

XIII

Tinha estado em Amsterdã, o sr. Bankes estava dizendo enquanto percorria o gramado com Lily Briscoe. Vira os quadros de Rembrandt. Estivera em Madri. Infelizmente, era Sexta-Feira Santa e o Prado estava fechado. Estivera em Roma. A srta. Briscoe já esteve em Roma? Oh, deveria – seria uma experiência maravilhosa para ela – a Capela Sistina, Michelangelo; e Pádua, com seus Giotto. Sua esposa passara muitos anos com problemas de saúde e por isso suas viagens de turismo tinham sido em escala modesta.

Ela tinha estado em Bruxelas; estivera em Paris, mas apenas numa visita muito rápida para ver uma tia que estava doente. Estivera em Dresden; havia montes de quadros que não conhecia; mas, refletiu Lily Briscoe, talvez fosse melhor não ver quadros; eles apenas deixavam a pessoa irremediavelmente descontente com o próprio trabalho. O sr. Bankes pensava que era levar longe demais aquele ponto de vista. Não podemos ser todos Ticiano e não podemos ser todos Darwin, disse ele; ao mesmo tempo duvidava se teríamos nosso Darwin e nosso Ticiano se não fosse por pessoas humildes como nós. Lily gostaria de elogiá-lo de alguma maneira; o senhor não é humilde, sr. Bankes, gostaria de dizer. Mas ele não queria elogios (a maioria dos homens quer, pensou ela) e ficou um pouco envergonhada por seu impulso e não disse nada enquanto ele comentava que o que estava dizendo talvez não se aplicasse a quadros. De todo modo, disse Lily, brandindo sua pequena insinceridade, ela sempre continuaria a pintar, pois era algo que a interessava. Sim, disse o sr. Bankes, ele tinha certeza de que ela continuaria e, ao alcançarem o final do gramado, estava lhe perguntando se tinha dificuldade em encontrar temas em Londres quando viraram e viram os Ramsay. Então isso é casamento, pensou Lily, um homem e uma mulher olhando uma menina jogando bola. Foi isso que a sra. Ramsay tentou me dizer na outra noite, pensou. Pois estava usando um xale verde, e ambos muito próximos um do outro olhando Prue e Jasper brincando de jogar bola. E de súbito o significado que, sem razão nenhuma, quando estão talvez saindo do metrô ou tocando uma campainha, recai nas pessoas, tornando-as simbólicas, tornando-as representativas, desceu sobre eles e deles fez no lusco-fusco ali parados, olhando, os símbolos do casamento, marido e mulher. Então, depois de um instante, o contorno simbólico que transcendia as figuras reais descaiu outra vez e eles se tornaram, quando os alcançaram, o sr. e a sra. Ramsay olhando os filhos brincando de jogar bola. Mas ainda por um momento, embora a sra. Ramsay os cumprimentasse com seu sorriso habitual (oh, ela está pensando que vamos nos casar, pensou Lily) e dissesse "Esta noite eu triunfei", querendo dizer que desta vez o sr. Bankes concordara em jantar com eles e não escapulira para seus alojamentos onde seu criado cozinhava os legumes da maneira correta; ainda, por um momento, houve uma sensação de coisas se erguendo ao ar, de espaço, de irresponsabilidade enquanto a bola subia lá para cima, e seguiram-na, perderam-na e viram a única estrela e o cortinado dos ramos. À luz declinante todos pareciam angulosos e etéreos, separados por grandes distâncias. Então, recuando como uma flecha pelo vasto espaço (pois era como se a solidez tivesse desaparecido completamente), Prue correu a toda velocidade até eles e com a mão esquerda apanhou magnificamente a bola bem no alto, e sua mãe disse "Eles ainda não voltaram?", ao que o sortilégio se rompeu. O sr. Ramsay se sentiu em liberdade para gargalhar à ideia de que Hume ficara atolado num lamaçal e uma velha o salvou sob a condição de que rezasse o Pai Nosso, e rindo para si mesmo tomou o rumo de seu gabinete. A sra. Ramsay, trazendo Prue de volta à aliança da família, da qual escapara jogando bola, perguntou:

– Nancy foi com eles?

XIV

(Certamente Nancy fora com eles, visto que Minta Doyle o pedira num gesto calado, estendendo-lhe a mão, quando Nancy se dirigia, após o almoço, para seu quarto no sótão, para escapar ao horror da vida em família. Supôs que então devia ir. Não queria ir. Não queria ser arrastada para tudo aquilo. Pois enquanto seguiam pela estrada até o penhasco Minta continuou a segurá-la pela mão. Depois soltaria. Depois pegaria de novo. O que ela queria?, perguntou-se Nancy. Alguma coisa, claro, as pessoas queriam; pois, quando Minta lhe pegou e segurou a mão, Nancy, relutante, viu o mundo inteiro se espraiar a seus pés, como se fosse Constantinopla vista por entre uma neblina e então, por mais pesados que estivessem os olhos, a pessoa devia perguntar, "Aquela é Santa Sofia?", "Aquele é o Corno de Ouro?". Assim Nancy perguntou quando Minta lhe tomou a mão, "O que ela quer? É isso?". E o que era isso? Aqui e ali emergiam da neblina (enquanto Nancy olhava a vida espraiada a seus pés) um pináculo, uma cúpula; coisas proeminentes, sem nome. Mas quando Minta lhe soltou a mão, como fez quando desceram correndo pela encosta, tudo aquilo, a cúpula, o pináculo, qualquer coisa que fosse aquilo que se salientara entre a neblina, afundou-se de novo nela e desapareceu. Minta, observou Andrew, era uma boa caminhante. Usava roupas mais sensatas do que as mulheres em geral. Usava saias bem curtas e calções pretos folgados. Não hesitava em entrar num riacho e atravessava chapinhando. Ele gostava de sua temeridade, mas via que não daria certo – um dia desses ela acabaria se matando de alguma maneira idiota. Parecia não ter medo de nada – exceto de touros. À mera vista de um touro no campo, erguia os braços e fugia aos gritos, o que, claro, era exatamente a coisa que enfurecia um touro. Mas ela não se importava em admiti-lo com toda a franqueza; isso era preciso reconhecer. Sabia que era uma tremenda de uma covarde com os touros, disse. Devia ter sido atingida no carrinho quando era bebê, achava ela. Não parecia se importar com o que dizia ou fazia. Então de repente se jogava sentada na beirada do penhasco e começava a cantar alguma balada que dizia

Malditos vossos olhos, malditos vossos olhos.

Todos tinham de acompanhar e cantar o estribilho, bradando juntos:

Malditos vossos olhos, malditos vossos olhos,

mas seria fatal se deixassem a maré subir e cobrir todas as boas áreas de coleta antes de chegarem à praia.

– Fatal – concordou Paul, erguendo-se num salto e, enquanto estavam escorregando pela descida, continuou citando o guia turístico sobre "estas ilhas que têm justa fama por suas amplas paisagens e pela quantidade e variedade de suas curiosidades marinhas". Mas não daria certo de jeito nenhum, esse berreiro amaldiçoando vossos olhos, sentiu Andrew, escolhendo o caminho para descer do rochedo, esses tapinhas nas costas, essa história de chamá-lo de "velho camarada" e tudo aquilo; não daria certo de jeito nenhum. Era o que havia de pior em levar mulher nas caminhadas. Separaram-se chegando à praia, ele indo para o Nariz do Papa, tirando os sapatos, enrolando e enfiando as meias dentro deles e deixando que aquele casal cuidasse da própria vida; Nancy foi vadeando até suas pedras favoritas e examinou suas poças prediletas, deixando que aquele casal cuidasse da própria vida. Agachou-se e tocou as anêmonas do mar lisas que pareciam de borracha, presas como pelotas de geleia na lateral da pedra. Perdendo-se em pensamentos, transformou a poça em mar, converteu os barrigudinhos em tubarões e baleias, lançou vastas nuvens sobre esse mundo minúsculo erguendo a mão contra o sol e assim trouxe trevas e desolação, como o próprio Deus, a milhões de criaturas ignorantes e inocentes, e então afastou a mão de repente e deixou que o sol inundasse tudo. Adiante, na areia pálida riscada de linhas entrecruzadas, em passadas altas, de cadilhos e manoplas, arrastava-se algum fantástico leviatã (ela ainda estava ampliando a poça) que enveredou pelas vastas fendas do flanco da montanha. E então, deixando os olhos se erguerem imperceptivelmente acima da poça e descansarem naquela linha ondulante do céu e do mar, nos troncos de árvore que o vapor dos barcos fazia ondularem no horizonte, ela ficou, com todo aquele poder se alastrando ferozmente e inevitavelmente recuando, hipnotizada, e as duas sensações daquela vastidão e desta pequenez (a poça diminuíra novamente) florescendo ali dentro deram-lhe a impressão de estar de mãos e pés atados, incapaz de se mexer devido à intensidade dos sentimentos que reduziam seu corpo, sua vida e a vida de todas as pessoas no mundo, para sempre, a nada. Assim ouvindo as ondas, agachada junto à poça, perdia-se em pensamentos.

Andrew gritou que o mar estava subindo, e então espadanando a água ela atravessou aos saltos as ondas rasas até a orla, subiu correndo pela praia e foi levada pela própria impetuosidade e pelo gosto da rapidez à parte de trás de uma pedra e lá – oh, céus! abraçados, estavam Paul e Minta provavelmente se beijando. Sentiu-se ultrajada, indignada. Ela e Andrew puseram as meias e os sapatos em absoluto silêncio sem dizer uma palavra sobre aquilo. Na verdade foram bastante ríspidos um com o outro. Ela podia tê-lo chamado quando viu o lagostim ou a coisa que fosse aquilo, grunhiu Andrew. Mas, ambos sentiam, não é culpa nossa. Não queriam que tivesse ocorrido aquele inconveniente horroroso. Mesmo assim, Andrew se sentiu irritado que Nancy fosse mulher e Nancy que Andrew fosse homem, e então amarraram muito meticulosamente os sapatos e deram um laço bem apertado.

Foi só depois que já tinham subido de novo até o alto do penhasco que Minta exclamou que perdera o broche de sua avó – o broche de sua avó, o único enfeite que ela tinha – um salgueiro, era (deviam estar lembrados) engastado de pérolas. Deviam ter visto, disse ela, com as lágrimas correndo pelas faces, o broche com que sua avó prendia a touca até o último dia da vida. Agora tinha perdido. Preferia perder qualquer outra coisa! Ia voltar e procurar. Todos voltaram. Revistaram, escarafuncharam, esquadrinharam. Iam com a cabeça bem abaixada, entre palavras breves e ásperas. Paul Rayley revirou feito louco toda a área da pedra onde ficaram sentados. Todo esse alvoroço por causa de um broche realmente não ia dar certo, pensou Andrew quando Paul lhe disse para fazer uma "vistoria completa entre este e aquele ponto". A maré estava subindo rápido. Num minuto o mar ia cobrir o local onde estiveram sentados. Não havia a mais remota chance de encontrá-lo agora. "Ficaremos ilhados!" esganiçou-se Minta num terror súbito. Como se houvesse qualquer perigo disso! Era de novo a mesma coisa dos touros – ela não tinha controle sobre suas emoções, pensou Andrew. As mulheres não tinham. O pobre Paul teve de acalmá-la. Os homens (Andrew e Paul logo se tornaram másculos, diferentes do habitual) conferenciaram rapidamente e decidiram que iam fincar a bengala de Rayley no local onde estiveram sentados e voltariam na maré baixa. Agora não havia mais nada a fazer. Se o broche estivesse lá, lá ainda estaria na manhã seguinte, asseguraram-lhe, mas Minta continuou a soluçar durante todo o caminho de volta até o alto do penhasco. Era o broche de sua avó; preferia perder qualquer outra coisa, mas mesmo assim Nancy sentiu, podia ser verdade que estava transtornada por ter perdido o broche, mas não estava chorando só por causa disso. Estava chorando por alguma outra coisa. Todos nós podíamos sentar e chorar, sentiu ela. Mas não sabia pelo quê.

Juntos seguiram à frente, Paul e Minta, e ele a consolava; disse que era especialista em encontrar coisas. Uma vez quando menino havia encontrado um relógio de ouro. Acordaria ao amanhecer e tinha certeza de que ia encontrá-lo. Parecia-lhe que ainda estaria quase escuro, estaria sozinho na praia e de certa forma era algo meio perigoso. Começou a lhe dizer, porém, que certamente iria encontrá-lo, e ela falou que não queria ouvir aquela história de acordar ao amanhecer: estava perdido; ela sabia: tivera um pressentimento quando o colocou naquela tarde. E secretamente ele decidiu que não lhe diria nada, mas sairia de casa ao amanhecer quando todos estivessem dormindo e se não conseguisse encontrá-lo iria a Edimburgo e lhe compraria outro, parecido mas mais bonito. Provaria do que era capaz. E quando chegaram à colina e viram as luzes da cidade se estendendo na frente deles, era como se as luzes surgindo uma por uma fossem coisas que estavam para lhe acontecer – casamento, filhos, lar; e pensou de novo, quando chegaram à estrada principal, que era sombreada por arbustos crescidos, como se recolheriam juntos à solidão e continuariam nos passeios, sempre ele a conduzi-la e ela junto a seu lado (como agora). Ao virarem na encruzilhada ele pensou na experiência apavorante que tivera e precisava contar a alguém – a sra. Ramsay claro, pois perdia o fôlego ao pensar no que tinha feito e como se comportara. Foi de longe o pior momento de sua vida quando pediu Minta em casamento. Iria diretamente à sra. Ramsay, pois sentia que de alguma maneira era ela a pessoa que o levara a fazer aquilo. Ela o fizera pensar que era capaz de fazer qualquer coisa. Ninguém mais o levava a sério. Mas ela o fez acreditar que era capaz de fazer tudo o que quisesse. Sentira os olhos dela pousados em si durante o dia todo, seguindo-o (embora não dissesse uma palavra), como se dissesse: "Sim, você consegue. Acredito em você. Conto com você". Fizera-o sentir tudo aquilo, e tão logo voltassem (procurou pelas luzes da casa do outro lado da baía) iria até ela e diria, "Fiz, sra. Ramsay; graças à senhora". E assim entrando na aleia que levava à casa viu luzes se movimentando nas janelas de cima. Deviam então estar terrivelmente atrasados. As pessoas estavam se preparando para o jantar. A casa toda estava acesa, e as luzes após a escuridão lhe encheram os olhos e ele disse a si mesmo, de maneira infantil, enquanto subia o caminho da entrada, Luzes, luzes, luzes, e repetiu aturdido, Luzes, luzes, luzes, enquanto entravam na casa olhando em torno com o rosto totalmente enrijecido. (Mas, céus, disse consigo mesmo levando a mão à gravata, não posso me fazer de tolo.)

XV

— Sim – disse Prue, com ar reflexivo, respondendo à pergunta da mãe –, creio que Nancy foi com eles.

XVI

Muito bem, então Nancy tinha ido com eles, concluiu a sra. Ramsay, ponderando, enquanto pousava uma escova, pegava um pente e dizia "Entre" a uma batida na porta (Jasper e Rose entraram), se o fato de Nancy estar com eles aumentava ou diminuía a chance de acontecer alguma coisa; diminuía, de certa forma, sentiu a sra. Ramsay, de maneira muito irracional, sem contar que um holocausto em tal escala não era muito provável. Não teriam todos se afogado. E de novo se sentiu sozinha na presença de sua velha adversária, a vida.

Jasper e Rose disseram que Mildred queria saber se atrasava o jantar.

– Nem pela rainha da Inglaterra – disse a sra. Ramsay enfática.

– Nem pela imperatriz do México – acrescentou rindo para Jasper, pois ele tinha o mesmo defeito da mãe: também exagerava.

E se Rose quisesse, disse ela, enquanto Jasper levava o recado, poderia escolher as joias que ia usar. Quando há quinze pessoas se preparando para o jantar, não se pode deixar as coisas esperando eternamente. Agora começava a se sentir aborrecida com eles por estarem tão atrasados; era falta de consideração, e o aborrecimento vinha coroar sua ansiedade em relação a eles, que escolhessem justo esta noite para se atrasar, quando ela queria que o jantar fosse especialmente agradável, pois William Bankes por fim aceitara jantar com eles; e iam ter a obra-prima de Mildred – *boeuf en daube*. Tudo dependia que as coisas fossem servidas na hora em que ficassem prontas. A carne, o louro e o vinho – tudo tinha seu ponto certo. Ficar esperando estava fora de questão. E claro, justo esta noite, entre todas as noites, eles estavam fora, iam chegar atrasados e as coisas tinham de ser adiadas, as coisas tinham de ficar esquentando; o *boeuf en daube* ficaria um desastre.

Jasper lhe estendeu um colar de opalas; Rose, um colar de ouro. Qual ficava melhor com seu vestido preto? Qual, de fato, perguntou a sra. Ramsay distraída, olhando o pescoço e os ombros (mas evitando o rosto) no espelho. E então, enquanto os filhos remexiam em suas coisas, ela olhou pela janela e viu uma cena que sempre a divertia – as gralhas tentando decidir em que árvore pousariam. A cada vez pareciam mudar de ideia e levantavam voo outra vez, porque, pensava ela, o macho velho, o pai gralha, o velho José, como o chamava, era um pássaro de gênio muito difícil e exigente. Não era um velho muito apresentável, faltando-lhe metade das penas da asa. Parecia um senhor de idade com cartola e roupas puídas que vira tocando corneta na frente de uma taberna.

– Vejam! – disse rindo. Estavam brigando. José e Maria estavam brigando. De qualquer forma todos voaram outra vez, impelindo o ar com suas asas negras e recortando-o em belos desenhos de cimitarra. O movimento das asas batendo, batendo, batendo – ela nunca conseguia descrever com uma precisão que lhe fosse satisfatória – era uma das coisas que lhe pareciam mais lindas. Olhe aquilo, disse a Rose, esperando que Rose enxergasse melhor do que ela. Pois muitas vezes os filhos davam um pequeno reforço adicional às percepções.

Mas qual ia ser? Estavam com todos os compartimentos da caixa de joias abertos. O colar de ouro, que era italiano, ou o colar de opalas, que tio James lhe trouxera da Índia; ou usaria as ametistas?

– Escolham, queridos, escolham – disse na esperança de que se apressassem.

Mas deixou que escolhessem com calma: deixou que Rose, em especial, pegasse um, depois outro e pusesse na frente do vestido preto, pois sabia que essa pequena cerimônia de escolher as joias, que se realizava todas as noites, era a preferida de Rose. Ela tinha alguma razão pessoal secreta para atribuir tanta importância a essa escolha do que a mãe iria usar. Qual era a razão, indagava-se a sra. Ramsay, parada para que ela fechasse o colar que tinha escolhido, intuindo, a partir de seu próprio passado, algum profundo, algum sepulto, algum mudo sentimento que alguém na idade de Rose teria pela mãe. Como todos os sentimentos por alguém, pensou a sra. Ramsay, causava tristeza. O que se podia retribuir era tão insuficiente, e o que Rose sentia era totalmente desproporcional a qualquer coisa que ela fosse. E Rose ia crescer; Rose ia sofrer, supôs ela, com esses sentimentos profundos, e disse que agora estava pronta para descer, e Jasper, por ser o cavalheiro, devia lhe dar o braço, e Rose, como era a dama, devia lhe levar o lenço (deu-lhe o lenço), e o que mais? ah, sim, podia estar fresco: um xale. Escolha um xale para mim, disse, pois isso agradaria a Rose, que estava fadada a sofrer tanto.

– Lá – disse parando à janela que dava para o patamar – lá estão eles de novo.

José tinha se instalado no alto de outra árvore.

– Você não acha que eles se importam – perguntou a Jasper – em ficar com a asa quebrada?

Por que ele queria atirar nos dois pobres velhos, José e Maria? Ele se embaralhou um pouco na escada e se sentiu repreendido, mas não levou muito a sério, pois ela não entendia como era divertido atirar em pássaros; além do mais, eles não sentiam; e, sendo sua mãe, ela vivia em outra parte do mundo, mas ele gostava bastante de suas histórias sobre Maria e José. Fazia-o rir. Mas como ela sabia que aqueles eram Maria e José? Achava que eram os mesmos pássaros que vinham às mesmas árvores todas as noites?, perguntou ele. Mas então, de repente, como todos os adultos, ela deixou de lhe prestar qualquer atenção. Estava escutando um alarido no saguão.

– Voltaram! – exclamou, e de imediato se sentiu muito mais aborrecida do que aliviada.

Então se perguntou, terá acontecido? Ia descer e eles lhe contariam – mas não. Não lhe contariam nada, com todas aquelas pessoas por lá. Assim devia descer, dar início ao jantar e esperar. E, como uma rainha que, encontrando os súditos reunidos no salão, olha do alto, desce até eles, recebe os tributos em silêncio e aceita a devoção e as mesuras (Paul não moveu um músculo, mas ficou olhando em frente quando ela passou), desceu, atravessou o saguão e inclinou levemente a cabeça, como se aceitasse o que não podiam dizer: o tributo à sua beleza.

Mas parou. Cheirava a queimado. Teriam deixado o *boeuf en daube* cozer demais?, indagou-se, queiram os céus que não! quando o grande clangor do gongo anunciou com pompa e autoridade que todos os que estavam espalhados, no andar de cima, nos quartos, em pequenos nichos pessoais, lendo, escrevendo, dando a última alisada no cabelo ou acabando de se vestir, deviam abandonar tudo aquilo, as pequenas miudezas na bancada da pia e do toucador, os romances na mesinha de cabeceira e os diários que eram tão secretos, e se reunir na sala de jantar para jantar.

XVII

Mas o que fiz com minha vida?, pensou a sra. Ramsay, ocupando seu lugar à cabeceira e olhando todos os pratos formando círculos brancos na mesa.

– William, sente a meu lado – disse. – Lily – disse em tom fatigado –, lá.

Eles tinham aquilo – Paul Rayley e Minta Doyle – ela, apenas isso – uma mesa imensamente longa com pratos e talheres. Na outra ponta estava seu marido, sentando-se todo encorujado, franzindo o cenho. A quê? Ela não sabia. Não se importava. Não conseguia entender como algum dia sentira qualquer emoção ou afeto por ele. Tinha a sensação de estar em tudo, além de tudo, fora de tudo, enquanto ajudava a servir a sopa, como se houvesse um redemoinho – ali – e a pessoa pudesse estar dentro ou fora dele, e ela estava fora dele. Tudo termina, pensou, enquanto entravam, um depois do outro, Charles Tansley – "Sente-se ali, por favor", disse ela – Augustus Carmichael – e se sentaram. E enquanto isso ela esperava, passivamente, que alguém lhe respondesse, que algo acontecesse. Mas isso não é coisa, pensou – servindo conchas de sopa –, que se diga.

Erguendo as sobrancelhas à discrepância – aquilo era o que estava pensando, isto era o que estava fazendo – servindo conchas de sopa – ela se sentiu, com força cada vez maior, fora daquele redemoinho; ou, como se tivesse caído uma sombra e, roubadas as cores, ela enxergasse as coisas de verdade. A sala (olhou em torno) estava com ar muito surrado. Não havia beleza em lugar nenhum. Evitou olhar o sr. Tansley. Nada parecia ter se amalgamado. Todos estavam separados. E todo o esforço de fundir, amalgamar e criar cabia a ela. Sentiu novamente, como um fato sem hostilidade, a esterilidade dos homens, pois se ela não o fizesse ninguém o faria, e assim, dando em si mesma aquela leve sacudidela que se dá num relógio parado, o velho ritmo familiar começou a bater, como o relógio que começa a tiquetaquear – um, dois, três, um, dois, três. E assim vai e assim vai, repetiu, prestando atenção a ele, protegendo e alimentando o ritmo ainda fraco tal como se protege uma chama indecisa com um jornal. E assim vamos, concluiu, dirigindo-se a William Bankes inclinando-se silenciosamente para seu lado – pobre homem! que não tinha esposa nem filhos e jantava sozinho em seus alojamentos exceto nesta noite; e de pena por ele, tendo a vida agora força suficiente para sustê-la novamente, ela começou toda essa atividade, como um marinheiro que não sem fadiga vê o vento enfunar a vela e mesmo assim não se anima muito a zarpar outra vez e pensa, se a embarcação afundasse, como ele iria rodopiar, rodopiar sem cansar até descansar no fundo do mar.

– Encontrou suas cartas? Recomendei que colocassem no vestíbulo – disse a William Bankes.

Lily Briscoe observava enquanto ela era impelida para aquela estranha terra de ninguém onde é impossível acompanhar as pessoas e mesmo assim a ida provoca nos observadores um tal arrepio que eles sempre tentam pelo menos acompanhá-las com os olhos assim como se acompanha um navio que vai se desvanecendo até que as velas desapareçam além do horizonte.

Parece tão velha, parece tão gasta, pensou Lily, e tão distante. E aí quando ela se virou para William Bankes, sorrindo, foi como se o barco tivesse virado e o sol batesse outra vez em suas velas, e Lily pensou com uma ponta de divertimento pois se sentia aliviada, Por que ela sente pena dele? Pois foi esta a impressão que ela deu ao lhe dizer que suas cartas estavam no vestíbulo. Pobre William Bankes, parecia estar dizendo, como se sua própria fadiga estivesse em parte sentindo pena das pessoas e a vida nela, sua decisão de reviver, tivesse sido estimulada pela pena. E não era verdade, pensou Lily; era um daqueles seus juízos equivocados que pareciam instintivos e nascidos de uma necessidade mais sua do que dos outros. Não há nada nele que dê pena. Tem seu trabalho, disse Lily a si mesma. Lembrou, de súbito como se tivesse encontrado um tesouro, que ela também tinha seu trabalho. Num lampejo viu seu quadro e pensou, Sim, vou pôr a árvore mais no meio; assim evito aquele vazio meio esquisito. É o que vou fazer. É o que andava me intrigando. Levantou o saleiro e o colocou em cima de uma flor na estampa da toalha, como que para se lembrar de mudar a árvore de lugar.

– É engraçado como raramente recebemos algo que preste pelo correio, e mesmo assim sempre queremos nossas cartas – disse o sr. Bankes.

Quanta maldita baboseira falam, pensou Charles Tansley, pousando a colher bem no meio do prato, que deixara totalmente limpo, como se, pensou Lily (ele estava sentado na frente dela de costas para a janela bem no meio do campo de visão), estivesse decidido a garantir suas refeições. Tudo nele tinha aquela fixidez descarnada, aquela antipatia desnuda. Mas, mesmo assim, restava o fato de que era impossível desgostar de qualquer pessoa depois de observá-la. Ela gostava dos olhos dele; eram azuis, fundos, amedrontadores.

– Escreve muitas cartas, sr. Tansley? – perguntou a sra. Ramsay, com pena dele também, supôs Lily; pois isso era próprio da sra. Ramsay – ela sempre sentia pena dos homens como se lhes faltasse alguma coisa – das mulheres nunca, como se tivessem alguma coisa. Escrevia à mãe; afora isso, imaginava que não chegava a escrever nem uma carta por mês, disse o sr. Tansley, atalhando curto.

Pois não ia falar essas baboseiras que essas pessoas queriam que ele falasse. Não ia aceitar a condescendência dessas mulheres tolas. Estava lendo em seu quarto, agora tinha descido e tudo isso lhe parecia tolo, superficial, frívolo. Por que se arrumavam? Tinha descido com suas roupas normais. Não tinha posto nenhuma roupa formal. "Nunca recebemos nada que preste pelo correio" – era o tipo de coisa que estavam sempre dizendo. Faziam os homens dizerem esse tipo de coisa. Sim, era verdade, pensou. Nunca recebiam nada que prestasse ano após ano. Não faziam nada além de falar, falar, falar, comer, comer, comer. Era culpa das mulheres. As mulheres tornavam impossível a civilização com todo o "encanto" delas, toda a tolice delas.

– Nada de Farol amanhã, sra. Ramsay – disse afirmando a si mesmo. Gostava dela; admirava-a; ainda pensava no homem no dreno olhando para ela; mas achou necessário afirmar a si mesmo.

Ele realmente era, pensou Lily Briscoe, apesar de seus olhos, mas aquele nariz, aquelas mãos, o ser humano menos atraente que vira na vida. Então por que se importava com o que ele dizia? As mulheres não sabem escrever, as mulheres não sabem pintar – que importância tinha aquilo vindo dele, já que era evidente que não acreditava que fosse verdade e sim porque era útil para ele por alguma razão, e por isso dizia aquilo? Por que todo o ser dela se encurvava, como trigo sob o vento, e só se reerguia desse rebaixamento com um grande esforço, e bastante doloroso? E tinha de fazê-lo mais uma vez. Aqui está o ramo na toalha da mesa; aqui está meu quadro; preciso mudar a árvore para o meio; é isso que importa – mais nada. Conseguiria não se prender àquilo, indagou a si mesma, não perder a calma, não discutir; e se quisesse tirar uma pequena desforra, que fosse troçando dele?

– Oh, sr. Tansley – disse –, leve-me consigo ao Farol. Eu adoraria.

Ele podia ver a mentira que ela estava dizendo. Estava dizendo algo que não era verdade só para amolar, por alguma razão. Estava troçando dele. Estava com sua calça de flanela velha. Não tinha outra. Sentiu-se muito rude, isolado, solitário. Sabia que ela tentava arreliá-lo por alguma razão; não queria ir ao Farol com ele; desprezava-o: como também Prue Ramsay, como também todos eles. Mas não deixaria que as mulheres o fizessem de tolo, e assim se virou lentamente na cadeira, olhou pela janela e disse, de repelão, muito grosseiro, que amanhã o tempo estaria brusco demais para ela. Iria enjoar.

Aborreceu-o que ela o levasse a falar daquela maneira, com a sra. Ramsay ouvindo. Se ao menos pudesse ficar sozinho trabalhando em seu quarto, pensou ele, entre seus livros. Era onde se sentia à vontade. E nunca fizera nenhuma dívida sequer de um centavo; nunca custara ao pai sequer um centavo desde os quinze anos de idade; ajudara a família em casa com suas economias; estava pagando os estudos da irmã. Mesmo assim, gostaria de saber qual a resposta adequada que poderia ter dado à srta. Briscoe; gostaria que não tivesse saído de repelão como saíra. "Vai enjoar." Gostaria de conseguir pensar em algo a dizer à sra. Ramsay, algo que lhe mostrasse que ele não era apenas um grosseirão sarcástico. Era o que todos pensavam dele. Virou-se para ela. Mas a sra. Ramsay estava conversando com William Bankes sobre pessoas de quem nunca ouvira falar.

– Sim, pode tirar – disse brevemente, interrompendo o que estava dizendo a William Bankes para falar com a empregada. "A última vez que a vi, deve ter sido quinze – não, vinte – anos atrás", estava dizendo, dando-lhe as costas como se não pudesse perder um único instante da conversa, pois estava absorvida no que diziam. Então esta noite ele teve mesmo notícias dela! E Carrie ainda estava morando em Marlow, e tudo continuava na mesma? Oh, ela lembrava como se fosse ontem – no rio, como se fosse ontem – passeando no rio, sentindo muito frio. Mas quando os Manning montavam um programa, seguiam à risca. Nunca esqueceria Herbert matando uma vespa com uma colherinha de chá na margem! E aquilo ainda prosseguia, devaneou a sra. Ramsay, deslizando como um fantasma entre as mesas e cadeiras daquela sala nas margens do Tâmisa onde sentira tanto, tanto frio vinte anos atrás; mas agora ela passava entre eles como um fantasma; e se sentia fascinada, como se aquele dia em particular, agora muito belo e calmo, tivesse, enquanto ela mudara, permanecido ali durante todos esses anos. Carrie chegara a lhe escrever pessoalmente?, perguntou.

– Sim. Ela diz que estão construindo uma nova sala de bilhar – disse ele. Não! Não! Aquilo estava fora de questão! Construindo uma nova sala de bilhar? Parecia-lhe impossível.

O sr. Bankes não via nada de muito estranho nisso. Agora estavam muito bem de vida. Devia mandar lembranças suas a Carrie?

– Oh – disse a sra. Ramsay num leve sobressalto. – Não – acrescentou, refletindo que não conhecia essa Carrie que construía uma nova sala de bilhar.

Mas que estranho, repetiu para o divertimento do sr. Bankes, que ainda continuassem lá. Pois era extraordinário pensar que tinham sido capazes de continuar a viver todos esses anos enquanto ela não pensara neles senão uma vez durante todo aquele tempo. Que movimentada tinha sido sua vida, durante esses mesmos anos. Mas talvez Carrie Manning tampouco tivesse pensado nela. A ideia era estranha e desagradável.

– As pessoas logo se afastam umas das outras – disse o sr. Bankes, sentindo, porém, uma certa satisfação ao pensar que afinal ele conhecia tanto os Manning quanto os Ramsay. Ele não perdera contato pensou, pousando a colher e limpando meticulosamente os lábios com os bigodes bem aparados. Mas talvez ele fosse diferente, pensou, nisso; nunca ficava num trilho só. Tinha amigos em todos os círculos... Aqui a sra. Ramsay teve de interromper para dizer à empregada algo sobre manter a comida quente. Era por isso que ele preferia jantar sozinho. Todas aquelas interrupções o aborreciam. Bem, pensou William Bankes, mantendo uma atitude cortês e delicada e apenas abrindo os dedos da mão esquerda sobre a toalha tal como um mecânico que examina uma ferramenta belamente polida e pronta para usar num momento de folga, tais são os sacrifícios que pedem os amigos. Ela ficaria magoada se ele tivesse recusado o convite. Mas para ele não valia a pena. Olhando a mão pensou que se estivesse sozinho o jantar já teria quase terminado; estaria livre para trabalhar. Sim, pensou, é uma perda de tempo terrível. As crianças ainda estavam chegando. "Quero que um de vocês dê um pulo no quarto de Roger", estava dizendo a sra. Ramsay. Como tudo isso é insignificante, como tudo isso é maçante, pensou, em comparação à outra coisa – o trabalho. Aqui estava ele tamborilando os dedos na toalha enquanto poderia estar – teve uma rápida visão geral de seu trabalho. Que perda de tempo era tudo isso sem dúvida! Porém, pensou, ela é uma de minhas amizades mais antigas. Sou bastante devotado a ela. Porém agora, neste momento, sua presença não significava absolutamente nada para ele: sua beleza não significava nada para ele; ela sentada com seu menino à janela – nada, nada. Só queria estar sozinho e pegar aquele livro. Sentiu-se incomodado; sentiu-se traiçoeiro por poder se sentar a seu lado e não sentir nada por ela. A verdade era que ele não gostava da vida em família. Era nesse tipo de situação que a pessoa se perguntava, Para que viver? Por que, a pessoa se perguntava, ter todo esse trabalho para a espécie humana continuar? É assim tão desejável? Somos atraentes como espécie? Nem tanto, pensou, olhando aqueles meninos bastante desleixados. Sua favorita, Cam, estava na cama, supôs. Perguntas tolas, perguntas vãs, perguntas que a pessoa nunca faria se estivesse ocupada. A vida humana é isso? A vida humana é aquilo? Nunca se tinha tempo para pensar nisso. Mas aqui estava ele se fazendo esse tipo de pergunta, porque a sra. Ramsay estava dando ordens às empregadas, e também porque lhe ocorrera subitamente, pensando como a sra. Ramsay ficou surpresa que Carrie Manning ainda existisse, que as amizades, mesmo as melhores, são coisas frágeis. As pessoas se afastam. Censurou-se novamente. Estava sentado ao lado da sra. Ramsay e não tinha nada para lhe dizer.

– Desculpe-me – disse a sra. Ramsay, finalmente virando-se para ele. Sentiu-se duro e árido, como um par de botas encharcadas que depois de secas mal dá para calçar. Mas tinha de calçá-las. Tinha de se forçar a falar. A menos que fosse muito cuidadoso, ela descobriria essa sua traição; que não se importava nem um pingo com ela e isso não seria nada agradável, pensou. Assim inclinou cortesmente a cabeça em sua direção.

– Como você deve detestar jantar neste alvoroço – disse ela, utilizando, como fazia quando estava distraída, suas maneiras sociais. É como quando há uma disputa de línguas em alguma conferência, e o presidente da mesa, para conseguir uma unidade, sugere que todos falem em francês. Talvez seja um francês estropiado; o francês pode não ter as palavras que expressem os pensamentos do orador; mesmo assim, falar em francês impõe uma certa ordem, uma certa uniformidade. Respondendo-lhe na mesma linguagem, o sr. Bankes disse "Não, de modo nenhum", e o sr. Tansley, que não tinha nenhum conhecimento dessa língua, mesmo falada com palavras de apenas uma ou duas sílabas, suspeitou imediatamente de sua falta de sinceridade. Realmente falavam bobagens, pensou, os Ramsay; e se apossou desse novo exemplo com alegria, registrando uma nota que, um dia desses, leria em voz alta, para um ou dois amigos. Lá, numa sociedade onde se podia dizer o que se quisesse, ele descreveria sarcasticamente o que era "ficar com os Ramsay" e as bobagens que falavam. Valia a pena uma vez, diria; mas não uma segunda. As mulheres enfastiavam tanto, diria. E claro que Ramsay tinha se ferrado ao se casar com uma beldade e ter oito filhos. A coisa criaria sozinha alguma forma assim, mas agora, neste momento, especado ali com um assento vazio a seu lado, nada tinha criado forma alguma. Eram apenas fiapos e fragmentos avulsos. Sentiu-se extremamente, mesmo fisicamente, desconfortável. Queria que alguém lhe desse uma chance de afirmar a si mesmo. Queria com tanta premência que se mexeu na cadeira, olhou para este, olhou para aquele, tentou se meter na conversa, abriu a boca, fechou de novo. Estavam falando sobre a indústria pesqueira. Por que ninguém perguntava sua opinião? O que sabiam eles sobre a indústria pesqueira?

Lily Briscoe sabia de tudo isso. Sentada na frente dele, não podia ver, como numa imagem de raio X, os ossos do tronco e das coxas de seu desejo de causar impressão, escuros ali na névoa de sua carne – aquela fina névoa que a convenção estendera sobre seu desejo ardente de se meter na conversa? Mas, pensou ela, estreitando seus olhos de chinesa e lembrando como ele escarnecia das mulheres, "não sabem pintar, não sabem escrever", por que haveria eu de ajudá-lo a se salientar e se satisfazer?

Existe um código de conduta, ela sabia, cujo sétimo artigo (ou qual seja) diz que em tais ocasiões compete à mulher, qualquer que seja sua ocupação, ir em auxílio do rapaz diante de si para que ele possa mostrar e salientar o tronco e as coxas de sua vaidade, para que possa satisfazer seu desejo premente de se afirmar; assim como de fato é obrigação deles, refletiu com sua velha imparcialidade de solteirona, auxiliar a nós se, suponhamos, o metrô pegasse fogo. Então, pensou, eu daria como certo que o sr. Tansley iria me tirar de lá. Mas como ficaria, pensou, se ninguém fizesse nem uma coisa nem outra? Assim continuou ali sorrindo.

– Você não está planejando ir ao Farol, está, Lily? – disse a sra. Ramsay. – Lembre-se do pobre sr. Langley; ele tinha dado a volta ao mundo dezenas de vezes, mas me falou que nunca sofreu tanto como na vez em que foi com meu marido até lá. É bom marinheiro, sr. Tansley? – perguntou.

O sr. Tansley ergueu um martelo: brandiu-o no ar; mas percebendo no momento em que estava prestes a descê-lo que não podia esmagar aquela borboleta com um instrumento desses, respondeu apenas que nunca enjoara na vida. Mas aquela única frase dizia compactamente, como pólvora, que seu avô era um pescador; seu pai, um químico; que ele abrira seu caminho totalmente sozinho; que se orgulhava disso; que era Charles Tansley – fato que ninguém ali parecia entender; mas um dia desses todos sem exceção iriam saber. Olhou carrancudo diante de si. Quase sentia pena dessas pessoas educadas e amenas, que logo voariam pelos ares, como fardos de lã e barris de maçãs, um dia desses com a pólvora que havia dentro dele.

– Vai me levar, sr. Tansley? – perguntou Lily, rápida, simpática, pois, claro, se a sra. Ramsay lhe dissesse, como de fato disse, "Estou me afogando, querida, em mares de fogo. A menos que você aplique algum bálsamo na angústia desta hora e diga algo simpático àquele rapaz ali, a vida se chocará contra os rochedos – na verdade já ouço neste instante os raspões e os rangidos. Meus nervos estão tensos como cordas de violino. Mais um toque e se romperão" – quando a sra. Ramsay disse tudo isso, como disse seu olhar de relance, claro que pela centésima quinquagésima vez Lily Briscoe teve de renunciar à experiência – o que acontece quando não se é gentil com aquele rapaz ali – e ser gentil.

Julgando corretamente a mudança de sua atitude – que agora era amigável com ele – sentiu-se atendido e saciado em seu egoísmo e lhe contou que o tinham atirado de um barco quando era bebê; que seu pai costumava pescá-lo da água com uma vara munida de anzol na ponta; que foi assim que aprendeu a nadar. Um de seus tios cuidava da luz num ou noutro rochedo da costa escocesa, disse ele. Estivera lá com ele durante uma tempestade. Isso foi dito com voz alta durante uma pausa. Tinham de ouvi-lo quando falou que estivera com o tio num farol durante uma tempestade. Ah, pensou Lily Briscoe, quando a conversa tomou esse rumo auspicioso e sentiu a gratidão da sra. Ramsay (pois agora a sra. Ramsay estava livre para conversar ela mesma por um momento), ah, pensou, mas o que me custou para lhe conseguir isso? Não tinha sido sincera.

Usara o truque de sempre – ser gentil. Ela nunca o conheceria. Ele nunca a conheceria. As relações humanas eram todas assim, pensou, e as piores (se não fosse pelo sr. Bankes) eram entre homens e mulheres. Inevitavelmente eram de extrema insinceridade, pensou. Então seu olhar recaiu no saleiro, que tinha colocado ali como lembrete, lembrou que na manhã seguinte mudaria a árvore mais para o meio e se animou tanto à ideia de pintar amanhã que riu alto ao que o sr. Tansley estava dizendo. Que falasse a noite inteira se quisesse.

– Mas por quanto tempo deixam os homens num farol? – perguntou.

Ele lhe disse. Estava muito bem informado. E como agora se sentia grato, gostava dela e estava começando a se entreter, pensou a sra. Ramsay, agora ela também podia retornar àquela terra dos sonhos, àquele lugar irreal mas fascinante, a sala dos Manning em Marlow vinte anos atrás, onde as pessoas se moviam sem pressa nem ansiedade, pois não havia nenhum futuro para se preocupar. Sabia o que acontecera a eles, o que acontecera a ela. Era como reler um bom livro, pois conhecia o final da história, visto que acontecera vinte anos atrás, e a vida, que se despenhava dessa mesma mesa da sala de jantar em cascatas, caindo sabem os céus onde, lá estava lacrada e jazia, como um lago, plácida entre suas margens. Ele disse que tinham construído uma sala de bilhar – era possível? William continuaria a falar dos Manning? Bem que queria. Mas não – por alguma razão ele não tinha mais vontade. Ela tentou. Ele não respondeu. Não podia forçá-lo. Ficou desapontada.

– As crianças são terríveis – disse suspirando. Ele falou algo sobre a pontualidade como uma das virtudes secundárias que só mais tarde adquirimos na vida.

– Se tanto – disse a sra. Ramsay apenas para preencher a conversa, pensando que velha solteirona William está virando. Ciente de sua traição, ciente da vontade dela de conversar sobre coisas mais íntimas, mas sem disposição para isso no momento, ele sentiu lhe sobrevir o desagradável da vida, sentado ali, esperando. Talvez os outros estivessem falando algo interessante? O que estavam falando?

Que a temporada de pesca estava fraca; que os homens estavam emigrando. Estavam falando de salários e desemprego. O rapaz estava desancando o governo. William Bankes, pensando que alívio era se agarrar a algo daquele tipo quando a vida pessoal era desagradável, ouviu-o falar algo sobre "um dos atos mais escandalosos do atual governo". Lily estava ouvindo; a sra. Ramsay estava ouvindo; todos eles estavam ouvindo. Mas, já enfarada, Lily sentiu que estava faltando algo; o sr. Bankes sentiu que estava faltando algo. Ajeitando o xale a sra. Ramsay sentiu que estava faltando algo. Todos os que se inclinavam para ouvir pensavam, "Queiram os céus que ninguém veja minha mente por dentro", pois cada qual pensava "Os outros estão sentindo isso. Estão escandalizados e indignados com o governo em relação aos pescadores. Ao passo que eu não sinto absolutamente nada". Mas talvez, pensou o sr. Bankes, enquanto olhava o sr. Tansley, este seja o homem. Sempre se aguardava o homem. Sempre havia uma chance. A qualquer momento poderia surgir o líder; o homem de gênio, na política como em qualquer outra coisa. Provavelmente será muito desagradável para nós, velhos retrógrados, pensou o sr. Bankes, empenhando-se ao máximo em dar os descontos, pois sabia por alguma curiosa sensação física, como nervos eriçados na coluna, que era ciumento, em parte de si, em parte mais provavelmente de seu trabalho, de seu ponto de vista, de sua ciência; e portanto não era totalmente receptivo ou inteiramente justo, pois o sr. Tansley parecia estar dizendo, Vocês desperdiçaram suas vidas. Todos vocês estão errados. Seus pobres retrógrados, vocês estão irremediavelmente atrasados no tempo. Parecia bastante dogmático, esse rapaz; e não tinha boas maneiras. Mas o sr. Bankes se forçou a observar, tinha coragem; tinha habilidade; estava extremamente atualizado sobre os fatos. Provavelmente, pensou o sr. Bankes, enquanto Tansley desancava o governo, há uma boa dose de verdade no que ele diz.

– Agora me diga... – falou.

Então se puseram a falar de política, e Lily olhou a folha na toalha da mesa; e a sra. Ramsay, deixando a discussão totalmente a cargo dos dois homens, indagou-se por que ficava tão enfarada com essa conversa e desejou, olhando o marido na outra ponta da mesa, que ele dissesse alguma coisa. Uma palavrinha só, disse a si mesma. Pois, se ele dissesse alguma coisa, faria toda a diferença. Ele ia ao cerne das coisas. Preocupava-se com os pescadores e seus salários. Não conseguia dormir pensando neles. Era totalmente diferente quando ele falava; então a pessoa não sentia, queiram os céus que vocês não vejam que pouco me importo, pois aí realmente se importava. Então, percebendo que era por admirá-lo tanto que esperava que ele falasse, ela sentiu como se alguém lhe tivesse elogiado o marido e o casamento e ganhou brilho sem perceber que era ela mesma que o elogiara. Olhou-o pensando encontrar isso em seu rosto; teria um ar magnificente... Mas nada disso! Estava endurecendo o rosto, estava fechando a cara e ficando vermelho de raiva. O que era aquilo?, indagou-se ela. O que podia ser? Apenas que o pobre Augustus tinha pedido outro prato de sopa – só isso. Era impensável, era abominável (assim ele lhe indicou do outro lado da mesa) que Augustus fosse repetir a sopa. Ele odiava gente comendo quando já havia terminado. Ela viu a raiva disparando como uma matilha em seus olhos, em sua carranca, e soube que dentro de um instante explodiria algo violento e então – graças aos céus! viu que ele se conteve e travou a roda, parecendo emitir faíscas por todo o corpo, mas nenhuma palavra. Ficou sentado ali carrancudo. Não havia dito nada, como ela podia notar. Ela que lhe desse os créditos por aquilo! Mas por que afinal o pobre Augustus não podia repetir a sopa? Simplesmente tocara no braço de Ellen e dissera "Ellen, por favor, outro prato de sopa", e aí o sr. Ramsay fechou a cara.

E por que não?, perguntou a sra. Ramsay. Claro que deixariam Augustus repetir a sopa se quisesse. Detestava gente se espojando na comida, o sr. Ramsay carranqueou para ela. Detestava tudo o que se arrastava por horas assim. Mas tinha se controlado, como a sra. Ramsay podia notar, por desagradável que fosse a cena. Mas por que mostrar tão claramente, perguntou a sra. Ramsay (eles se olhavam por cima da longa mesa enviando essas perguntas e respostas, cada qual sabendo exatamente o que o outro sentia). Todos estavam vendo, pensou a sra. Ramsay. Ali estava Rose fitando o pai, ali estava Roger fitando o pai; ambos estourariam num acesso de riso dali a um segundo, ela sabia, e assim disse prontamente (de fato era hora):

– Acendam as velas – e se puseram de pé num salto e foram se atabalhoando até o aparador.

Por que ele nunca podia ocultar seus sentimentos?, indagou-se a sra. Ramsay e indagou-se se Augustus Carmichael teria notado. Talvez sim; talvez não. Não pôde deixar de sentir respeito pela compostura que ele mantinha ali, tomando sua sopa. Se queria sopa, pedia sopa. Quer caçoassem ou se zangassem com ele, continuava igual. Não gostava dela, e ela sabia disso; mas em parte era por isso mesmo que o respeitava e, olhando-o, tomando sopa, corpulento e calmo na luz que diminuía, monumental e contemplativo, ela se indagou o que então ele sentia, e por que estava sempre com ar digno e contente; e pensou como ele era devotado a Andrew, chamava-o ao quarto e, dizia Andrew, "mostrava-lhe coisas". E passava o dia todo estendido no gramado provavelmente ruminando seus poemas, parecendo um gato a espreitar um passarinho, então dava uma patadinha quando encontrava a palavra e seu marido dizia "Pobre velho Augustus – é um verdadeiro poeta", o que, vindo de seu marido, era um grande elogio.

Agora ao longo da mesa estavam postas oito velas, e em resposta ao primeiro bruxuleio as chamas então se empinaram deixando exposta toda a extensão da mesa, e bem no meio uma fruteira amarela e roxa. O que ela tinha feito, indagou-se a sra. Ramsay, pois o arranjo de Rose com as uvas e as peras, a concha crustácea raiada de rosa, as bananas, lhe fez pensar num troféu subtraído ao fundo do mar, no banquete de Netuno, no cacho com folhas de parreira pendendo sobre os ombros de Baco (em algum quadro), entre as peles de leopardo e as tochas deslizando rubras e douradas... Assim trazido de súbito à luz, ele parecia dotado de grandeza e profundidade, era um mundo onde alguém pegaria seu cajado e iria escalar os montes, pensou ela, e desceria aos vales, e para seu prazer (pois se uniram numa afinidade momentânea) ela viu que Augustus também banqueteava os olhos na mesma travessa de frutas, mergulhava, pegava um broto aqui, um coruto ali, e voltava, depois de se banquetear, à sua colmeia. Era sua maneira de olhar, diferente da dela. Mas olhar juntos criava uma união entre eles.

Agora todas as velas estavam acesas, e as faces nos dois lados da mesa se fizeram mais próximas à luz das velas e se congregaram, como não ocorrera ao lusco-fusco, num grupo ao redor de uma mesa, pois a noite estava agora barrada pelas vidraças que, longe de oferecer qualquer imagem nítida do mundo exterior, encrespavam-no de uma maneira tão estranha que aqui, dentro da sala, parecia ser o mundo da ordem, a terra firme; lá, do lado de fora, um reflexo onde as coisas ondulavam e desapareciam, como água.

Alguma mudança passou imediatamente por todos eles, como se tivesse sido isso mesmo a acontecer e todos tivessem consciência de formar um grupo num vazio, numa ilha; como se estivessem unidos numa causa comum contra aquela fluidez lá fora. A sra. Ramsay, que antes estava inquieta, esperando que Paul e Minta entrassem, e incapaz, sentia, de ajeitar as coisas, agora sentia a inquietação se transformar em expectativa. Pois agora deviam chegar e Lily Briscoe, tentando analisar a causa da súbita animação, comparou-a àquele momento no gramado quando a solidez desapareceu de repente e enormes espaços se estenderam entre eles; e agora tinha-se o mesmo efeito com as várias velas na sala de poucos móveis, as janelas sem cortina e as faces que à luz das velas pareciam máscaras brilhantes. Fora-lhes retirado um pouco de peso; poderia acontecer qualquer coisa, sentiu ela. Agora deviam chegar, pensou a sra. Ramsay, olhando a porta, e naquele instante Minta Doyle, Paul Rayley e uma empregada carregando uma grande travessa entraram ao mesmo tempo. Estavam tremendamente atrasados; estavam terrivelmente atrasados, disse Minta, enquanto seguiam para os extremos opostos da mesa.

– Perdi meu broche, o broche de minha avó – disse Minta com um lamento na voz e uma umidade nos grandes olhos castanhos, os quais se abaixaram e se ergueram enquanto se sentava ao lado do sr. Ramsay, que despertaram seu cavalheirismo e se pôs a caçoar dela.

Como podia ser tão tonta, perguntou ele, de ir escalar pedras com joias?

Ela se sentia um pouco apavorada com ele – era tão medonhamente inteligente e na primeira noite em que sentara a seu lado, e ele falou sobre George Eliot, ela ficou realmente amedrontada, pois tinha deixado o terceiro volume de *Middlemarch* no trem e não sabia o que acontecia no final; mas depois ela ficou à vontade e se fez de ainda mais ignorante do que era, já que ele gostava de lhe dizer que era uma tola. E assim esta noite, quando ele riu dela, não se amedrontou. Além disso sabia, logo que entrou na sala, que o milagre ocorrera; estava com sua aura dourada. Às vezes ela tinha; às vezes não. Nunca sabia por que vinha ou por que sumia, ou se estava com ela até entrar na sala, e então sabia imediatamente pela maneira como algum homem olhava para ela. Sim, esta noite ela tinha, e intensamente; soube disso pela maneira como o sr. Ramsay lhe disse para não ser tola. Sentou-se a seu lado, sorrindo.

Então devia ter acontecido, pensou a sra. Ramsay; estavam noivos. E por um instante ela sentiu o que nunca pensara que sentiria outra vez – ciúme. Pois ele, seu marido, sentiu também – o brilho de Minta; ele gostava dessas moças, essas moças ruivo-douradas, com algo de flutuante, algo um pouco agreste e estouvado, que não "tosam o cabelo", que não eram, como dizia da pobre Lily Briscoe, "sem graça". Havia alguma qualidade que ela mesma não tinha, um brilho, uma exuberância que o atraía, divertia-o, levava-o a gostar de moças como Minta. Podiam lhe cortar o cabelo, brincar com suas correntes de relógio ou interrompê-lo durante o trabalho, gritando (ela ouvia) "Venha, sr. Ramsay; agora é nossa vez de ganhar deles", e lá ia ele jogar tênis.

Mas na verdade não ficava enciumada, apenas de vez em quando, quando se obrigava a se olhar no espelho, um pouco ressentida por ter envelhecido, por sua própria culpa talvez. (A conta da estufa e todas essas coisas.) Sentia-se grata a elas por gracejarem com ele ("Quantos cachimbos o senhor fumou hoje, sr. Ramsay?", e assim por diante), até ficar parecendo um rapaz; um homem muito atraente para as mulheres, sem estar curvado, vergado sob a grandeza de suas lides e das dores do mundo, sob a fama ou o fracasso, mas de novo como o conhecera pela primeira vez, magro mas gracioso; ajudando-a a sair de um barco, lembrava ela; com modos encantadores, como aquele (olhou-o e ele parecia espantosamente jovem, arreliando Minta). Quanto a si – "Ponha ali", disse ajudando a moça suíça a pousar delicadamente a enorme vasilha marrom onde estava o *boeuf en daube* – de sua parte, ela gostava de seus toleirões. Paul teve de se sentar a seu lado. Guardara um lugar para ele. Realmente, às vezes pensava que preferia os toleirões. Não amolavam ninguém com suas dissertações. E quanto perdiam, afinal, aqueles muito sabidos! Como ficavam áridos, sem dúvida. Havia algo, pensou enquanto ele se sentava, muito encantador em Paul. Suas maneiras lhe pareciam encantadoras, bem como o nariz agudo e os olhos azuis brilhantes. Era muito atencioso. Iria lhe contar – agora que todos tinham voltado a falar – o que acontecera?

– Nós voltamos para procurar o broche de Minta – disse sentando-se ao lado dela. "Nós" – foi o que bastou. Ela percebeu pelo esforço, pela subida no tom de voz para transpor uma palavra difícil que era a primeira vez que ele dizia "nós". "Nós fizemos isso, nós fizemos aquilo." Dirão isso pelo resto da vida, pensou ela, e um perfume delicioso de caldo, azeite e azeitonas se exalou da grande vasilha marrom quando, num leve floreio, Marthe ergueu a tampa. A cozinheira passara três dias naquele prato. E devia ter muito cuidado, pensou a sra. Ramsay, mergulhando a colher entre o tenro ensopado, em escolher um pedaço especialmente macio para William Bankes. E perscrutou o prato, com suas paredes luzidias e a mistura apetitosa de carnes castanhas e amarelas, de folhas de louro e vinho, e pensou, Isso vai celebrar a ocasião – brotando em si uma sensação curiosa, ao mesmo tempo esquisita e terna, de celebrar uma festa, como se duas emoções subissem dentro dela, uma profunda – pois o que podia ser mais sério do que o amor do homem pela mulher, mais imperioso, mais marcante, trazendo em seu regaço os germes da morte; ao mesmo tempo ao redor desses enamorados, desses seres ingressando na ilusão com os olhos faiscantes, devia girar uma ciranda de gracejos, a enfeitá-los com grinaldas.

– Um triunfo – disse o sr. Bankes, pousando a faca por um instante. Comera atentamente. Estava suculento; estava macio. O cozimento estava no ponto perfeito. Como ela conseguia tais coisas aqui nesses cafundós?, perguntou-lhe. Era uma mulher maravilhosa. Todo o amor, toda a reverência dele tinham voltado, e ela sabia.

– É uma receita francesa de minha avó – disse a sra. Ramsay falando com uma vibração de grande prazer na voz. Claro que era francesa. O que passa por culinária na Inglaterra é uma abominação (concordavam). É pôr repolho na água fervendo. É assar a carne até ficar uma sola. É tirar as cascas deliciosas dos legumes. "Que contêm", disse o sr. Bankes, "toda a virtude do vegetal." E o desperdício, disse a sra. Ramsay. O que uma cozinheira inglesa joga fora daria para alimentar uma família francesa inteira. Incentivada pela sensação de que o afeto de William voltara, que tudo estava bem outra vez, que o suspense tinha acabado e agora estava livre para triunfar e também gracejar, ela ria e gesticulava, levando Lily a pensar, Que infantil, que absurda era ela, sentada lá com toda a sua beleza novamente exposta, falando de cascas de legumes. Havia algo de assustador nela. Era irresistível. No final sempre conseguia as coisas do jeito que queria, pensou Lily. Era o que tinha feito agora – Paul e Minta, era de se supor, estavam noivos. O sr. Bankes estava aqui jantando. Ela enfeitiçava todos eles, expressando seu desejo de forma tão simples, tão direta, e Lily fez um contraste entre aquela abundância e sua própria pobreza de espírito, e supôs que, em parte, era aquela crença (pois seu rosto estava iluminado – sem parecer jovem, parecia radiante) nessa coisa estranha, nessa coisa aterradora, que transformava Paul Rayley, sentado a seu lado, num feixe de tremores, embora abstraído, absorto, silencioso. A sra. Ramsay, sentiu Lily, enquanto falava sobre as cascas de legumes, exaltava aquilo, venerava aquilo; estendia as mãos sobre aquilo para aquecê-las, para protegê-lo, e mesmo assim, tendo feito tudo aquilo, de certa forma ria enquanto conduzia suas vítimas, sentiu Lily, ao altar. Agora sobreveio-lhe também – a emoção, a vibração do amor. Como se sentia insignificante ao lado de Paul! Ele, cintilante, ardente; ela, distante, satírica; ele, destinado à aventura; ela, ancorada na margem; ele zarpado, incauto; ela solitária, abandonada – e, pronta para implorar uma participação, se houvesse um desastre, em seu desastre, perguntou timidamente:

– Quando Minta perdeu o broche?

Ele sorriu o mais belo sorriso, velado de lembranças, tingido de sonhos. Abanou a cabeça.

– Na praia – respondeu. – Vou encontrá-lo, vou acordar cedo.

Como estava guardando segredo disso a Minta, abaixou a voz e dirigiu os olhos ao lugar onde ela estava sentada, rindo, ao lado do sr. Ramsay.

Lily queria manifestar com veemência e violência seu desejo de ajudá-lo, prefigurando que ao alvorecer na praia seria ela a encontrar o broche semiescondido sob alguma pedra e assim se incluiria entre os marinheiros e aventureiros. Mas o que ele respondeu a seu oferecimento? Pois ela disse com uma emoção que raramente deixava transparecer, "Deixe-me ir junto", e ele riu. Podia ser sim ou não – ambos, talvez. Mas não foi isso – foi a risadinha estranha que ele deu, como se dissesse, Pode se atirar do penhasco se quiser, pouco me importa. Ele acendeu no rosto dela o calor do amor, seu horror, sua crueldade, sua falta de escrúpulo. Sentiu-se queimar, e Lily, olhando Minta, sendo encantadora com o sr. Ramsay na outra ponta da mesa, encolheu-se ao vê-la exposta a tais garras e se sentiu grata. Pois de qualquer forma, disse a si mesma, vendo num relance o saleiro no estampado da toalha, ela não precisava se casar, graças aos céus: não precisava sofrer aquela degradação. Estava a salvo daquela diluição. Traria a árvore mais para o meio.

Tal era a complexidade das coisas. Pois o que lhe acontecia, sobretudo ficando com os Ramsay, era ser levada a sentir violentamente duas coisas opostas ao mesmo tempo; isto é o que você sente, era uma delas; isto é o que eu sinto, era a outra, e então elas brigavam em seu espírito, como agora. Este amor é tão bonito, tão emocionante que eu estremeço à beira dele e me ofereço, contrariando totalmente meus hábitos, para procurar um broche numa praia; é também a mais estúpida, a mais bárbara das paixões humanas e converte um belo rapaz com um perfil que era uma preciosidade (o de Paul era primoroso) num valentão armado com um pé de cabra (alardeava bravatas, era insolente) na Mile End Road. No entanto, disse a si mesma, desde a aurora dos tempos cantam-se odes ao amor; acumulam-se guirlandas e rosas; e se você perguntasse nove entre dez pessoas diriam que era a única coisa que desejavam – o amor, ainda que as mulheres, a julgar por sua experiência pessoal, sentissem o tempo inteiro, Não é isso o que queremos; não existe nada mais maçante, pueril e desumano do que isso; mesmo assim, também é belo e necessário. E então, e então?, perguntou, de certa forma esperando que os outros continuassem a discussão, como se numa discussão como esta a pessoa lançasse seu pequeno dardo que evidentemente erraria o alvo e aí deixasse os outros prosseguirem. Assim voltou a ouvir o que estavam dizendo caso lançassem alguma luz sobre a questão do amor.

– E também – disse o sr. Bankes – há aquele líquido que os ingleses chamam de café.

– Oh, o café! – disse a sra. Ramsay. Mas tratava-se muito mais (ela estava realmente inflamada, pôde ver Lily, e falava com muita ênfase) de manteiga de verdade e leite puro. Falando com calor e eloquência, descreveu o horror do sistema dos laticínios ingleses, as condições em que o leite era entregue à porta das casas e estava prestes a comprovar suas acusações, pois tinha chegado ao cerne da questão, quando todos ao redor da mesa, a começar por Andrew no centro, como um fogo saltando de moita para moita, os filhos riram; o marido riu; ela riu, rodeada por aquele círculo de fogo e obrigada a ocultar o elmo, desmontar as baterias e retaliar apenas mostrando ao sr. Bankes as troças e chacotas da mesa como um exemplo dos sofrimentos a que se expunha alguém quando atacava os preconceitos do Público Britânico.

Intencionalmente, porém, pois tinha para si que Lily, que a ajudara com o sr. Tansley, vivia fora das coisas, isolou-a dos demais; disse "Lily em todo caso concorda comigo" e assim puxou-a para a conversa, um pouco alvoroçada, um pouco aturdida. (Pois estava pensando sobre o amor.) Ambos viviam fora das coisas, andara pensando a sra. Ramsay, os dois, Lily e Charles Tansley. Ambos sofriam com o brilho dos outros dois. Ele, estava claro, sentia-se totalmente de lado; nenhuma mulher olharia para ele com Paul Rayley na sala. Pobre sujeito! Apesar disso, ele tinha sua dissertação, a influência de alguém sobre alguma coisa; podia cuidar de si mesmo. Com Lily era diferente. Ela se apagava ao brilho de Minta; ficava mais insignificante do que nunca, com seu vestidinho cinzento, seu rostinho contraído e seus olhinhos de chinesa. Tudo nela era miúdo. No entanto, pensou a sra. Ramsay, comparando-a a Minta, enquanto lhe pedia ajuda (pois Lily confirmaria que ela falava de seus laticínios não mais do que o marido falava de suas botas – podia falar horas sobre suas botas), entre as duas, Lily aos quarenta estará melhor. Havia em Lily um veio de alguma coisa, um fulgor de alguma coisa, alguma coisa própria que a sra. Ramsay realmente apreciava muito, mas nenhum homem, temia ela, apreciaria. Claro que não, a menos que fosse um homem muito mais velho, como William Bankes. Ora, mas ele gostava, às vezes a sra. Ramsay pensava, ele gostava, desde a morte da esposa, era dela, talvez. Não estava "apaixonado", claro; era um daqueles afetos não classificados que existem em tanta quantidade. Oh, que bobagem, pensou; William tem de se casar com Lily. Têm tantas coisas em comum. Lily gosta tanto de flores. Ambos são frios, distantes e bastante independentes. Precisava arranjar uma maneira para que os dois dessem um longo passeio juntos.

Tolamente, colocara-os sentados um diante do outro. Poderia ser providenciado amanhã. Se fizesse tempo bom, sairiam num piquenique. Tudo parecia possível. Tudo parecia certo. Bem agora (mas isso não pode durar, pensou, dissociando-se do momento enquanto todos falavam de botas) bem agora alcançara a segurança; pairava como um falcão no ar; como uma bandeira flutuava num elemento de alegria que lhe preenchia todos os poros com plenitude, com suavidade, sem ruído, até com solenidade, pois brotava, pensou olhando para todos eles ali comendo, do marido, dos filhos e dos amigos; tudo isso se erguendo nessa profunda serenidade (estava servindo a William Bankes mais um pedacinho bem pequeno e perscrutou as profundezas da vasilha de cerâmica) agora parecia sem nenhuma razão especial permanecer ali como uma fumaça, como um vapor se erguendo, mantendo-os juntos, em segurança. Não era preciso dizer nada; não havia nada a ser dito. Estava ali, ao redor de todos eles. Fazia parte, sentiu, servindo cuidadosa ao sr. Bankes um pedaço especialmente macio, da eternidade; como já sentira antes sobre alguma outra coisa diferente naquela tarde; há uma coesão nas coisas, uma estabilidade; alguma coisa, queria dizer, está imune à mudança e refulge (olhou de relance para a janela com sua ondulação de reflexos luminosos) diante do fluxo, do fugaz, do espectral, como um rubi; de modo que agora à noite ela teve outra vez o sentimento que já tivera durante o dia, de paz, de repouso. De tais momentos, pensou, é feita a coisa que perdura.

– Sim – assegurou a William Bankes –, há bastante para todos.

– Andrew – continuou –, abaixe um pouco o prato para eu não derramar.

(O *boeuf en daube* estava um verdadeiro sucesso.) Aqui, sentiu pousando a colher, era onde a pessoa podia se entregar ao repouso ou ao movimento; agora podia esperar (estavam todos servidos) ouvindo; depois, como um falcão que desce de súbito das alturas, facilmente poderia exibir sua presença e se entregar ao riso, apoiando todo o seu peso naquilo que na outra ponta da mesa seu marido estava dizendo a respeito da raiz quadrada de mil duzentos e cinquenta e três. Era, parecia, o número em seu relógio.

O que significava tudo aquilo? Até hoje não fazia nenhuma ideia. Uma raiz quadrada? O que era aquilo? Seus filhos sabiam. Apoiou-se neles; nas raízes quadradas e cúbicas; era disso que estavam falando agora; em Voltaire e Madame de Staël; em Lord Rosebery; nas Memórias de Creevey; deixou que a erguesse e sustentasse, esse admirável andaime da inteligência masculina, que subia e descia, cruzava daqui e dali, como vigas de ferro que se estendiam de uma ponta a outra do andaime oscilante, para que ela pudesse se confiar totalmente a ele, até fechando os olhos ou pestanejando por um instante, como uma criança em seu travesseiro olhando para cima e pestanejando à miríade das camadas de folhas de uma árvore. Então despertou. Ainda estava sendo construído. William Bankes estava elogiando os romances do ciclo de Waverley.

Lia um a cada seis meses, disse ele. E por que aquilo despertou raiva em Charles Tansley? Intrometeu-se de supetão (tudo, pensou a sra. Ramsay, porque Prue não vai ser gentil com ele) e atacou os romances de Waverley, sendo que não sabia nada, absolutamente nada a respeito, pensou a sra. Ramsay, mais a observá-lo do que ouvindo o que dizia. Podia ver por suas maneiras como era – ele queria se afirmar e sempre seria assim até conseguir sua cátedra ou ter uma esposa, e não precisaria estar sempre dizendo "Eu – eu – eu". Pois era nisso que consistia sua crítica ao pobre Sir Walter, ou seria talvez Jane Austen. "Eu – eu – eu." Estava pensando em si mesmo e na impressão que causava, como ela podia notar por seu tom de voz, pela ênfase e agitação. O sucesso lhe faria bem. De qualquer modo, tinham engatado outra vez. Agora não precisava ouvir. Não duraria, sabia, mas no momento tinha uma visão tão clara que seus olhos pareciam percorrer a mesa desvendando sem esforço cada um dos presentes, seus pensamentos e sentimentos, como uma luz se infiltrando sob a água de modo que suas ondulações, os juncos e os peixinhos se agitando e a súbita truta silenciosa ficavam todos iluminados, pendentes e frementes. Assim via-os; ouvia-os; mas tudo o que diziam também tinha essa qualidade, como se o que diziam fosse como o movimento de uma truta permitindo ver, ao mesmo tempo, a ondulação e os seixos, algo à direita, algo à esquerda, enquanto o conjunto mantinha a unidade; pois na vida ativa ela estaria recolhendo e separando uma coisa da outra; estaria dizendo que gostava dos romances de Waverley ou que não os lera; estaria se forçando a prosseguir, ao passo que agora não dizia nada. Por ora, pairava em suspenso.

– Ah, mas por quanto tempo acha que vai durar? – disse alguém.

Era como se ela tivesse antenas emitindo vibrações, as quais, interceptando algumas frases, trazia-as à sua atenção. Esta era uma delas. Pressentiu perigo para o marido. Uma pergunta como aquela levaria quase certamente a alguma coisa que lhe lembraria o próprio fracasso. Por quanto tempo seria lido – iria pensar imediatamente. William Bankes (que era totalmente imune a todas essas vaidades) riu e disse que não atribuía nenhuma importância a mudanças de moda. Quem podia dizer o que iria durar – em literatura ou, na verdade, em qualquer outra coisa?

– Gozemos o que realmente nos agrada – disse ele. Sua integridade pareceu admirável à sra. Ramsay. Ele nunca parecia pensar nem por um instante, Mas como isso me afeta? Mas aí, se a pessoa tinha aquele outro temperamento, que precisava receber elogios, que precisava receber incentivo, naturalmente começava (e ela sabia que o sr. Ramsay estava começando) a se sentir desconfortável, a querer que alguém dissesse, Oh, mas sua obra vai durar, sr. Ramsay, ou algo assim. Agora ele mostrava seu desconforto com muita clareza dizendo, com certa irritação, que de alguma maneira Scott (ou seria Shakespeare?) iria durar enquanto ele estivesse vivo. Disse isso em tom irritado. Todos, pensou ela, se sentiram um pouco incomodados, sem saber por quê. Então Minta Doyle, que tinha um instinto apurado, disse sem cerimônia, de maneira absurda, que não acreditava que alguém realmente gostasse de ler Shakespeare. O sr. Ramsay disse em tom desagradável (mas sua mente tinha se afastado outra vez) que pouquíssimas pessoas gostavam como diziam gostar. Mas, acrescentou, mesmo assim há um mérito considerável em algumas das peças, e a sra. Ramsay viu que por ora tudo se acertaria de alguma maneira; ele riria para Minta, e ela, viu a sra. Ramsay, percebendo a extrema ansiedade dele em relação a si mesmo, se incumbiria, à sua maneira, de atendê-lo e o elogiaria, de uma forma ou outra. Mas desejava que não fosse necessário: talvez fosse por sua culpa que era necessário. De qualquer forma, agora estava livre para ouvir o que Paul Rayley tentava dizer sobre os livros que se liam na meninice. Eles duravam, disse. Tinha lido algumas coisas de Tolstói na escola. Havia um que sempre lembrava, mas tinha esquecido o nome. Nomes russos eram impossíveis, disse a sra. Ramsay.

– Vronski – disse Paul.

Lembrava aquele nome pois sempre achou que era um ótimo nome para um vilão.

– Vronski – disse a sra. Ramsay. – Oh, *Anna Kariênina* – mas aquilo não os levaria muito longe; livros não eram a área deles. Não, num segundo Charles Tansley se poria a corrigi-los quanto aos livros, mas viria tudo tão misturado com, Estou dizendo a coisa certa? Estou causando boa impressão?, que, ao final, a pessoa ficaria sabendo mais sobre ele do que sobre Tolstói, enquanto o que Paul falava era sobre a coisa, simplesmente, não sobre si mesmo nem qualquer outra coisa. Como todas as pessoas pouco inteligentes, ele também tinha uma espécie de modéstia, uma consideração pelo que a outra pessoa estava sentindo, o que, pelo menos de uma certa forma, ela achava atraente. Agora ele estava pensando, não sobre si mesmo nem sobre Tolstói, mas se ela estava com frio, se sentia uma corrente de ar, se gostaria de uma pera.

Não, disse ela, não queria uma pera. Na verdade, estivera ciosamente montando guarda à travessa de frutas (sem o perceber), na esperança de que ninguém tocasse nela. Seus olhos tinham percorrido as curvas e sombras do arranjo, entre os ricos roxos das uvas na parte de baixo, depois pela crista crustácea da concha, contrastando um amarelo com um roxo, uma forma curva com uma forma redonda, sem saber por que o fazia nem por que, a cada vez que o fazia, sentia-se mais e mais serena; até que, oh, que pena se o fizessem – se uma mão se estendesse, pegasse uma pera e estragasse todo o conjunto. Em solidariedade olhou para Rose. Olhou para Rose sentada entre Jasper e Prue. Que estranho que fosse uma filha a fazê-lo!

Que estranho vê-los sentados ali, numa fileira, os filhos, Jasper, Rose, Prue, Andrew quase calados, mas unidos em alguma brincadeira em andamento, imaginou pelas crispações dos lábios deles. Era alguma coisa completamente separada de todo o resto, alguma coisa que estavam segurando e da qual ririam em seus quartos. Não era sobre o pai, esperava ela. Não, achava que não. O que era, indagou-se um pouco triste, pois lhe pareceu que eles riam quando ela não estava lá. Havia tudo aquilo que seguravam por trás daquelas faces compostas, imóveis, como máscaras, pois dificilmente participavam; eram como observadores, examinadores, um pouco acima ou à parte dos adultos. Mas quando olhou Prue esta noite, viu que não era plenamente verdade em seu caso. Ela estava apenas começando, começando a se mover, começando a descer. Havia em seu rosto uma levíssima luz, como se o brilho de Minta à sua frente, algum entusiasmo, alguma antecipação da felicidade se refletisse nela, como se o sol do amor entre homens e mulheres se erguesse da fímbria da toalha e, sem saber o que era, ela se inclinasse e o acolhesse com uma saudação. Continuava a olhar Minta, timidamente, mas com curiosidade, de modo que a sra. Ramsay olhou de uma para a outra e disse, falando mentalmente com Prue, Um dia desses você será feliz como ela. Será muito mais feliz, acrescentou querendo dizer, porque é minha filha; sua filha devia ser mais feliz do que as filhas dos outros. Mas o jantar terminara. Era hora de ir. Estavam apenas brincando com alguma coisa nos pratos. Esperaria até que acabassem de rir de alguma história que seu marido estava contando. Estava fazendo algum gracejo com Minta sobre uma aposta. Então ela se levantaria.

Gostava de Charles Tansley, pensou de súbito; gostava de sua risada. Gostava dele por ficar tão zangado com Paul e Minta. Gostava de seu ar desajeitado. Havia muito naquele rapaz, afinal. E Lily, pensou pondo o guardanapo ao lado do prato, ela sempre tinha alguma brincadeira pessoal. Com Lily, nunca havia por que se preocupar. Esperava. Empurrou o guardanapo sob a borda do prato. Bem, agora terão terminado? Não. Aquela história tinha levado a outra história. Seu marido estava muito animado esta noite e, desejando, imaginou ela, acertar tudo com o velho Augustus depois daquela cena por causa da sopa, puxara-o para a conversa – estavam contando histórias sobre alguém que ambos tinham conhecido na faculdade. Ela olhou pela janela onde as chamas das velas ardiam mais luminosas agora que as vidraças estavam escuras, e enquanto olhava lá fora as vozes lhe chegavam de uma maneira muito estranha, como se fossem vozes durante uma missa na catedral, pois não ouvia as palavras. As súbitas risadas e então apenas uma voz (a de Minta) falando faziam lembrar os homens e meninos recitando as palavras em latim de uma missa em alguma catedral católica romana. Esperava. Seu marido falou. Estava repetindo alguma coisa, e ela percebeu que era um poema pelo ritmo e pelo tom de exaltação e melancolia em sua voz:

> Vem e sobe pela trilha do gramado,
> Luriana, Lurilee.
> A roseira da China está toda florida e zumbindo
> com o zangão dourado.

As palavras (ela olhava pela janela) soavam parecendo flutuar como flores na água lá fora, separadas de todos eles, como se ninguém as dissesse e tivessem nascido sozinhas.

> E todas as vidas já vividas e todas as vidas que virão
> Estão cheias de árvores e folhas que mudam na estação.

Não sabia o que significavam, mas, como música, as palavras pareciam ditas com sua voz, exteriores a ela, dizendo com toda a facilidade e naturalidade o que lhe havia ocupado a mente durante a noite inteira enquanto dizia outras coisas. Sabia, sem olhar em torno, que todos à mesa estavam ouvindo a voz que dizia:

> Será que te parece,
> Luriana, Lurilee,

com a mesma espécie de alívio e prazer que ela sentia, como se fosse, finalmente, a coisa natural a dizer, fosse a voz deles mesmos falando.

Mas a voz parou. Ela olhou em torno. Obrigou-se a levantar. Augustus Carmichael tinha se posto de pé e, segurando o guardanapo que ficou parecendo um longo manto branco, começou a entoar:

Ver os Reis passarem em fileira
Pelos campos e prados de margaridas
Com seus ramos de cedro e folhas de palmeira,
Luriana, Lurilee

e quando passou a seu lado ele se virou ligeiramente para ela repetindo as últimas palavras:

Luriana, Lurilee,

e se curvou numa mesura como que lhe rendendo homenagem. Sem saber por quê, sentiu que ele nunca gostara tanto dela quanto agora; e com um sentimento de alívio e gratidão retribuiu sua mesura e cruzou a porta que ele lhe mantinha aberta.

Agora era necessário avançar outro passo. Com o pé na soleira esperou mais um momento numa cena que desaparecia enquanto olhava, e então, quando se moveu, tomou Minta pelo braço e saiu da sala, a cena mudou, moldou-se de outra maneira; já se tornara, sabia, lançando um último olhar sobre o ombro, o passado.

XVIII

Como sempre, pensou Lily. Sempre havia alguma coisa que devia ser feita naquele exato momento, alguma coisa que a sra. Ramsay decidira por suas próprias razões fazer imediatamente, podia ser quando todos estavam ali de pé fazendo algum gracejo, como agora, incapazes de decidir se iam para a sala de fumar, para a sala de estar, para o andar de cima. Então via-se a sra. Ramsay, no meio do alarido ali de pé de braços dados com Minta, a lhe lembrar, "Sim, agora é hora para isso", e logo sair com um ar sigiloso para ir fazer alguma coisa sozinha. Tão logo saiu, instalou-se uma espécie de desintegração; vaguearam, foram para lados diferentes, o sr. Bankes pegou Charles Tansley pelo braço e saíram para terminar no terraço a discussão sobre política que haviam iniciado durante o jantar, assim alterando todo o equilíbrio do serão, fazendo o peso recair em outra direção, como se, pensou Lily, vendo-os sair e ouvindo uma ou duas palavras sobre a política do Partido Trabalhista, tivessem subido à coberta do navio e estivessem recebendo suas instruções; foi como lhe pareceu aquela passagem da poesia para a política; assim o sr. Bankes e Charles Tansley saíram enquanto os outros ficaram olhando a sra. Ramsay, que subia sozinha a escada à luz da lamparina. Aonde, perguntou-se Lily, estaria indo tão depressa?

Não que de fato corresse ou se apressasse; na verdade, ia bastante devagar. Por um breve momento até se sentiu propensa a parar depois de todas aquelas conversas e escolher apenas uma coisa; a coisa que importava, destacá-la, separá-la, depurá-la de todas as emoções e variedades de coisas e assim segurá-la diante de si, trazê-la ao tribunal onde, reunidos em conclave, sentavam-se os juízes que ela convocara para decidir essas coisas. É bom, é mau, é certo ou errado? Para onde estamos indo? e assim por diante. Então se aprumou após o choque do acontecimento e, de maneira totalmente inconsciente e incongruente, usou os galhos dos olmos lá fora para ajudá-la a estabilizar sua posição. Seu mundo se movia; eles estavam parados. O acontecimento lhe dera uma sensação de movimento. Tudo precisava ficar em ordem. Tinha de endireitar isso e aquilo, pensou, aprovando imperceptivelmente o ar de dignidade das árvores imóveis e, agora de novo, a magnífica ascensão vertical (como a ponta da quilha de um navio subindo uma onda) dos galhos de olmo erguidos pelo vento. Pois ventava (parou um momento para olhar lá fora). Ventava, e assim as folhas de vez em quando deixavam ver uma estrela, e as próprias estrelas pareciam estar se agitando, lançando luz e tentando cintilar entre as beiradas das folhas. Sim, estava feito, realizara-se; e, como ocorre com todas as coisas feitas, tornara-se solene. Agora que pensava nisso, removidas as conversas e as emoções, parecia ter sempre existido, sendo mostrado apenas agora e, ao ser assim mostrado, conduzia tudo à estabilidade. Voltariam, pensou, enquanto vivessem, a esta noite, a esta lua, a este vento, a esta casa: e a ela também. Lisonjeou-a, ali onde era mais sensível à lisonja, pensar que, enovelando-se no coração deles, enquanto vivessem ali ficaria entretecida; e isso, e isso, e isso, pensou subindo a escada, rindo, mas afetuosamente, ao sofá no patamar (de sua mãe), à cadeira de balanço (de seu pai), ao mapa das Hébridas. Tudo isso reviveria outra vez nas vidas de Paul e Minta; "os Rayley" – experimentou o novo sobrenome e sentiu, com a mão à porta do quarto das crianças, aquela comunhão de sentimentos com outras pessoas que a emoção proporciona como se as paredes divisórias tivessem ficado tão finas que praticamente (o sentimento era de alívio e felicidade) tudo compunha uma corrente só, e cadeiras, mesas, mapas eram dela, eram deles, não importava de quem, e Paul e Minta dariam continuidade àquilo depois que ela morresse.

Girou a maçaneta com firmeza, para não ranger, e entrou, franzindo levemente os lábios, como que para lembrar a si mesma que não devia falar alto. Mas, tão logo entrou, viu contrariada que a precaução era desnecessária. As crianças não estavam dormindo. Era uma grande contrariedade. Mildred devia ser mais cuidadosa. Lá estavam James totalmente desperto, Cam sentada muito direita, Mildred descalça fora da cama, eram quase onze horas e todos estavam falando. O que era? Era de novo aquele crânio horrível. Ela tinha dito a Mildred que mudasse de lugar mas Mildred, claro, tinha esquecido, e agora lá estavam Cam totalmente desperta e James totalmente desperto discutindo quando deviam estar dormindo há horas. O que tinha dado em Edward para lhes mandar esse crânio horrível? Ela cometera a grande tolice de deixar que o pregassem ali. Estava pregado firme, disse Mildred, e Cam não conseguia dormir com aquilo no quarto, e James gritaria se ela encostasse nele.

Mas então Cam devia dormir (tinha uns chifrões disse Cam) – devia dormir e sonhar com lindos palácios, disse a sra. Ramsay, sentando a seu lado na cama. Ela via os chifres, disse Cam, em todo o quarto. Era verdade. Em qualquer lugar onde pusessem a luz (e James não dormia sem uma luz) sempre havia uma sombra em algum lugar.

– Mas pense, Cam, é só um porco velho – disse a sra. Ramsay –, um belo porco preto como os porcos na fazenda.

Mas Cam achava aquilo uma coisa horrível, bifurcando-se na direção dela em qualquer lugar do quarto.

– Bem – disse a sra. Ramsay –, então vamos cobri-lo – e todos ficaram observando enquanto ela foi até a cômoda, abriu as gavetas rapidamente, uma depois da outra e, não vendo nada que servisse, tirou depressa o próprio xale e o enrolou no crânio, dando voltas e mais voltas; então voltou à cama de Cam e deitou a cabeça no travesseiro quase na altura da cabeça de Cam e disse como agora ficou bonito, as fadinhas iam adorar; era como o ninho de um passarinho, era como uma bela montanha igual àquela que tinha visto no estrangeiro, com vales, flores, sinos tocando, passarinhos cantando, cabritinhos e pequenos antílopes... Podia ver as palavras ecoando na mente de Cam enquanto falava ritmicamente, e Cam repetia depois dela que era como uma montanha, o ninho de um passarinho, um jardim, e havia pequenos antílopes, e seus olhos se abriam e se fechavam, e a sra. Ramsay continuava a dizer em tom ainda mais monocórdico, mais rítmico e mais desconexo que devia fechar os olhos, dormir e sonhar com montanhas, vales, estrelas cadentes, papagaios, antílopes e jardins, tudo lindo, disse ela, erguendo a cabeça bem devagarinho e falando em tom cada vez mais mecânico, até se sentar e ver que Cam adormecera.

Agora, sussurrou, indo até a cama de James, ele também devia dormir, pois veja, disse ela, o crânio do javali ainda estava ali; não tinham encostado nele; tinham feito exatamente o que ele queria; continuava totalmente intocado. Ele se certificou de que o crânio ainda estava lá embaixo do xale. Mas queria lhe perguntar mais uma coisa. Iriam ao Farol amanhã?

Não, amanhã não, disse ela, mas logo, prometeu-lhe; no próximo dia bom. Ele se mostrou muito cordato. Deitou-se. Ela o cobriu. Mas ele nunca esqueceria, sabia ela, e se sentiu zangada com Charles Tansley, com seu marido e consigo mesma por ter incentivado suas esperanças. Então tateando em busca do xale e lembrando que o enrolara no crânio do javali, levantou-se e abaixou a janela mais alguns centímetros, ouviu o vento, inspirou o ar gelado da noite totalmente indiferente, murmurou um boa-noite a Mildred, deixou o quarto, controlou o movimento da maçaneta para que a lingueta entrasse bem devagar na fechadura e saiu.

Esperava que ele não fizesse barulho com os livros no chão no andar acima deles, pensou, ainda pensando como Charles Tansley era irritante. Pois nenhum deles dormia bem; eram crianças nervosas e, como ele dizia coisas como aquela sobre o Farol, parecia-lhe bem capaz de bater desajeitado numa pilha de livros, justo na hora em que estavam adormecendo, e derrubá-los da mesa com o cotovelo. Pois ela supunha que ele fora ao andar de cima para trabalhar. Porém parecia tão desolado; porém ela se sentiria aliviada quando ele fosse embora; porém ela ia providenciar que o tratassem melhor amanhã; porém ele era admirável com seu marido; porém suas maneiras certamente precisavam melhorar; porém ela gostava de sua risada – pensando isso enquanto descia a escada, ela notou que agora podia ver a própria lua pela janela da escada – a lua cheia, a lua amarela do equinócio de outono – virou-se e eles a viram, parada acima deles na escada.

"É minha mãe", pensou Prue. Sim; Minta a olharia; Paul Rayley a olharia. Esta é a coisa em si, sentiu, como se houvesse apenas uma pessoa assim no mundo; sua mãe. E de completa adulta que era um momento antes, conversando com os outros, ela voltou a ser uma criança, e o que estavam fazendo era uma brincadeira, e será que sua mãe aprovaria ou condenaria a brincadeira?, indagou-se ela. E pensando a sorte que tinham Minta, Paul e Lily em vê-la, sentindo o extraordinário lance de fortuna que era tê-la como mãe, e que nunca cresceria, nunca sairia de casa, ela disse, como uma criança:

– Pensamos em ir até a praia para olhar as ondas.

Instantaneamente, sem nenhuma razão, a sra. Ramsay ficou como uma jovem de vinte anos, cheia de alegria. Foi tomada por um súbito impulso brincalhão. Claro que deviam ir, claro que deviam ir, exclamou rindo; e descendo depressa os últimos três ou quatro degraus, começou a se virar de um ao outro, rindo, ajeitando o abrigo de Minta em seus ombros, dizendo que só gostaria de poder ir junto, se voltariam muito tarde, se algum deles tinha relógio.

– Sim, Paul tem – disse Minta.

Paul fez deslizar um belo relógio de ouro de um estojinho de camurça para lhe mostrar. Enquanto o mantinha na palma da mão diante dela, ele sentiu, "Ela sabe tudo a esse respeito. Não preciso dizer nada". Estava lhe dizendo enquanto mostrava o relógio:

– Fiz, sra. Ramsay. Devo-o à senhora.

E vendo o relógio de ouro em sua mão, a sra. Ramsay sentiu, Que sorte extraordinária a de Minta! Vai se casar com um homem que tem um relógio de ouro num estojo de camurça!

– Como gostaria de poder ir com vocês! – exclamou.

Mas sentia-se retida por algo tão forte que nem sequer pensou em se perguntar o que seria. Claro que era impossível ir com eles. Mas gostaria de ir, não fosse por aquela outra coisa e, achando graça no absurdo de seu pensamento (que sorte se casar com um homem com um estojo de camurça para o relógio), entrou com um sorriso nos lábios na outra sala, onde seu marido estava lendo.

XIX

Claro, disse a si mesma entrando na sala, tinha de vir aqui para alguma coisa que queria. Primeiro quis se sentar numa determinada cadeira sob uma determinada lâmpada. Mas depois quis outra coisa, embora não soubesse, não conseguisse imaginar o que era aquilo que queria. Olhou o marido (pegando a meia e começando a tricotar) e viu que ele não queria ser interrompido – isso estava claro. Estava lendo alguma coisa que o tocava muito. Estava com um meio sorriso e assim ela soube que ele estava controlando sua emoção. Estava virando as páginas depressa. Estava encenando – talvez se imaginando como o personagem do livro. Ela se perguntou que livro seria. Oh, era um dos velhos livros de Sir Walter, viu, ajustando o anteparo de sua lâmpada para que a luz incidisse no tricô. Pois Charles Tansley estivera dizendo (ela olhou para cima como se esperasse ouvir o trambolhão dos livros no andar de cima) – estivera dizendo que as pessoas não leem mais Scott. Então o marido pensou: "É isso o que vão dizer de mim"; por isso foi e pegou um daqueles livros. E se chegasse à conclusão "É verdade" o que havia dito Charles Tansley, aceitaria em relação a Scott. (Ela podia ver que ele estava avaliando, considerando, juntando uma coisa e outra enquanto lia.) Mas não em relação a si mesmo. Ele estava sempre inquieto em relação a si mesmo. Isso a perturbava. Ele sempre estaria preocupado com seus próprios livros – serão lidos, são bons, por que não são melhores, o que as pessoas pensam de mim? Desagradando-lhe pensar nele dessa maneira, indagando-se se teriam imaginado ao jantar por que ele ficou subitamente irritadiço quando falaram da fama e da permanência dos livros, indagando-se se era disso que as crianças estavam rindo, ela deu uma repuxada na meia, todos os riscos finos na testa e nos lábios ficaram gravados como que por um instrumento de aço, e se manteve imóvel como uma árvore que antes estivesse se agitando e tremulando e agora, cessada a brisa, se assentasse, folha por folha, na quietude.

Não importava, nada disso importava, pensou. Um grande homem, um grande livro, fama – quem poderia dizer? Ela não sabia nada dessas coisas. Mas era assim que ele era, sua maneira de ser – por exemplo ao jantar ela estivera pensando de maneira muito instintiva, Se pelo menos ele falasse! Ela tinha absoluta confiança nele. E descartando tudo isso, como alguém que mergulhando passa ora por uma alga, ora por uma palha, ora por uma bolha, sentiu de novo, afundando ainda mais, o que sentira no vestíbulo quando os outros estavam conversando, Tem alguma coisa que eu quero – alguma coisa que vim pegar, e continuou a cair cada vez mais fundo sem saber o que era, com os olhos fechados. E esperou um pouco, tricotando, indagando-se, e devagar aquelas palavras que tinham dito ao jantar, "A roseira da China está toda florida e zumbindo com o zangão dourado", ritmicamente começaram a banhar sua mente de um lado a outro e, enquanto banhavam, palavras como luzinhas veladas, uma vermelha, outra azul, outra amarela, se acenderam no escuro de sua mente, parecendo se levantar de onde estavam pousadas para voar cruzando de um lado e outro, ou para bradar e ganhar eco; assim se virou e tateou a mesa ao lado procurando um livro.

> E todas as vidas já vividas e todas as vidas que virão
> Estão cheias de árvores e folhas que mudam na estação,

murmurou, espetando as agulhas na meia. E abriu o livro e começou a ler aqui e ali ao acaso, e enquanto isso sentia que ia escalando de costas, para o alto, abrindo caminho sob pétalas que se curvavam sobre ela, de modo que só sabia, esta é branca ou aquela é vermelha. De início não entendeu absolutamente o que significavam as palavras.

> Manobrai, para cá manobrai vossas madeiras aladas,
> exaustos marinheiros!

leu e virou a página, balançando-se, ziguezagueando por aqui e por ali, de uma linha a outra como de um galho a outro, de uma flor vermelha e branca a outra, até que um leve som a despertou – o marido dando uma palmada na coxa. Seus olhos se encontraram por um segundo, mas não queriam falar. Não tinham nada a dizer, mas mesmo assim alguma coisa parecia passar dele para ela. Era a vida, era o poder da vida, era a enorme graça, ela sabia, que o fazia dar uma palmada na coxa. Não me interrompa, parecia dizer, não diga nada; fique apenas sentada aqui. E continuou a ler. Seus lábios se crisparam. Aquilo o preenchia. Fortalecia-o. Esqueceu todos os pequenos atritos e alfinetadas do serão, o tédio indizível que era ficar ali sentado, parado, enquanto as pessoas comiam e bebiam interminavelmente, ter se irritado tanto com a esposa, ter se sentido tão melindrado e preocupado quando passaram por cima de seus livros como se simplesmente não existissem. Mas agora, sentiu ele, não tinha um pingo de importância quem alcançara Z (se o pensamento fosse de A a Z como um alfabeto). Alguém alcançaria – se não ele, outra pessoa. A força e a saúde desse homem, sua sensibilidade para coisas simples e diretas, esses pescadores, a pobre criatura enlouquecida na cabana de Mucklebackit lhe deram uma sensação de tanto vigor, de tanto alívio de alguma coisa que se sentiu estimulado e triunfante e não conseguiu conter as lágrimas. Erguendo um pouco o livro para ocultar o rosto deixou que elas corressem abanou a cabeça e se esqueceu totalmente de si mesmo (mas não de uma ou duas reflexões sobre a moral, os romances franceses, os romances ingleses e as mãos amarradas de Scott, mas com uma visão talvez tão verdadeira quanto a outra visão), se esqueceu totalmente de suas amolações e fracassos com o afogamento do pobre Steenie e a dor de Mucklebackit (era Scott em sua melhor forma) e o assombroso prazer e sensação de vigor que aquilo lhe dava.

Bem, eles que façam melhor, pensou ao terminar o capítulo. Sentiu que estivera discutindo com alguém e saíra ganhando. Não conseguiriam fazer melhor, por mais que dissessem, e sua posição se fez mais sólida. O casal era um disparate, pensou, reconstituindo mentalmente tudo aquilo. É um disparate, é um primor, pensou, juntando as duas coisas. Mas precisava relê-lo. Não conseguia lembrar o conjunto da coisa. Devia manter o juízo em suspenso. Então voltou ao outro pensamento – se os jovens não apreciavam isso, naturalmente tampouco o apreciariam. Não se deve reclamar, pensou o sr. Ramsay, tentando sufocar o desejo de reclamar com a esposa que os jovens não o admiravam. Mas estava decidido a não a incomodar de novo. Olhou-a lendo. Ela parecia muito pacífica, lendo. Agradou-lhe pensar que todos tinham se retirado e ambos estavam a sós. A vida não se resumia em ir para a cama com uma mulher, pensou ele, voltando a Scott e Balzac, ao romance inglês e ao romance francês.

A sra. Ramsay ergueu a cabeça e como alguém num sono leve deu a impressão de dizer que se ele quisesse que ela acordasse ela acordaria, realmente acordaria, mas se não, podia continuar dormindo, só mais um pouco, só mais um pouquinho? Estava subindo por aquelas ramagens, por aqui e por ali, tocando ora uma flor ora outra.

> Nem louvei o rubro profundo da rosa,

leu, e assim lendo ia subindo, sentiu, ao topo, ao ápice. Que agradável! Que repousante! Todas as miudezas do dia se prenderam a esse ímã; sua mente se sentia varrida, se sentia purificada. E então ali estava, de súbito inteiramente moldada em suas mãos, bela e justa, clara e completa, a essência extraída da vida e ali plenamente contida – o soneto.

Mas estava se apercebendo do marido a olhá-la. Sorria para ela, com ar trocista, como se a ridicularizasse de leve por ter adormecido em plena luz do dia, mas ao mesmo tempo pensando, Continue a ler. Você não parece triste agora, pensou ele. E se perguntou o que estaria lendo e exagerou sua ignorância, sua simplicidade, pois gostava de pensar que ela não era inteligente, não conhecia nada de livros. Indagou-se se ela entendia o que estava lendo. Provavelmente não, pensou. Era assombrosamente bela. Sua beleza lhe pareceu, se fosse possível, aumentar ainda mais.

Mas ainda parecia inverno e, como estavas longe daqui,
Como se tua fossem, com estas sombras me diverti,

ela terminou.

– Bem? – disse ecoando sonhadora o sorriso dele, erguendo os olhos do livro.

Como se tua fossem, com estas sombras me diverti,

murmurou pondo o livro na mesa.

O que acontecera, indagou-se enquanto retomava o tricô, desde a última vez em que o vira sozinho? Lembrou que se vestiu e viu a lua; que Andrew segurou o prato alto demais ao jantar; que se sentiu deprimida com alguma coisa que William disse; os passarinhos nas árvores; o sofá no patamar; que as crianças estavam acordadas; que Charles Tansley as acordou derrubando os livros – oh não, isso ela tinha inventado; e que Paul tinha um estojo de camurça para o relógio. Qual contaria a ele?

– Eles noivaram – disse ela começando a tricotar –, Paul e Minta.

– Bem que imaginei – disse ele.

Não havia muito o que dizer a respeito. Sua mente ainda estava subindo e descendo, subindo e descendo com a poesia; ele ainda estava se sentindo muito vigoroso, muito direto, depois de ler a passagem do funeral de Steenie. Assim continuaram calados. Então ela percebeu que queria que ele dissesse alguma coisa.

Qualquer coisa, qualquer coisa, pensou prosseguindo com seu tricô. Qualquer coisa serve.

– Que bom se casar com um homem que tem um estojo de camurça para o relógio – disse ela, pois era o tipo de brincadeira que faziam entre si.

Ele fungou. Sua impressão sobre aquele noivado era a mesma que sempre tinha em relação a qualquer noivado; a moça é boa demais para aquele rapaz. Devagar insinuou-se na mente dela, por que então a gente quer que as pessoas se casem? Qual era o valor, o significado das coisas? (Cada palavra que diziam agora seria verdadeira.) Diga alguma coisa, pensou ela, querendo apenas ouvir a voz dele. Pois a sombra, a coisa que os envolvia, sentiu ela, estava começando a cercá-la outra vez. Diga qualquer coisa, suplicou olhando para ele, como se pedisse ajuda.

Estava calado, balançando a corrente do relógio de um lado ao outro e pensando nos romances de Scott e de Balzac. Mas por entre as paredes crepusculares da intimidade entre eles, pois estavam se acercando, involuntariamente, lado a lado, até ficarem muito próximos, ela sentia a mente dele como uma mão que se erguesse e lançasse sombra em sua mente; e ele começava agora a sentir que os pensamentos dela tomavam um rumo com o qual não gostava – aquele "pessimismo" como o chamava – de lidar, embora não dissesse nada, levando a mão à testa, ajeitando uma mecha, deixando-a cair outra vez.

– Você não vai terminar essa meia hoje à noite – disse apontando a meia.

Era o que ela queria – a aspereza na voz dele a censurá-la. Se ele diz que é errado ser pessimista provavelmente é errado, pensou ela; o casamento vai dar certo.

– Não – disse ela, estendendo a meia sobre o joelho –, não vou terminar.

E agora? Pois ela sentiu que ele ainda a olhava, mas que seu olhar havia mudado. Ele queria alguma coisa – queria a coisa que ela sempre achava muito difícil de dar; queria que lhe dissesse que o amava. E isso, não, não podia fazer. Para ele, falar era muito mais fácil do que para ela. Ele conseguia dizer coisas – ela nunca. Assim naturalmente era sempre ele que dizia as coisas, e então por alguma razão ficava irritado de repente e a censurava. Chamava-a de mulher insensível; nunca lhe dizia que o amava. Mas não era assim – não era assim. Era só que ela nunca conseguia dizer o que sentia. O casaco dele não estava com farelos? Não havia nada que ela pudesse fazer por ele? Levantando-se, ficou à janela com a meia marrom avermelhada na mão, em parte para se afastar dele, em parte porque não se importava em olhar agora, estando ele a observar, o Farol. Pois ela sabia que ele virara a cabeça quando ela se virou; ele estava a observá-la. Ela sabia o que ele estava pensando. Está mais bonita do que nunca. E ela mesma se sentiu muito bonita. Não vai me dizer pelo menos uma vez que me ama? Ele estava pensando nisso, pois estava agitado por causa de Minta e do livro, por ser o final do dia e por terem brigado por causa da ida até o Farol. Mas ela não conseguia fazê-lo; não conseguia dizê-lo. Então, sabendo que ele a observava, em vez de dizer alguma coisa, virou-se segurando a meia e o olhou. E enquanto o olhava começou a sorrir, pois mesmo não tendo dito uma palavra ele sabia, claro que sabia, que ela o amava. Ele não podia negá-lo. E sorrindo ela olhou pela janela e disse (pensando consigo mesma, Nada na terra é capaz de se igualar a esta felicidade):

"Sim, você tinha razão. Amanhã vai chover." Ela não disse isso, mas ele sabia. E o olhou sorrindo. Pois ela triunfara outra vez.

PARTE DOIS

O tempo passa

I

— Bem, o futuro há de mostrar – disse o sr. Bankes, voltando do terraço.

– Está muito escuro, quase não se enxerga – disse Andrew, voltando da praia.

– Mal dá para saber o que é mar e o que é terra – disse Prue.

– Deixamos aquela luz acesa? – perguntou Lily enquanto tiravam os casacos.

– Não – respondeu Prue – se todos já tiverem entrado.

– Andrew – chamou-o de volta –, apague a luz do vestíbulo.

Uma a uma, todas as lâmpadas foram apagadas, e só o sr. Carmichael, que gostava de ficar algum tempo acordado lendo Virgílio, manteve a vela acesa por mais tempo que os outros.

II

Assim, com todas as lâmpadas apagadas, a lua encoberta e uma chuva fina tamborilando no telhado, começou uma torrente de imensa escuridão. Parecia que nada sobreviveria ao dilúvio, à enxurrada de escuridão que, insinuando-se por fendas e fechaduras, esquivou-se às venezianas, entrou nos quartos, engoliu um jarro e uma bacia aqui, um vaso de dálias vermelhas e amarelas ali, as quinas agudas e o volume maciço de uma cômoda acolá. Não foi apenas a mobília que se fez indistinta; praticamente não sobrou nada de corpo ou mente que permitisse dizer "Este é ele" ou "Esta é ela". Às vezes erguia-se uma mão como que para agarrar alguma coisa, para afastar alguma coisa, ou alguém gemia, alguém ria como se dividisse algum gracejo com o nada.

Nada se mexia na sala de estar, na sala de jantar ou na escada. Apenas pelos gonzos enferrujados e pelo madeiramento inchado de umidade da maresia algumas correntes de ar, destacando-se do corpo do vento (a casa afinal estava em ruínas), esgueiravam-se pelos cantos e se arriscavam a entrar. Dava quase para imaginá-las, enquanto entravam na sala de estar, interrogando e indagando, brincando com a aba pendente do papel de parede, perguntando se penderia por muito tempo e quando cairia. Então afagando suavemente as paredes, passavam meditativas como se perguntassem às rosas vermelhas e amarelas no papel de parede se iriam se estiolar, interrogassem (brandamente, pois tinham tempo à disposição) as cartas rasgadas no cesto de lixo, as flores, as páginas agora todas abertas a elas e perguntassem: Eram aliadas? Eram inimigas? Por quanto tempo resistiriam?

Assim guiadas por alguma luz fortuita de uma estrela nua, de algum navio errante ou mesmo do Farol, com sua pálida pegada no degrau e no tapete, as pequenas correntes de ar subiam a escada e farejavam as portas dos quartos. Mas aqui certamente deviam parar. Qualquer outra coisa pode perecer e desaparecer, mas o que está aqui é permanente. Aqui podia-se dizer àquelas luzes movediças, àquelas correntes de ar tateantes, que sopram e se inclinam sobre o leito, aqui vocês não podem tocar nem destruir. Ao quê, fatigadas, fantasmagóricas, como se tivessem dedos leves como plumas e a leve persistência das plumas, olhariam, uma vez, os olhos fechados e os dedos frouxamente trançados, dobrariam fatigadas suas roupas e desapareceriam. E assim, farejando, roçando, iam à janela na escada, aos quartos das empregadas, às caixas no sótão; descendo, branqueavam as maçãs na mesa da sala de jantar, tateavam as pétalas das rosas, submetiam à prova o quadro no cavalete, varriam o tapete e sopravam um pouco de areia pelo chão. Até que por fim, desistindo, todas cessaram juntas, juntaram-se todas e todas juntas suspiraram; todas juntas soltaram uma lufada de lamentação a esmo à qual alguma porta na cozinha respondeu, escancarou-se, não acolheu nada e bateu com força.

[Aqui o sr. Carmichael, que estava lendo Virgílio, apagou a vela com um sopro. Passava da meia-noite.]

III

Mas o que afinal é uma noite? Um breve tempo, sobretudo quando a escuridão diminui tão cedo e tão cedo gorjeia um passarinho, canta um galo ou se aviva um leve verde, como folha ao se virar, no cavo da onda. À noite, porém, sucede-se a noite. O inverno mantém um estoque inteiro delas que distribui equitativamente, regularmente, com dedos incansáveis. Encompridam-se; escurecem-se. Algumas erguem lá no alto planetas claros, bandejas lustrosas. As árvores outonais, devastadas que estão, adquirem o lampejo de bandeiras esfarrapadas se alumiando na penumbra de frias criptas de uma catedral onde letras douradas em páginas de mármore descrevem a morte em batalha, o branqueamento e a calcinação dos ossos em distantes areais indianos. As árvores outonais cintilam ao luar amarelo, à luz das luas equinociais, luz que suaviza a colheita da estação, alisa o restolho e traz à praia a onda se dobrando azul.

Agora era como se, tocada pela penitência humana e toda sua labuta, a divina bondade descerrasse a cortina e mostrasse por trás, únicas, distintas, a lebre ereta, a onda caindo, a embarcação balançando, as quais, se as merecêssemos, sempre seriam nossas. Mas ai, a divina bondade, puxando a corda, cerra a cortina; não lhe apraz; cobre seus tesouros com uma saraivada de granizo e assim os estilhaça, assim os mistura de tal forma que parece impossível que algum dia lhes volte a serenidade ou que algum dia componhamos com seus fragmentos um conjunto perfeito ou leiamos nos pedaços espalhados as claras palavras da verdade. Pois nossa penitência merece apenas um olhar de relance; nossa labuta, apenas uma breve pausa.

As noites agora estão cheias de ventania e destruição; as árvores cedem e se curvam, suas folhas voam num tropel desordenado até cobrir o gramado com uma grossa camada e se depositam compactas nos drenos, entopem as calhas, enlameiam as trilhas. O mar também se arroja e se quebra, e se alguém a dormir, fantasiando que talvez encontre na praia uma resposta para suas dúvidas, uma companhia para sua solidão, arremessar os lençóis e descer sozinho para andar pela areia, nenhuma imagem com ar de obsequiosa e divina presteza acorrerá trazendo ordem à noite e fazendo do mundo um reflexo da alma. A mão lhe mingua na mão; a voz lhe brame aos ouvidos. Quase parece vão nesse atropelo dirigir à noite aquelas perguntas sobre o quê, o porquê e o para quê, que tentadoras arrancam o adormecido da cama para sair em busca de resposta.

[O sr. Ramsay cambaleando por um corredor estendeu os braços numa manhã escura, mas, tendo a sra. Ramsay morrido de súbito na noite anterior, estendeu os braços. Permaneceram vazios.]

IV

Assim com a casa vazia, as portas trancadas, os colchões enrolados, aquelas correntes de ar errantes, guardas avançadas de grandes exércitos, vieram vociferando e varreram tábuas nuas, mordiscaram, abanaram, nada encontraram em quarto ou sala que lhes resistisse totalmente mas apenas pontas pensas que batiam, madeira que rangia, mesas de pernas nuas, panelas e porcelanas já encrostadas, empanadas, rachadas. As coisas que tinham largado e deixado – um par de sapatos, um boné de caça, algumas saias e casacos desbotados nos guarda-roupas – só elas conservavam a forma humana e no vazio indicavam que outrora tinham sido usadas e dotadas de vida; que outrora mãos se ocuparam com anzóis e botões; que outrora o espelho mostrara um rosto; mostrara um mundo esvaziado onde uma figura se virava, uma mão lampejava, a porta se abria, entravam crianças correndo e tropeçando, e depois saíam. Agora, dia após dia, a luz devolvia, como uma flor refletida na água, sua imagem clara na parede oposta. Apenas as sombras das árvores, florindo ao vento, faziam vênia na parede e por um momento escureciam a poça onde a luz se refletia, ou os pássaros, voando, faziam esvoaçar lentamente pelo chão do quarto uma pequena mancha delicada.

Assim reinavam o encanto e a imobilidade, e juntos compunham o feitio do próprio encanto, uma forma da qual a vida se fora, solitária como uma poça ao anoitecer, muito distante, vista pela janela de um trem, desaparecendo tão rápido que a poça, pálida ao anoitecer, mal é subtraída à sua solidão, mesmo sendo vista. O encanto e a imobilidade se deram as mãos no quarto e entre os jarros envoltos em panos e as cadeiras protegidas por lençóis mesmo o espreitar do vento e o suave faro dos ares marinhos pegajosos, roçando, fuçando, repetindo e reiterando suas perguntas – "Vão se estiolar? Vão perecer?" – mal chegavam a perturbar a paz, a indiferença, o ar de pura integridade, como se a pergunta que faziam mal precisasse de resposta: permanecemos.

Parecia que nada poderia romper aquela imagem, corromper aquela inocência ou perturbar o manto ondulante de silêncio que, semana após semana, na sala vazia, entretecia em si mesmo os piados dos pássaros, os apitos dos navios, o zumbido indistinto dos campos, o latido de um cão, o grito de um homem, dobrando-os ao redor da casa em silêncio. Apenas uma vez uma tábua se soltou no patamar; uma vez no meio da noite com um rugido, com uma ruptura, tal como após séculos de aquiescência uma pedra se desprende da montanha e se precipita esmagadora no vale, uma dobra do xale se afrouxou e oscilou de um lado a outro. Então a paz desceu outra vez; e a sombra ondulou; a luz se curvou em adoração à própria imagem na parede do quarto; até que a sra. McNab, rasgando o véu de silêncio com mãos habituadas a mergulhar na tina de lavar, triturando-o com botinas habituadas a esmagar cascalho, veio conforme as instruções abrir todas as janelas e desempoeirar os quartos.

V

Com seu andar cambaio (pois gingava como um navio no mar) e seu olhar de soslaio (pois seus olhos não pousavam em nada diretamente, mas com um relance de atravessado que protestava contra o desprezo e a raiva do mundo – era parva, sabia disso), agarrando-se aos corrimões, içando-se escada acima, gingando de quarto em quarto, ela cantava. Esfregando o espelho comprido e olhando de soslaio sua figura oscilante saía-lhe um som dos lábios – algo que podia ter sido alegre no palco talvez vinte anos antes, que podia ter animado danças e cantorias, mas agora, vindo da caseira desdentada de touca na cabeça, perdia o significado, era como a voz da parvoíce, do humor, da própria persistência, espezinhada mas rebrotando, e assim enquanto seguia cambaia, espanando, esfregando, parecia dizer que tudo era um longo sofrimento e incômodo, acordar e ir dormir outra vez, trazer as coisas e recolher as coisas outra vez. Não era fácil nem gostoso este mundo que conhecia de perto fazia setenta anos. Estava era moída de cansaço. Quanto tempo, perguntava, estralejando e gemendo ajoelhada para desempoeirar as tábuas embaixo da cama, quanto tempo vai aguentar? mas se levantou mancando, endireitou-se e de novo com seu olhar de soslaio que deslizava e se desviava até do próprio rosto – e dos próprios pesares – pôs-se diante do espelho embasbacada, sorrindo à toa, e retomou o velho passo manco e arrastado, erguendo tapetes, pousando porcelanas, olhando de esguelha no espelho, como se, afinal, tivesse seus motivos de consolo, como se de fato se entrelaçasse em sua nênia alguma incorrigível esperança. Alegres visões havia de ter tido à tina de lavar roupa, por exemplo com os filhos (porém dois eram bastardos e um a abandonara); na taverna, bebendo; remexendo recordações nas gavetas. Alguma fenda nas trevas decerto teria ocorrido, algum canal nas profundezas da escuridão por onde saía uma luz suficiente para lhe contorcer o rosto num largo sorriso ao espelho e fazê-la, voltando mais uma vez ao trabalho, murmurar a velha cantiga de cabaré. Enquanto isso os místicos, os visionários andavam pela praia, agitavam a água de algum charco, olhavam uma pedra e se perguntavam: "O que sou eu?", "O que é isto?", e de repente era-lhes concedida uma resposta (qual, não sabiam dizer): e assim se aqueciam na geada e se consolavam no deserto. Mas a sra. McNab continuava a beber e a tagarelar como sempre.

VI

A primavera sem uma folha para agitar, nua e nobre como uma virgem orgulhosa de sua castidade, desdenhosa em sua pureza, se estendera pelos campos desperta, atenta, totalmente alheia ao que faziam ou pensavam os observadores.

(Prue Ramsay, apoiando-se no braço do pai, fora concedida em casamento naquele mês de maio. Poderia haver, diziam as pessoas, coisa mais adequada? E, acrescentavam, como ela estava linda!)

Conforme se aproximava o verão e o entardecer se encompridava, vinham aos despertos, aos esperançosos, andando pela praia, agitando a água de alguma poça, fantasias das mais estranhas – de carne transformada em átomos que se avançavam ao vento, de estrelas cintilando no coração, de penhascos, mares, nuvens e céus que se uniam intencionalmente para compor no exterior as partes dispersas da visão interior. Naqueles espelhos, as mentes dos homens, naquelas poças de água inquieta, às quais as nuvens sempre tornam e as sombras se formam, persistiam sonhos e era impossível resistir à estranha sugestão de que cada gaivota, cada flor, árvore, criatura masculina, criatura feminina, a própria terra branca pareciam declarar (mas se indagadas logo voltariam atrás) que o bem triunfa, a felicidade vence, a ordem reina; ou resistir ao extraordinário estímulo de explorar aqui e ali em busca de algum bem absoluto, algum cristal de intensidade, distante dos prazeres sabidos e das virtudes familiares, alguma coisa estranha aos processos da vida doméstica, singular, dura, brilhante, como um diamante na areia, que daria segurança a seu possuidor. Além disso, abrandada e aquiescente, a primavera com suas abelhas zumbindo e seus mosquitos dançando envolveu-se em seu manto, velou os olhos, desviou a cabeça e, entre sombras fugazes e leves pancadas de chuva, era como se tivesse tomado a si o conhecimento das dores da humanidade.

(Prue Ramsay morreu naquele verão de alguma complicação ligada ao parto, o que foi realmente uma tragédia, disseram. Disseram que ninguém merecia a felicidade mais do que ela.)

E agora no calor do verão o vento mandou outra vez seus espiões à casa. Insetos teciam teias nos aposentos ensolarados; matos que tinham crescido perto do vidro à noite batiam metodicamente à vidraça da janela. Quando caía a escuridão, a réstia do Farol, que se estendera com tanta autoridade sobre o tapete na escuridão, traçando seu desenho, vinha agora na luz mais suave da primavera mesclada ao luar deslizando delicadamente como se fizesse uma carícia, se demorasse discreta, olhasse e voltasse amorosamente. Mas na própria bonança dessa carícia amorosa, quando a longa réstia se inclinava sobre a cama, a pedra havia se desprendido; outra dobra do xale se afrouxara; ali pendia e oscilava. Pelas noites curtas e dias longos do verão, quando os aposentos vazios pareciam murmurar com os ecos dos campos e o zunir das moscas, a longa raia luminosa ondulava suave, oscilava à solta, enquanto o sol tantas listras e faixas traçava nos aposentos e de névoa amarela os preenchia que a sra. McNab, ao irromper e se arrastar por ali, espanando, varrendo, parecia um peixe tropical nadando por entre águas trespassadas de sol.

Mas, por torpor e sono que houvesse, avançando o verão vieram sons sinistros como os golpes compassados de um martelo amortecidos em feltro que, com suas pancadas repetidas, afrouxaram ainda mais o xale e trincaram as xícaras de chá. Volta e meia algum vidro tilintava no armário como se um gigante soltasse a voz num grito tão alto e estridente em sua agonia que os copos dentro de um armário também vibravam. Então caiu o silêncio outra vez; e então, noite após noite, e às vezes em pleno dia quando as rosas brilhavam e a luz se movia na parede, sua nítida forma ali, parecia tombar neste silêncio, nesta indiferença, nesta integridade, o baque surdo de algo caindo.

(Uma bomba explodiu. Vinte ou trinta jovens foram pelos ares na França, entre eles Andrew Ramsay, cuja morte, misericordiosamente, foi instantânea.)

Naquela estação os que tinham ido andar pela praia e perguntar ao mar e ao céu qual mensagem traziam ou qual visão apresentavam tiveram de considerar entre os costumeiros sinais da bondade divina – o poente no mar, a palidez da aurora, o nascer da lua, os barcos pesqueiros ao luar, as crianças se alvejando mutuamente com torrões de grama – algo que era destoante dessa jucundidade, dessa serenidade. Houve a aparição silenciosa de um navio de cor cinérea, por exemplo, que chegara e se fora; houve uma mancha violácea na superfície amena do mar como se algo tivesse fervido e sangrado, invisível, por baixo. Essa invasão de uma cena apropriada para despertar as mais sublimes reflexões e levar às mais reconfortantes conclusões deteve-lhes o andamento. Era difícil ignorá-los afavelmente, abolir suas marcas na paisagem, continuar, andando a beira-mar, a se maravilhar com a correspondência entre a beleza exterior e a beleza interior.

A natureza suplementava o que o homem promovia? Completava o que ele iniciava? Com igual complacência ela via sua desgraça, perdoava sua mesquinharia e aquiescia em sua tortura. Aquele sonho, então, de partilhar, completar, encontrar na solidão da praia uma resposta, não passava de um reflexo num espelho, e o próprio espelho não passava do vítreo na superfície que se forma quietamente quando os poderes mais nobres estão adormecidos sob ela? Impacientes, aflitos, mas relutantes em ir (pois a beleza oferece seus encantos, tem seus consolos), andar pela praia era impossível; a contemplação era insuportável; o espelho estava quebrado.

(O sr. Carmichael publicou um volume de poemas naquela primavera, que teve um sucesso inesperado. A guerra, diziam, reavivara o interesse pela poesia.)

VII

Noite após noite, verão e inverno, o tormento das tormentas, a serenidade sem par do tempo bom, imperaram sem interferências. Escutando-se (se houvesse alguém para escutar) dos aposentos do andar de cima da casa vazia apenas se ouviria um caos gigantesco raiado de relâmpagos rolando e arremetendo, enquanto os ventos e as ondas se divertiam, como imensas massas informes de leviatãs de fronte que nenhuma luz da razão penetra, investiam, se fundiam e se afundavam na escuridão ou na claridade (pois noite e dia, mês e ano corriam juntos, amorfos) em brincadeiras idiotas, até que o universo parecia arremeter e combater sozinho na gratuidade de um tumulto bruto e de uma luxúria lasciva.

Na primavera as urnas do jardim, ocupadas ao acaso por plantas de sementes trazidas pelo vento, estavam garridas como sempre. Nasceram narcisos e violetas. Mas a serenidade e a claridade do dia eram estranhas como o caos e o tumulto da noite, com as árvores lá paradas, as flores lá paradas, olhando diante de si, olhando para cima, mas sem nada ver, sem olhos, terríveis, pois.

VIII

Pensando que não faria mal, pois a família não viria, não voltaria nunca mais, diziam alguns, e a casa ia ser vendida talvez em setembro no dia de São Miguel, a sra. McNab se abaixou e colheu uma braçada de flores para levar para casa. Pôs o maço na mesa enquanto tirava o pó. Adorava flores. Era uma pena desperdiçá-las. Se fossem vender a casa (ficou na frente do espelho com as mãos na cintura), ela ia precisar de um trato – ia sim. Tinha ficado esses anos todos sem uma alma viva lá dentro. Os livros e objetos estavam embolorados, pois, por causa da guerra e sendo tão difícil arranjar ajuda, não tinha conseguido manter a casa limpa como queria. Agora deixá-la em ordem ultrapassava as forças de qualquer um. Estava velha demais. Tinha dor nas pernas. Todos aqueles livros precisavam ser postos na grama para tomar sol; no vestíbulo tinha caído uma parte do reboco; a calha em cima da janela do escritório estava entupida e entrava água; o tapete tinha se estragado. Mas o pessoal que viesse ou mandasse alguém vir ver. Pois havia roupa nos armários; tinham deixado roupa em todos os quartos. O que ia fazer com elas? Estavam com traça – as coisas da sra. Ramsay. Pobre senhora! Ela é que não iria querê-las nunca mais. Tinha morrido, diziam; anos atrás, em Londres. Ali estava a velha capa cinzenta que usava para jardinar (a sra. McNab apalpou). Podia vê-la, quando subia pela trilha com a roupa lavada, cuidando das flores (o jardim agora dava dó de ver, todo destroçado, coelhos escapulindo dos canteiros quando a gente aparecia) – podia vê-la com uma das crianças ao lado com aquela capa cinzenta. Havia botas e sapatos; uma escova e um pente na penteadeira, exatamente como se pretendesse voltar no dia seguinte. (No fim tinha morrido muito de repente, diziam.) E antes vinham, mas depois deixaram de vir, por causa da guerra e sendo tão difícil viajar nesses tempos; não tinham vindo nesses anos todos; só lhe mandavam o dinheiro; mas nunca escreveram, nunca apareceram e esperavam encontrar as coisas como tinham deixado, ah, pois como! Ora, ora, as gavetas da penteadeira estavam cheias de coisas (abriu-as), lenços, pedaços de fitas. Sim, podia ver a sra. Ramsay quando subia pela trilha com a roupa lavada.

E ela dizia: "Boa tarde, sra. McNab".

Tinha um jeito agradável. Todas as criadas gostavam dela. Mas muitas coisas tinham mudado desde aquela época (fechou a gaveta); muitas famílias tinham perdido seus entes queridos. Ela tinha morrido; o sr. Andrew foi morto; a srta. Prue morreu também, diziam, com seu primeiro bebê; mas todo mundo tinha perdido alguém nesses anos. Os preços tinham disparado que era uma vergonha, e não iam baixar. Lembrava-se muito bem dela com a capa cinzenta.

"Boa tarde, sra. McNab", dizia e falava para a cozinheira separar um prato de sopa cremosa para ela – e bem que ia querer mesmo, carregando aquela cesta pesada desde o povoado. Podia vê-la agora, inclinada sobre suas flores (e frágil e faiscante como uma réstia amarela ou o halo na ponta de um telescópio, uma senhora de capa cinzenta, inclinada sobre suas flores, passou pela parede do quarto, por cima de penteadeira, através do lavabo, enquanto a sra. McNab seguia com seu andar manco e arrastado, espanando, endireitando as coisas).

E o nome da cozinheira, como era? Mildred? Marian? – uma coisa assim. Ah, tinha esquecido – esquecia mesmo as coisas. Estourada, como todas as ruivas. Tinham dado muitas risadas juntas. Sempre era bem recebida na cozinha. Fazia elas rirem, ah se fazia. As coisas eram melhores do que agora.

Suspirou; era trabalho demais para uma mulher só. Abanou a cabeça. Este aqui era o quarto das crianças. Aiai, estava tudo úmido aqui; o reboco estava caindo. E para que queriam uma caveira de bicho pendurada aqui? embolorada também. E ratos em todo o sótão. Entrava chuva. Mas nunca mandavam ninguém; nunca vinham. Algumas fechaduras estavam quebradas e as portas batiam. Ela também não gostava de ficar aqui sozinha ao anoitecer. Era demais para uma mulher só, demais, demais. Estralejava, gemia. Bateu a porta. Passou a chave na fechadura e deixou a casa fechada, trancada, sozinha.

IX

A casa foi deixada; a casa foi abandonada. Ficou abandonada como uma concha numa duna a se encher de areia seca e salgada depois que a vida a abandonara. A longa noite parecia ter se instalado; as correntes de ar frívolas, mordiscando, os sopros pegajosos, tateando, pareciam ter triunfado. A caçarola se enferrujara e o tapete se deteriorara. Sapos se aboletaram. Devagar, à toa, ocioso oscilava o xale. Um cardo cresceu entre as telhas da despensa. As andorinhas fizeram ninhos na sala; o chão cheio de palha ficou; o reboco caía aos punhados; os caibros estavam a descoberto; ratos apanhavam coisas aqui e ali para roer atrás dos lambris. Borboletas casco-de-tartaruga irrompiam das crisálidas e se extenuavam de tanto se bater na vidraça. Papoulas se disseminavam entre as dálias; no gramado ondulava o capim crescido; alcachofras gigantescas sobranceavam as rosas; um cravo crespo florescia entre os repolhos, enquanto o gentil toque de um mato à janela havia se tornado, nas noites de inverno, um retumbar de árvores robustas e moitas espinhosas que enverdeciam a sala inteira no verão.

Que poder agora seria capaz de deter a fertilidade, a insensibilidade da natureza? O sonho da sra. McNab com uma senhora, uma criança, um prato de sopa cremosa? Ele ondulara pelas paredes como uma mancha de luz e desaparecera. Ela trancara a porta; fora embora. Era demais para as forças de uma mulher só, disse. Nunca mandavam ninguém. Nunca escreviam. Havia coisas lá em cima apodrecendo nas gavetas – era uma vergonha largá-las assim, disse. O lugar estava destroçado. Somente a réstia do Farol entrava por um instante nos aposentos, pousava seu súbito olhar nas camas e paredes na escuridão do inverno, fitava equânime o cardo e a andorinha, o rato e a palha. Agora nada os detinha; nada lhes dizia não. O vento que sopre; a papoula que se dissemine sozinha, o cravo que cruze com o repolho. A andorinha que faça seu ninho na sala, o cardo cresça entre as telhas, a borboleta se aqueça no chintz desbotado das poltronas. O copo quebrado e a porcelana que fiquem no gramado e encubra-os um emaranhado de mato e amoras silvestres.

Pois agora chegara aquele momento, aquela hesitação quando a aurora tremula e a noite se detém, em que uma pluma se pousar na balança pesará. Uma só pluma, e a casa, tombando, afundando, cairia e se precipitaria nas profundezas da escuridão. Na sala em ruínas, caminhantes a passeio esquentariam suas chaleiras; casais buscariam abrigo, deitando-se nas tábuas nuas; o pastor guardaria a refeição entre os tijolos; o andarilho dormiria enrolado em seu casaco para se proteger do frio. Então o telhado cairia; roseiras bravas e touceiras de cicuta iriam apagar trilhas, degraus e janelas; cresceriam desiguais e luxuriantes pelo terreno, e apenas por um lírio-tocha entre as urtigas ou um caco de porcelana entre as cicutas algum invasor extraviado poderia dizer que outrora ali morou alguém, ali existiu uma casa.

Se a pluma pousasse, se pesasse na balança, a casa inteira mergulharia nas profundezas para jazer nas areias do esquecimento. Mas havia uma força operando; alguma coisa não muito consciente; alguma coisa de soslaio, alguma coisa de cambaio; alguma coisa que não se inspirava em trabalhar com um elevado ritual ou um cântico solene. A sra. McNab gemia; a sra. Bast chiava. Eram velhas; eram entrevadas; tinham dor nas pernas. Finalmente vieram com seus baldes e vassouras; tinham de trabalhar. De uma hora para outra, poderia a sra. McNab ver se a casa estava pronta?, escreveu uma das jovens senhoras: poderia cuidar disso? poderia cuidar daquilo?, tudo numa correria. Talvez viessem no verão; tinham deixado tudo para a última hora; esperavam encontrar as coisas como tinham deixado. Devagar e a duras penas, com balde e vassoura, esfregando, areando, a sra. McNab, a sra. Bast detiveram a corrupção e o apodrecimento; resgataram da poça do Tempo que os recobria rapidamente ora uma bacia, ora um armário; uma manhã arrancaram ao esquecimento todos os romances do ciclo de Waverley e um jogo de chá; à tarde devolveram ao sol e ao ar um guarda-fogo de latão e um jogo de ferros de lareira. George, filho da sra. Bast, caçou os ratos e cortou a grama. Contrataram empreiteiros. Assistido pelo guinchar dos gonzos e pelo ranger dos ferrolhos, pelo bater e estralar da madeira inchada de umidade, parecia estar ocorrendo algum lento e laborioso parto, enquanto as mulheres, se abaixando, se erguendo, gemendo, cantando, batiam e abanavam, ora no andar de cima, ora no porão. Oh, diziam, que trabalheira!

Às vezes tomavam chá no quarto ou no gabinete; dando uma pausa ao meio-dia com o rosto coberto de poeira e as mãos velhas contraídas e doídas do cabo da vassoura. Derreadas nas cadeiras, contemplavam ora a magnífica vitória sobre as torneiras e a banheira, ora o triunfo mais árduo, mais parcial sobre as longas filas de livros, antes negros como corvos, agora esbranquiçados, alimentando pálidos fungos e secretando aranhas furtivas. Mais uma vez, sentindo-se aquecida pelo chá, o telescópio se encaixou nos olhos da sra. McNab e, num halo de luz, viu o senhor de idade, magro feito um ancinho, abanando a cabeça, quando subia com a roupa lavada, falando sozinho, imaginava ela, no gramado. Nunca a notava. Alguns diziam que ele tinha morrido; outros diziam que ela tinha morrido. Qual dos dois? A sra. Bast também não sabia direito. O jovem tinha morrido. Disso ela tinha certeza. Lera o nome dele nos jornais.

Havia também a cozinheira, Mildred, Marian, um nome assim – uma ruiva, estourada como todas as ruivas, mas também boazinha, se você soubesse lidar com ela. Tinham dado muitas risadas juntas. Guardava um prato de sopa para Maggie; um pedaço de presunto, às vezes; tudo o que sobrasse. Viviam bem naqueles tempos. Tinham tudo o que queriam (faladora, jovial, com o calor do chá, desenrolou o novelo de memórias, sentada na cadeira de vime junto ao guarda-fogo do quarto das crianças). Sempre havia muita coisa para fazer, gente na casa, às vezes vinte pessoas, e louça para lavar até bem depois da meia-noite.

A sra. Bast (nunca os conhecera; morava em Glasgow naquela época) perguntou, pousando a xícara, para que tinham aquela caveira de bicho pendurada lá. Sem dúvida abatido no estrangeiro.

Podia ser mesmo, disse a sra. McNab, continuando a sondar suas lembranças; tinham amigos em países do Oriente; senhores que se hospedavam lá, senhoras em vestidos de noite; uma vez ela os vira pela porta da sala de jantar, todos sentados à mesa. Vinte ousaria dizer com todas as suas joias, e pediram para ficar e ajudar a lavar os pratos, mesmo depois da meia-noite.

Ah, disse a sra. Bast, iam ver como tinha mudado. Inclinou-se pela janela. Observou o filho George roçando a grama. Bem que podiam perguntar, o que andaram fazendo por aqui? pois era o velho Kennedy que devia cuidar, mas aí a perna dele ficou imprestável depois que caiu da carroça; e aí não teve ninguém durante talvez um ano, ou quase um ano; e aí teve Davie Macdonald, e podiam mandar sementes, mas como iam saber se chegaram a ser plantadas? Iam ver como tinha mudado.

Observou o filho roçando. Era ótimo no trabalho – daqueles quietos. Bom, tinham de continuar com os armários, imaginava ela. Ergueram-se com dificuldade.

Finalmente, depois de dias limpando por dentro, roçando e cavando lá fora, os espanadores deixaram as janelas, as janelas foram fechadas, as chaves foram giradas em todas as portas; a porta da frente foi fechada; estava terminado.

E agora, como se tivesse sido afogada por tanto limpar, esfregar, roçar e aparar, ergueu-se aquela melodia entreouvida, aquela música intermitente que o ouvido capta a meias mas deixa passar: um latido, um balido, irregulares, intermitentes, mas de certa forma aparentados; o zumbido de um inseto, o tremor da grama cortada, separados mas de certa forma associados; o chio de um besouro, o ringido de uma roda, altos, baixos, mas misteriosamente aparentados; que o ouvido se esforça em unir e está sempre prestes a harmonizar mas nunca são inteiramente ouvidos, nunca são plenamente harmonizados, e por fim, ao anoitecer, um após o outro somem os sons, falha a harmonia, cai o silêncio. Com o ocaso perdia-se a agudeza e, como névoa se erguendo, a quietude se ergueu, a quietude se espalhou, o vento se assentou; frouxamente o mundo se ajeitou para dormir, agora no escuro sem luz a alumiar, a não ser a que vinha tingida de verde pelas folhas ou pálida nas flores brancas junto à janela.

(Lily Briscoe mandou que levassem sua mala até a casa numa noite de setembro. O sr. Carmichael veio pelo mesmo trem.)

X

Então realmente a paz chegara. O mar soprava mensagens de paz à costa. Nunca mais interromperia seu sono, mas o embalaria num repouso mais profundo e confirmaria tudo o que os sonhadores sonhassem devotamente, sonhassem sabiamente – o que mais estaria murmurando – enquanto Lily Briscoe apoiava a cabeça no travesseiro no quarto sereno e asseado e ouvia o mar. Pela janela aberta entrou a voz da beleza do mundo murmurando baixinho demais para se ouvir exatamente o que dizia – mas o que importava se o significado era claro? – suplicando aos adormecidos (a casa estava cheia de novo; a sra. Beckwith estava lá, o sr. Carmichael também) se não quisessem mesmo vir até a praia que pelo menos erguessem a persiana e olhassem para fora. Então veriam a noite se escoando em púrpura, a cabeça coroada, o cetro ornado de gemas, e seus olhos uma criança podia fitar. E se ainda assim recuassem (Lily estava exausta com a viagem e caiu imediatamente no sono, mas o sr. Carmichael estava lendo um livro à luz de vela), se ainda assim recusassem, dissessem que esse seu esplendor não passava de vapor e o orvalho era mais poderoso e que preferiam dormir; então suavemente, sem reclamar nem discutir, a voz entoaria sua canção. Suavemente as ondas se quebrariam (Lily as ouvia no sono); ternamente a luz se apagaria (parecia lhe atravessar as pálpebras). E tudo era, pensou o sr. Carmichael, fechando o livro, adormecendo, como parecia ser anos atrás.

De fato a voz poderia recomeçar, enquanto as cortinas da escuridão se dobravam sobre a casa, sobre a sra. Beckwith, o sr. Carmichael e Lily Briscoe, de maneira que dormiam com várias dobras negras sobre os olhos, por que não aceitar, por que não se contentar, aquiescer e se resignar? Acalmou-os o suspiro de todos os mares se quebrando em volta das ilhas no mesmo compasso; envolveu-os a noite; nada lhes interrompeu o sono até que, os pássaros começando e a aurora lhes tecendo as vozes fininhas em sua própria brancura, uma carroça rangendo, um cachorro latindo em algum lugar, o sol ergueu as cortinas, rompeu o véu de seus olhos e Lily Briscoe agitando-se no sono se agarrou aos lençóis como se agarra à grama na beira de um penhasco alguém prestes a cair. Seus olhos se escancararam. Aqui estava outra vez, pensou, sentando-se muito reta na cama. Desperta.

PARTE TRÊS

O farol

I

Então o que isso significa, o que tudo isso pode significar?, perguntou-se Lily Briscoe, pensando se, já que a tinham deixado ali sozinha, devia ir à cozinha pegar outra xícara de café ou se esperava ali mesmo. O que isso significa? – era uma deixa, tirada de algum livro, que se encaixava vagamente em seu pensamento, pois não conseguia, nesta primeira manhã com os Ramsay, condensar seus sentimentos, conseguia apenas arranjar uma frase para encobrir o vazio da mente até que esses vapores se recolhessem. Pois de fato o que sentia, de volta depois desses anos todos e a sra. Ramsay morta? Nada, nada – nada que conseguisse minimamente expressar.

Tinha chegado tarde na noite anterior quando tudo era mistério e escuridão. Agora estava desperta, sentada à mesa do desjejum no lugar de antigamente, mas sozinha. E também era muito cedo, nem oito horas ainda. Havia a tal expedição – iam ao Farol, o sr. Ramsay, Cam e James. Já deviam ter saído – precisavam pegar a maré ou algo assim. Mas Cam não estava pronta, James não estava pronto, Nancy tinha se esquecido de encomendar os sanduíches, o sr. Ramsay tinha perdido a calma e saiu batendo a porta com força.

– O que adianta ir agora? – esbravejou.

Nancy sumira. Lá estava ele, furioso, pisando duro, de lá para cá no terraço. Tinha-se a impressão de ouvir portas batendo e vozes chamando por toda a casa. Então Nancy irrompeu e perguntou, olhando ao redor da sala, com um ar estranho que misturava aturdimento e desespero:

– O que mandamos ao Farol? – como se estivesse se obrigando a fazer algo que não tinha a menor esperança de algum dia conseguir fazer.

É mesmo, o que mandar ao Farol! Em qualquer outra ocasião Lily teria sensatamente sugerido chá, tabaco, jornais. Mas nesta manhã tudo parecia tão excepcionalmente estranho que uma pergunta como a de Nancy – O que mandamos ao Farol? – abria portas na mente que ficavam a bater e balançar de um lado e outro e a pessoa ficava a perguntar, atônita e boquiaberta: O que mandar? O que fazer? Por que estar aqui afinal?

Sentada sozinha (pois Nancy saiu outra vez) entre as xícaras limpas e a mesa comprida sentiu-se apartada dos outros, capaz apenas de continuar olhando, perguntando, imaginando. A casa, a localidade, a manhã, todas lhe pareciam estranhas. Não tinha nenhuma ligação aqui, sentiu, nenhuma relação com nada, qualquer coisa podia acontecer, e qualquer coisa que acontecesse, um passo lá fora, uma voz chamando ("Não está no armário; está no patamar", gritou alguém), era uma pergunta, como se o laço que geralmente unia as coisas tivesse sido cortado e tudo passasse a flutuar, subindo, descendo, saindo, para qualquer lado. Como era gratuito, caótico, irreal, pensou olhando a xícara de café vazia. A sra. Ramsay morta; Andrew morto; Prue morta também – por mais que repetisse, não lhe despertava nenhum sentimento. E todos nós reunidos numa casa dessas numa manhã dessas, disse, olhando pela janela – era um lindo dia sereno.

II

De repente o sr. Ramsay ergueu a cabeça ao passar e olhou diretamente para ela, com seu olhar desvairado e perdido mas que era tão penetrante, como se visse a pessoa por um segundo, pela primeira vez, para sempre; ela fingiu que tomava um resto de café da xícara vazia para escapar a ele – para escapar à sua demanda a ela, para afastar por mais um momento aquela necessidade imperiosa. E lhe acenou com a cabeça e seguiu adiante ("Sozinhos" ouviu-o dizer, "Perecemos" ouviu-o dizer) e como todo o resto nessa manhã estranha as palavras se tornaram símbolos, se inscreveram nas paredes verde-acinzentadas. Se pelo menos conseguisse juntá-las, sentiu ela, escrevê-las formando alguma frase, chegaria à verdade das coisas. O velho sr. Carmichael entrou devagar e silencioso, serviu-se de café, pegou a xícara e saiu para se sentar ao sol. A extraordinária irrealidade era assustadora; mas era também estimulante. Ir ao Farol. Mas o que se manda ao Farol? Perecemos. Sozinhos. A luz verde-acinzentada na parede em frente. Os lugares vazios. Tais eram algumas das partes, mas como juntá-las?, perguntou. Como se qualquer interrupção fosse romper a forma frágil que estava construindo sobre a mesa deu as costas à janela para que o sr. Ramsay não a visse. Precisava escapar de alguma maneira, ficar sozinha em algum lugar. De súbito lembrou. Quando se sentara ali dez anos atrás havia uma estampa de raminho ou folhinha na toalha de mesa que fitara num momento de revelação. Era um problema quanto ao primeiro plano de um quadro. Trazer a árvore para o meio, tinha dito. Nunca terminara aquele quadro. Ficou repercutindo na mente esses anos todos. Agora ia pintar esse quadro. Onde estavam suas tintas?, perguntou-se. Suas tintas, sim. Tinha deixado no vestíbulo na noite passada. Ia começar já. Levantou depressa, antes que o sr. Ramsay voltasse.

Pegou uma cadeira. Armou o cavalete com seus velhos gestos de solteirona meticulosa no final do gramado, não perto demais do sr. Carmichael, mas o suficiente para ter sua proteção. Sim, devia ter sido exatamente aqui onde ficou dez anos atrás. Havia a fachada, a sebe, a árvore. A questão era alguma relação entre aqueles volumes. Esteve com isso na cabeça durante esses anos todos. Era como se tivesse chegado à solução: agora sabia o que queria fazer.

Mas com a presença do sr. Ramsay ali por perto, não conseguia fazer nada. A cada vez que ele se aproximava – estava andando de cá para lá no terraço – aproximava-se a ruína, aproximava-se o caos. Não conseguia pintar. Curvou-se, virou-se; pegou um trapo, espremeu um tubo. Mas o máximo que conseguiu foi evitá-lo por um instante. Ele lhe tornava impossível fazer qualquer coisa. Pois se ela lhe desse a menor ocasião, se ele a visse desocupada por um instante, se o olhasse por um instante, ele viria dizendo como tinha dito na noite anterior: "Vê que mudamos muito". Na noite anterior ele se levantara, parara diante dela e dissera aquilo. Por calados e imóveis que todos continuassem sentados, os seis filhos que eles costumavam chamar pelos nomes dos reis e rainhas da Inglaterra – o Ruivo, a Bela, a Malvada, o Impiedoso –, ela sentiu como ferviam por dentro. A boa e velha sra. Beckwith disse algo ponderado. Mas era uma casa cheia de paixões desencontradas – sentira isso durante todo o serão. E para coroar aquele caos o sr. Ramsay se levantou, apertou-lhe a mão e disse "Verá que mudamos muito", e nenhum deles tinha se mexido nem falado nada; mas continuaram sentados como se fossem obrigados a deixá-lo dizer aquilo. Apenas James (certamente o Emburrado) lançou um olhar carrancudo à lâmpada e Cam enrolou o lenço no dedo. Então ele lhes lembrou que iriam ao Farol no dia seguinte. Tinham de estar prontos, no vestíbulo, às sete e meia em ponto. Então com a mão na porta parou e se virou para eles. Não queriam ir?, perguntou. Se ousassem dizer Não (ele tinha alguma razão para querer ir), ele voltaria a se atirar tragicamente nas águas amargas do desespero. Tinha um enorme talento para fazer cenas. Parecia um rei no exílio. Com ar contrariado

James disse sim. Cam gaguejou com ar mais infeliz. Sim, oh sim, ambos estariam prontos, disseram. E ela percebeu que isso era tragédia – não o luto, o pó, a mortalha; mas os filhos coagidos, o jugo do espírito. James estava com dezesseis anos, Cam com dezessete, talvez. Olhara em torno procurando alguém que não estava ali, a sra. Ramsay, provavelmente. Mas havia apenas a boa sra. Beckwith inspecionando seus desenhos à luz da lâmpada. Então, sentindo-se cansada, sua mente ainda subindo e descendo com o mar, o sabor e o cheiro que têm os lugares após uma longa ausência apoderando-se dela, as velas ondulando em seus olhos, ela se perdera e se rendera. Estava uma noite maravilhosa, toda estrelada; as ondas ressoavam enquanto subiam os degraus; a lua os surpreendeu, enorme, pálida, quando passaram pela janela da escada. Caíra imediatamente no sono.

Firmou a tela em branco no cavalete, como uma barreira, frágil mas, esperava, de solidez suficiente para manter o sr. Ramsay e suas exigências à distância. Empenhou-se, quando ele deu as costas, em olhar o quadro; aquela linha ali, aquele volume lá. Mas estava fora de questão. Mesmo estando a vinte metros de distância, mesmo que nem falasse com a pessoa, mesmo que nem a visse, ele permeava, prevalecia, impunha-se. Mudava tudo. Ela não conseguia ver a cor; não conseguia ver as linhas; mesmo estando ele de costas, ela só conseguia pensar, Mas daqui a pouco ele vai vir para cima de mim, exigindo – alguma coisa que sentia não ser capaz de lhe dar. Rejeitou um pincel; escolheu outro. Quando o casal de filhos ia chegar? Quando sairiam todos? e se mexia com nervosismo. Aquele homem, pensou com a raiva subindo dentro de si, nunca dava; aquele homem pegava. Ela, por outro lado, seria obrigada a dar. A sra. Ramsay havia dado. Dando, dando, dando, morrera – e deixara tudo isso. Na verdade estava zangada com a sra. Ramsay. Com o pincel tremendo ligeiramente entre os dedos, olhou a sebe, o degrau, a parede da fachada. Era tudo coisa da sra. Ramsay. Tinha morrido. Aqui estava Lily, aos quarenta e quatro anos de idade, perdendo tempo, incapaz de fazer qualquer coisa, parada ali, brincando de pintar, brincando com a única coisa com a qual não se brincava, e era tudo culpa da sra. Ramsay.

Tinha morrido. O degrau onde costumava se sentar estava vazio. Tinha morrido.

Mas por que repetir isso sem parar? Por que estar sempre tentando trazer à tona um sentimento que não tivera? Havia algo de blasfemo nisso. Tudo estava seco: tudo fanado: tudo apagado. Não deviam tê-la convidado; não devia ter vindo. Não se pode ficar perdendo tempo aos quarenta e quatro anos, pensou. Odiava brincar de pintar. Um pincel, a única coisa confiável num mundo de discórdia, de ruína, de caos – com isso não se devia brincar, nem de brincadeira: detestava isso. Mas ele a obrigava. Você não tocará em sua tela, parecia dizer impondo-se a ela, enquanto não me der o que quero de você. Aqui estava ele, de novo perto dela, ávido, distraído. Bem, pensou Lily em desespero, largando a mão direita ao lado, então seria mais simples acabar logo com isso. Decerto conseguiria imitar de memória o brilho, o arrebatamento, a rendição que tinha visto em tantos rostos femininos (no da sra. Ramsay, por exemplo), quando em alguma ocasião como esta eles se iluminavam – podia lembrar o ar no rosto da sra. Ramsay – num arroubo de compaixão, de prazer pela recompensa que tinham, a qual, embora não entendesse a razão disso, evidentemente lhes proporcionava o mais supremo êxtase de que a natureza humana era capaz. Aqui estava ele, parado a seu lado. Ela lhe daria o que pudesse.

III

Ela parecia ter se encarquilhado ligeiramente, pensou ele. Tinha um ar um pouco mirrado, esfarripado; mas não sem atrativos. Gostava dela. Uma vez correra uma história de que ia se casar com William Bankes, mas não deu em nada. Sua mulher tinha sido muito afeiçoada a ela. E também ele tinha se destemperado um pouco no desjejum. E então, e então – agora era um daqueles momentos em que lhe vinha uma enorme necessidade, sem que soubesse o que era, de abordar qualquer mulher, de obrigá-las, não importava como, tão grande era sua necessidade, a lhe dar o que ele queria: compaixão.

Estava sendo bem atendida?, perguntou. Tinha tudo do que precisava?

– Oh, sim, tudo, obrigada – respondeu Lily Briscoe com nervosismo.

Não; não conseguiria fazê-lo. Devia ter embarcado imediatamente em alguma onda de extroversão e simpatia; a pressão sobre si era enorme. Mas ficou travada. Houve uma pausa horrorosa. Ambos olharam o mar. Por que, pensou o sr. Ramsay, ela olha para o mar quando estou aqui? Ela esperava que o mar estivesse calmo o suficiente para chegarem ao Farol, disse. O Farol! O Farol! O que uma coisa tem a ver com a outra?, pensou ele impaciente. Imediatamente, com a força de algum assomo primordial (pois ele realmente não conseguia mais se conter), escapou-lhe um tal gemido que qualquer outra mulher do mundo teria feito alguma coisa, dito alguma coisa – todas, menos eu, pensou Lily num amargo escárnio de si mesma, que não sou uma mulher, mas presumivelmente uma velha solteirona implicante, rabugenta, ressequida.

O sr. Ramsay suspirou fundo. Esperou. Ela não ia dizer nada? Não via o que ele queria dela? Então disse que tinha uma razão especial para querer ir ao Farol. Sua esposa costumava mandar coisas aos homens. Havia um pobre menino com tuberculose no quadril, o filho do faroleiro. Suspirou profundamente. Suspirou significativamente. A única coisa que Lily queria era que essa enorme torrente de dor, essa insaciável ânsia de compaixão, essa exigência de que ela se rendesse totalmente a ele, e mesmo assim ele teria dores suficientes para mantê-la abastecida para todo o sempre, fosse embora, se desviasse (continuou olhando a casa, na esperança de uma interrupção) antes que a arrastasse em sua correnteza.

– Tais expedições – disse o sr. Ramsay, raspando o solo com a ponta do pé – são muito penosas.

Ainda assim Lily continuou em silêncio. (Ela é de pau, é de pedra, disse consigo mesmo.)

– São muito cansativas – disse olhando, com um olhar lânguido que lhe deu náuseas (ele estava fazendo cena, sentiu ela, este grande homem estava fazendo teatro de si próprio), as belas mãos dele mesmo. Era horrível, era indecente. Não chegariam nunca?, indagou-se, pois não conseguiria aguentar essa carga imensa de dor, sustentar essa pesada roupagem de sofrimento (ele tinha adotado um ar de extrema decrepitude; chegou a cambalear um pouco ali de pé) nem por mais um instante.

Ainda assim não conseguiu dizer nada; o horizonte inteiro parecia despido de qualquer possível objeto de comentário; só conseguia perceber, atônita, enquanto o sr. Ramsay estava ali parado, como seu olhar parecia pousar na grama ensolarada tão pesaroso que lhe desbotava a cor e lançava sobre a figura rubicunda, indolente, totalmente satisfeita do sr. Carmichael, lendo um romance francês numa espreguiçadeira, um véu de crepe, como se tal existência, ostentando sua prosperidade num mundo de desventura, bastasse para despertar os mais tristes dos pensamentos. Olhe para ele, parecia dizer, olhe para mim; e de fato estava sentindo o tempo inteiro, Pense em mim, pense em mim. Oh, se aquele corpanzil ao menos passasse por eles, foi a vontade de Lily; se ao menos tivesse armado o cavalete um ou dois metros mais perto dele; um homem, qualquer homem, estancaria essa efusão, deteria essas lamentações. Uma mulher, tinha sido ela a provocar esse horror; uma mulher, saberia como lidar com isso. Era um descrédito imenso para ela, sexualmente, ficar ali calada. Alguém disse – o que disse? – Oh, sr. Ramsay! Pobre sr. Ramsay! Era o que aquela boa e velha senhora que desenhava, a sra. Beckwith, teria dito na hora, e estaria bem dito. Mas não. Estavam parados lá, isolados do resto do mundo. A imensa autopiedade dele, sua exigência de compaixão jorrava e se espraiava em poças aos pés dela, e a única coisa que ela fazia, miserável pecadora que era, era arrepanhar um pouco a saia em volta dos tornozelos para não se molhar. Ficou ali parada em silêncio completo, segurando o pincel.

Jamais conseguiria render graças suficientes aos céus! Ouviu sons na casa. James e Cam deviam estar chegando. Mas o sr. Ramsay, como se soubesse que o tempo estava acabando, exerceu sobre a figura solitária dela a imensa pressão de todas as suas desventuras concentradas: a idade, a fragilidade, a desolação, até que de repente, num meneio impaciente, em sua irritação – pois, afinal, que mulher podia lhe resistir? –, percebeu que estava com os cadarços de suas botas desamarrados. Belas botas eram aquelas, pensou Lily, olhando para elas: esculturais, colossais; como tudo o que o sr. Ramsay usava, da gravata puída ao colete semiabotoado, eram indiscutivelmente suas. Podia vê-las andando sozinhas até o quarto dele, em sua ausência expressando emotividade, rispidez, mau humor, encanto.

– Que belas botas! – exclamou.

Sentiu-se envergonhada. Elogiar suas botas quando ele pedia que lhe consolasse a alma; quando lhe mostrara as mãos em sangue, o coração lacerado, e lhe pedira que se apiedasse, dizer alegremente "Ah, mas que belas botas está usando!", era algo que merecia, sabia ela e olhou para cima esperando recebê-la numa das súbitas explosões de raiva dele, a aniquilação completa.

Em vez disso, o sr. Ramsay sorriu. O luto, a roupagem, as fragilidades se desprenderam dele. Ah sim, disse erguendo o pé para que ela olhasse, eram botas excelentes. Só havia um homem na Inglaterra inteira capaz de fazer botas como aquelas. As botas estão entre as principais pragas da humanidade, disse.

– Os sapateiros fazem questão – exclamou – de aleijar e torturar os pés humanos.

São também os seres mais turrões e teimosos de toda a humanidade. Dedicara boa parte da juventude a conseguir que lhe fizessem botas como se deviam. Queria que ela observasse (ergueu o pé direito e depois o esquerdo) que nunca vira antes botas feitas assim com aquele formato. Também eram feitas com o melhor couro do mundo. Grande parte dos couros não passava de papelão e papel pardo. Olhou satisfeito o pé, ainda suspenso no ar. Tinham alcançado, sentiu ela, uma ilha ensolarada onde morava a paz, reinava a sanidade e o sol sempre brilhava, a ilha bem-aventurada das boas botas. Seu coração se enterneceu por ele.

– Agora me mostre se sabe dar um nó – disse o sr. Ramsay.

Ele caçoou de seu método medíocre. Mostrou-lhe sua invenção pessoal. Uma vez feito, o nó nunca se desamarrava sozinho. Amarrou-lhe três vezes o sapato; desamarrou-o três vezes.

Por que, nesse momento totalmente impróprio, quando estava abaixado sobre o sapato dela, teve de se sentir tão atormentada de compaixão por ele que, ao se abaixar também, o sangue lhe afluiu ao rosto e, pensando em sua insensibilidade (chamara-o de fazedor de cena), sentiu os olhos se incharem e arderem de lágrimas? Ocupado naquilo, pareceu-lhe uma figura infinitamente comovente. Atava nós. Comprava botas. Não havia como ajudar o sr. Ramsay em sua jornada. Mas justo agora que queria dizer alguma coisa, conseguiria dizer alguma coisa, talvez, ali estavam eles – Cam e James. Apareceram no terraço. Vinham devagar, lado a lado, um casal sério e melancólico.

Mas por que era *assim* que vinham? Não pôde deixar de se sentir irritada com eles; podiam ter vindo mais animados; podiam ter dado a ele aquilo que, agora que estavam indo embora, ela não teria oportunidade de dar. Pois sentiu um súbito vazio; uma frustração. Seu sentimento chegara tarde demais; ali estava, mas ele não precisava mais. Tornara-se um senhor de idade muito distinto, que não tinha nenhuma necessidade dela. Sentiu-se deixada de lado. Ele pôs a mochila nas costas. Distribuiu os pacotes – havia vários, mal amarrados, embrulhados em papel pardo. Mandou Cam ir buscar uma capa. Tinha todo o ar de um líder preparando uma expedição. Então, dando meia volta, tomou a frente com seu passo militar firme, com aquelas botas magníficas, levando embrulhos de papel pardo, descendo a trilha, os filhos atrás. Pareciam, pensou ela, designados pelo destino a algum implacável empreendimento e a ele iam, ainda jovens o suficiente para concordar em seguir arrastados nos calcanhares do pai, obedientes, mas com um palor nos olhos que a fez sentir que sofriam em silêncio algo que ultrapassava a idade que tinham. Assim chegaram ao fim do gramado e para Lily era como se observasse uma procissão, impelida pela pressão de algum sentimento em comum que a convertia, embora vaga e vacilante, num pequeno grupo unido que lhe causava grande e estranha impressão. Polido, mas muito distante, o sr. Ramsay ergueu a mão em despedida ao passarem.

Mas que rosto, pensou ela, notando imediatamente que a compaixão que não fora solicitada a dar lutava para ganhar expressão. O que o deixara assim? Pensar noite após noite, supôs ela – pensar sobre a realidade das mesas de cozinha, acrescentou lembrando o símbolo que em sua incerteza quanto aos objetos de reflexão do sr. Ramsay apresentara-lhe Andrew. (Ele morrera instantaneamente atingido pelo estilhaço de uma granada, lembrou-se.) A mesa da cozinha era uma coisa visionária, austera; uma coisa nua, dura, não ornamental. Não havia cor nela; consistia apenas em quinas e ângulos; era inflexivelmente simples. Mas o sr. Ramsay mantinha os olhos sempre fitos nela, nunca se permitia distrações ou ilusões, e seu rosto também ficou gasto e ascético por partilhar dessa beleza desadornada que tanto a impressionava. E aí, lembrou (parada onde ele a deixara, segurando o pincel), as preocupações vieram consumi-lo – não com tanta nobreza. Devia ter tido suas dúvidas a respeito daquela mesa, supunha; se a mesa era uma mesa real; se compensava o tempo que ele lhe concedia; se era capaz no final das contas de encontrá-la. Tinha tido lá suas dúvidas, sentia ela, ou não pediria tanto das pessoas. Era disso que às vezes falavam tarde da noite, desconfiava; e então no dia seguinte a sra. Ramsay parecia cansada, e Lily se enfurecia com ele por causa de alguma miudeza absurda. Mas agora ele não tinha ninguém para conversar sobre aquela mesa, sobre as botas ou os nós; e parecia um leão procurando quem iria devorar, e seu rosto tinha aquele toque de desespero, de exagero que a alarmava e lhe fazia arrepanhar a saia. E aí, lembrou, houve aquele revigoramento súbito, aquela chama súbita (quando elogiou suas botas), aquela recuperação súbita de vitalidade e interesse pelas coisas humanas normais, que também passou e mudou (pois ele estava sempre mudando e não escondia nada) convertendo-se naquela outra fase final que era nova para ela e, reconhecia, levara-a a se sentir envergonhada de sua própria irritabilidade, ao parecer que deixara ambições e preocupações, a esperança de compaixão e o desejo de ganhar elogios, que ingressara em alguma outra região, fora atraído, como por curiosidade, num mudo colóquio, consigo mesmo ou com outrem, a tomar a frente daquela pequena procissão que se afastava. Que rosto extraordinário! O portão bateu.

IV

Então se foram, pensou, suspirando de alívio e desapontamento. Sua compaixão como que voltou lhe batendo na face, feito uma sarça estalando. Sentia-se curiosamente dividida, como se uma parte sua fosse atraída para lá – era um dia sereno, enevoado; o Farol nessa manhã parecia estar a uma distância imensa; e a outra parte estivesse cravada firmemente, solidamente, aqui no gramado. Via a tela como se pairasse no ar, pondo-se branca e inflexível diante dela. Parecia com seu olhar frio censurá-la por toda essa pressa e afobação, essa tolice e desperdício de emoção; chamou-a drasticamente de volta e lhe espalhou pela mente primeiro uma paz, enquanto suas sensações desencontradas (ele tinha ido embora, ela tinha sentido tanta pena dele e não dissera nada) debandavam; depois o vazio. Olhou perplexa a tela, com seu olhar branco inflexível, e então o jardim. Havia alguma coisa (ficou parada estreitando seus olhinhos de chinesa no rostinho enrugado), alguma coisa de que se lembrava nas relações entre aquelas linhas cortando de atravessado, talhando na vertical, e o volume da sebe com sua caverna verde de azuis e marrons, que lhe permanecera na mente; que era como um nó amarrado como lembrete na mente, de maneira que nos momentos mais salteados, involuntariamente, quando andava pela Brompton Road, quando escovava o cabelo, via-se pintando aquele quadro, passando os olhos por ele, desamarrando o nó na imaginação. Mas havia toda a diferença do mundo entre planejar etereamente longe da tela e realmente pegar o pincel e pôr a primeira marca.

Ela tinha pegado o pincel errado em sua agitação com a presença do sr. Ramsay, e o cavalete, fincado no chão com tanto nervosismo, estava no ângulo errado. E agora depois de endireitá-lo, e com isso subjugando as impertinências e descabimentos que lhe roubavam a atenção e lhe faziam lembrar que era uma pessoa assim e assado, que mantinha tais e tais relações com os outros, firmou a mão e ergueu o pincel. Por um instante ficou tremendo no ar num êxtase doloroso mas emocionante. Por onde começar? – era esta a pergunta; onde pôr a primeira marca? Uma só linha que pusesse na tela iria obrigá-la a inúmeros riscos, a decisões constantes e irrevogáveis. Tudo o que na ideia parecia simples se tornava na prática imediatamente complexo, como as ondas que se moldam simetricamente vistas do alto do penhasco mas para quem nada entre elas estão separadas por precipícios íngremes e cristas espumejantes. Ainda assim era preciso correr o risco; era preciso pôr a marca.

Com uma curiosa sensação física, como que empurrada para frente e ao mesmo tempo tendo de se segurar, ela deu seu primeiro toque rápido e decisivo. O pincel desceu. Vibrou marrom na tela branca; deixou uma marca corrida. Uma segunda vez – uma terceira vez. E assim pausando e assim vibrando, chegou a uma dança rítmica, como se as pausas fossem uma parte do ritmo e as pinceladas outra, todas relacionadas entre si; e assim, em pausas e pinceladas leves e rápidas, ela estriou a tela com nervosas linhas corridas marrons que tão logo se assentavam ali demarcavam (sentiu-o avultar-se diante de si) um espaço. No cavo de uma onda via a próxima onda se erguendo cada vez mais alto sobre si. Pois o que poderia ser mais tremendo do que aquele espaço? Aqui estava de novo, pensou, recuando para olhá-lo, longe dos falatórios, do convívio, do contato com as pessoas na presença desse tremendo e velho inimigo seu – essa outra coisa, essa verdade, essa realidade, que de súbito lhe deitava as mãos, emergia resoluta por trás das aparências e demandava sua atenção. Sentia-se meio avessa, meio relutante. Por que ser sempre puxada e arrastada? Por que não ficar em paz, conversar com o sr. Carmichael no gramado? De todo modo era uma forma de intercurso muito exigente. Outros objetos de adoração se contentavam com a adoração; homens, mulheres, Deus, todos aceitavam uma genuflexão; mas esta forma, mesmo que fosse apenas a forma de um abajur branco numa mesinha de vime, atiçava a um combate perpétuo, desafiava a uma luta da qual a pessoa sairia fatalmente derrotada.

Sempre (estava em sua natureza – ou em seu sexo – não sabia qual dos dois) antes de trocar a fluidez da vida pela concentração da pintura ela tinha alguns poucos instantes de desnudamento quando se sentia uma alma não nascida, uma alma destituída de corpo, hesitando em algum pináculo ventoso e exposta sem qualquer proteção a todas as rajadas da dúvida. Por que então fazia aquilo? Olhou a tela, levemente traçada com linhas corridas. Ficaria pendurada nos quartos das empregadas. Seria enrolada e enfiada embaixo de um sofá. Para que fazê-la então, e ouviu alguma voz dizendo que não sabia pintar, dizendo que não sabia criar, como se tivesse sido apanhada numa daquelas habituais correntezas que depois de algum tempo formam a experiência na mente, de maneira que a pessoa repete as palavras sem saber mais quem foi o primeiro a dizê-las.

Não sabe pintar, não sabe escrever, murmurou monocórdica, avaliando ansiosa qual seria seu plano de ataque. Pois o volume se avultava à sua frente; ressaltava-se, sentia-o pressionando os globos oculares. Então, como se espontaneamente esguichasse algum líquido necessário para lubrificar suas capacidades, ela começou titubeante a molhar o pincel entre os azuis e os castanhos, a movê-lo aqui e ali, mas agora estava mais pesado e ia mais devagar, como se seguisse algum ritmo que lhe era ditado (continuava olhando a sebe, olhando a tela) pelo que via, de modo que, enquanto a mão fremia de vida, esse ritmo tinha força suficiente para arrastá-la em sua correnteza. Certamente estava perdendo a consciência das coisas exteriores. E enquanto perdia a consciência das coisas exteriores, de seu nome, de sua personalidade e aparência, e se o sr. Carmichael estava ali ou não, sua mente continuava a arrojar de suas profundezas cenas, nomes, palavras, lembranças, ideias, como uma fonte jorrando sobre aquele espaço branco ofuscante, medonhamente difícil, que modelava com verdes e azuis.

Charles Tansley, lembrou, costumava dizer que as mulheres não sabem pintar, não sabem escrever. Vindo por detrás postara-se perto dela, coisa que ela detestava, quando estava pintando exatamente aqui neste lugar. "Fumo picado", disse ele, "cinco pence a onça", alardeando sua pobreza. (Mas a guerra removera o ferrão de sua feminilidade. Pobres coitados, dizia-se, pobres coitados de ambos os sexos, se metendo em tais confusões.) Ele sempre andava com um livro debaixo do braço – um livro roxo. Ele "trabalhava". Sentava-se, lembrou, trabalhando em pleno sol. Ao jantar, sentava-se bem no meio da vista. E então, refletiu, houve aquela cena na praia. Alguém devia se lembrar daquilo. Era uma manhã ventosa. Todos tinham ido à praia. A sra. Ramsay se sentou a escrever cartas ao lado de uma pedra. Escrevia, escrevia sem parar. "Oh", disse por fim olhando para alguma coisa que flutuava no mar, "é um covão de lagostas? É um barco virado?" Era tão míope que não conseguia enxergar, e então Charles Tansley se fez o mais gentil de que era capaz. Começou a brincar de ricochetear na água. Escolheram pedrinhas pretas chatas e jogavam em cima das ondas. De vez em quando a sra. Ramsay olhava por cima dos óculos e ria a eles. O que falaram não conseguia lembrar, só que ela e Charles ficaram atirando pedras, de repente se dando muito bem e a sra. Ramsay a observá-los. Tinha plena clareza daquilo. A sra. Ramsay, pensou, recuando um passo e estreitando os olhos. (O desenho devia ser bem diferente quando ela estava sentada com James no degrau. Devia ter uma sombra.) A sra. Ramsay. Quando pensava em si e Charles brincando de ricochete e em toda a cena na praia, parecia de alguma maneira depender da sra. Ramsay sentada à sombra da pedra, com um bloco nos joelhos, escrevendo cartas. (Escrevia inúmeras cartas, que às vezes o vento levava e ela e Charles conseguiam salvar uma folha no mar.) Mas que poder havia na alma humana!, pensou. Aquela mulher sentada ali, escrevendo à sombra da pedra, reconduzia tudo à simplicidade; fazia aquelas raivas e irritações se desprenderem feito trapos velhos; juntava isso, aquilo e aquilo outro e então daquela pobre tolice, daquele pobre despeito (ela e Charles brigando, batendo boca, tinham sido tolos e despeitados) ela criava alguma coisa – esta cena na praia por exemplo, este momento de amizade e afeto – que sobrevivia, depois desses anos todos, completa, de maneira que mergulhava naquilo para remodelar a lembrança que guardava dele, e permanecia na mente quase como uma obra de arte.

"Como uma obra de arte", repetiu olhando da tela para a entrada da sala e à tela voltando. Precisava descansar um instante. E, descansando, olhando vagamente tela e entrada, a velha pergunta que cruzava perpetuamente o céu da alma, a vasta pergunta geral que era capaz de ganhar especificidade em momentos assim, quando liberava capacidades que estavam reprimidas, lhe sobrevinha sobranceira a sombreá-la. Qual é o significado da vida? Era isso – uma pergunta simples; uma pergunta que com os anos tendia a se confinar dentro da pessoa. A grande revelação nunca viera. A grande revelação nunca viria, talvez. O que havia eram pequenas iluminações e milagres cotidianos, fósforos que se acendiam inesperadamente no escuro; aqui estava um deles. Este, aquele e aquele outro; ela, Charles Tansley e a onda se quebrando; a sra. Ramsay reunindo os dois; a sra. Ramsay dizendo "Vida detém-te aqui"; a sra. Ramsay convertendo o momento em algo permanente (como em outra esfera a própria Lily tentava converter o momento em algo permanente) – era da natureza de uma revelação. No meio do caos havia forma; esse eterno passar e fluir (olhou as nuvens passando e as folhas se agitando) era convertido em estabilidade. Vida detém-te aqui, disse a sra. Ramsay; "sra. Ramsay! Sra. Ramsay!", repetiu. Devia a ela essa revelação.

Tudo era silêncio. Parecia não ter ninguém acordado na casa. Ela olhou para a casa adormecida à primeira luz da manhã com suas janelas verdes e azuis refletindo as folhas. Aquele leve pensamento recordando a sra. Ramsay parecia em consonância com essa casa silenciosa, essa névoa, esse fino ar matinal. Leve e irreal, era admiravelmente puro e estimulante. Esperava que ninguém abrisse a janela nem saísse da casa, e que pudesse continuar sozinha pensando, pintando. Voltou à tela. Mas impelida por alguma curiosidade, movida pelo desconforto da compaixão que não desafogara, deu um passo ou dois até o final do gramado para ver se, lá embaixo na praia, conseguiria enxergar o grupinho pondo-se à vela. Lá embaixo entre os barquinhos que flutuavam, alguns com as velas enroladas, alguns se afastando devagar, pois estava um tempo muito calmo, havia um separado dos demais. Bem naquele instante içavam o velame. Decidiu que lá naquele barquinho muito distante e totalmente silencioso estava o sr. Ramsay sentado com Cam e James. Agora o velame estava erguido; agora depois de uma leve flutuação e hesitação as velas se enfunaram e, no profundo silêncio envolvente, ela observou o barco ultrapassar lentamente os outros barcos rumo ao mar aberto.

V

As velas se debatiam no alto. A água rumorejava e batia nas laterais do barco, que modorrava imóvel ao sol. De vez em quando as velas ondulavam a uma leve brisa, mas a ondulação passava por eles e cessava. O barco não fazia nenhum movimento. O sr. Ramsay estava sentado no meio do barco. Já já ficaria impaciente, pensou James, pensou Cam, olhando o pai, que estava sentado no meio do barco entre eles (James estava ao leme, Cam sozinha na proa) com as pernas muito juntas e enrodilhadas. Detestava esperar. Claro, depois de se remexer um ou dois segundos, disse algo ríspido ao filho de Macalister, que pegou os remos e começou a remar. Mas o pai, sabiam, não ficaria contente enquanto não fossem a toda velocidade. Continuaria esperando uma brisa, se remexendo, resmungando coisas que Macalister e o filho de Macalister entreouviriam e ambos sentiriam um desconforto medonho. Fizera-os vir. Obrigara-os a vir. Na raiva em que estavam, torciam para que não viesse nenhuma brisa, que ele se sentisse bem frustrado, pois os obrigara a vir contra a vontade de ambos.

Por toda a descida até a praia tinham se demorado para trás, embora ele insistisse, "Vamos, vamos", sem falar nada. Andavam com a cabeça baixa, a cabeça curvada ao peso de alguma revolta implacável. Falar com ele não podiam. Tinham de vir; tinham de acompanhar. Tinham de andar atrás dele carregando embrulhos de papel pardo. Mas juraram em silêncio, enquanto andavam, que ficariam juntos e cumpririam o grande pacto – resistir à tirania até a morte. Então lá estavam sentados, um numa ponta do barco, outra na outra, em silêncio. Não diziam nada, apenas olhavam para ele de vez em quando sentado com as pernas enrodilhadas, franzindo a testa e se remexendo, entre irras e arres, resmungando e esperando impaciente uma brisa. E torciam por uma calmaria. Torciam para que se sentisse frustrado. Torciam para que toda a expedição malograsse e tivessem de voltar com seus embrulhos para a praia.

Mas agora, depois que o filho de Macalister tinha avançado um pouco com os remos, as velas começaram a se arredondar lentamente, o barco se acelerou, planou e disparou. Imediatamente, como se alguma grande tensão tivesse se desafogado, o sr. Ramsay descontraiu as pernas, tirou a bolsa de tabaco, estendeu-a com um pequeno grunhido a Macalister e se sentiu, sabiam, embora lamentassem, plenamente contente. Agora seguiriam horas assim, e o sr. Ramsay perguntaria alguma coisa ao velho Macalister – provavelmente sobre a grande tempestade do inverno passado – e o velho Macalister responderia, juntos pitariam seus cachimbos, Macalister pegaria uma corda alcatroada, atando ou desatando algum nó, o filho ficaria pescando sem dizer uma palavra a ninguém. James seria obrigado a vigiar as velas o tempo inteiro. Pois, se esquecesse, o velame se preguearia e estremeceria, o barco diminuiria a velocidade, o sr. Ramsay iria gritar "Atenção! Atenção!" e Macalister se viraria lentamente no banco. Assim ouviram o sr. Ramsay perguntando alguma coisa sobre a grande tempestade no Natal. "Ela veio dobrando o cabo", disse o velho Macalister, descrevendo a grande tempestade do Natal passado, quando dez barcos tiveram de se abrigar na baía e ele tinha visto "um ali, um ali, um ali" (apontou devagar pela baía. O sr. Ramsay acompanhava virando a cabeça). Tinha visto três homens agarrados ao mastro. Aí ela foi embora. "E no fim a gente se safou dela", continuou (mas na raiva e no silêncio em que estavam eles só apanhavam uma palavra aqui e outra acolá, sentados nas pontas contrárias do barco, unidos pelo pacto de combater a tirania até a morte). No fim tinham se safado dela, tinham pegado o bote salva-vidas e escaparam passando o cabo – Macalister contou a história e, embora só apanhassem uma palavra aqui e outra acolá, o tempo inteiro tinham consciência do pai ali – como se inclinava para a frente; como afinava a voz pela voz de Macalister; como, pitando o cachimbo, olhando ali e ali onde apontava Macalister, se deleitava com a ideia da tempestade, da noite escura e dos pescadores lutando por lá. Agradava-lhe que os homens suassem e labutassem na praia ventosa à noite, enfrentando com músculos e cérebro as ondas e o vento; agradava-lhe que os homens trabalhassem assim e as mulheres cuidassem do lar e se sentassem ao lado dos filhos adormecidos dentro de casa enquanto os homens se afogavam lá fora numa tempestade. James podia perceber, Cam podia perceber (olhavam-no, olhavam-se) por seu gesto de impaciência, sua atenção, o tom em sua voz, a leve ponta de sotaque escocês que lhe aparecia na fala, parecendo ele mesmo um camponês, ao perguntar a Macalister sobre os dez navios que tinham sido empurrados para a baía durante uma tempestade. Três tinham afundado.

Olhava orgulhoso para onde apontava Macalister; e Cam pensou, sentindo orgulho dele sem saber bem por quê, se ele estivesse lá teria usado o bote salva-vidas, teria alcançado a linha de arrebentação, pensou Cam. Era tão corajoso, era tão aventuroso, pensou Cam. Mas lembrou, Havia o pacto; resistir à tirania até a morte. Pesava-lhes o sentimento de ofensa. Tinham sido obrigados; tinham sido mandados. Ele os dobrara mais uma vez com sua melancolia e autoridade, fazendo-os obedecerem à sua ordem, nesta bela manhã; virem, porque ele queria, carregando esses embrulhos, ao Farol; participarem daqueles rituais que ele realizava para seu prazer pessoal em memória dos mortos, que odiavam e por isso se demoraram atrás dele, e toda a alegria do dia se estragou.

Sim, a brisa era refrescante. O barco se inclinava, a água se fendia nitidamente e tombava em cascatas verdes, em bolhas, em cataratas. Cam olhava a espuma, o mar com todos os seus tesouros, hipnotizada pela velocidade, e o laço entre ela e James se afrouxava um pouco. Cedia um pouco. Ela começou a pensar, Como vai rápido. Aonde estamos indo? e se sentia hipnotizada pelo movimento, enquanto James, vigiando as velas e o horizonte, manobrava o leme carrancudo. Mas começou a pensar enquanto manobrava que podia escapar; podia se livrar de tudo aquilo. Podiam atracar em algum lugar e então se libertaria. Ambos, olhando-se por um instante, tiveram uma sensação de fuga e exaltação, com a velocidade e a mudança. Mas a brisa também gerou o mesmo entusiasmo no sr. Ramsay e, quando o velho Macalister se virou para lançar a linha ao mar, bradou "Perecemos" e então "sozinhos". E então, com seu habitual acesso de arrependimento ou timidez, levantou-se e acenou para a costa.

– Veja a casinha – disse apontando, querendo que Cam olhasse. Ela se ergueu relutante e olhou. Mas qual era? Não conseguia mais distinguir, lá na encosta, qual era a casa deles. Todas pareciam distantes, pacíficas e estranhas. A costa parecia purificada, remota, irreal. A pequena distância que tinham percorrido já os afastara dela, dando-lhe essa outra aparência, essa aparência composta, de alguma coisa recuada da qual não se participava mais. Qual era a casa deles? Não conseguia vê-la.

"Mas eu sob águas mais revoltas", murmurou o sr. Ramsay. Localizara a casa e, ao vê-la assim, lá vira também a si mesmo; vira-se andando no terraço, sozinho. Estava andando de cá para lá entre as urnas; e se viu muito velho e encurvado. Sentado no barco encurvou-se, encorujou-se, instantaneamente representando seu papel – o papel de um homem desolado, viúvo, consternado; e assim convocou legiões que acorreriam compadecendo-se dele; interpretou para si mesmo, sentado no barco, um pequeno drama, que lhe exigia decrepitude, exaustão e sofrimento (ergueu as mãos e observou a magreza delas para confirmar seu sonho); e então foi-lhe concedida em abundância a compaixão das mulheres e imaginou como iriam consolá-lo e compadecer-se dele, e assim obtendo em seu sonho algum reflexo do maravilhoso prazer que lhe causava a compaixão das mulheres, suspirou e disse em voz meiga e lutuosa:

> Mas eu sob águas mais revoltas
> Despenhei-me em abismos mais profundos do que ele,

de modo que as palavras de luto foram claramente ouvidas por todos. Cam teve um leve sobressalto no banco. Sentiu-se chocada – sentiu-se ultrajada. O movimento despertou o pai; ele estremeceu e se recompôs exclamando "Olhem! Olhem!" com tal urgência na voz que até James virou a cabeça para olhar a ilha por sobre o ombro. Todos olharam. Olharam a ilha.

Mas Cam não conseguiu ver nada. Estava pensando como todas aquelas trilhas e o gramado, denso e emaranhado com a vida que tinham vivido lá, haviam desaparecido, foram apagados; estavam no passado, eram irreais e agora o real era isso: o barco e as velas com seus remendos; Macalister com seus brincos; o marulho das ondas – isso era real. Pensando nessas coisas, ela murmurou de si para si: "Perecemos, sozinhos", pois as palavras do pai lhe rompiam e irrompiam na mente, até que o pai, vendo seu olhar tão vago, começou a arreliá-la. Não conhecia os pontos cardeais? Não sabia diferenciar o norte do sul? Achava realmente que eles viviam lá? E apontou de novo e lhe mostrou onde ficava a casa deles, lá, junto daquelas árvores. Gostaria que ela se esforçasse em ser mais precisa, falou ele: "Diga-me – de que lado é o leste, de que lado é o oeste?", falou, meio brincando, meio ralhando, pois não conseguia entender como é que alguém que não fosse totalmente imbecil podia não conhecer os pontos cardeais. Mas ela não conhecia. E vendo-a fitar pasma, com seus olhos vagos, agora um tanto assustados, um ponto onde não havia casa nenhuma o sr. Ramsay esqueceu seu sonho; como andava de lá para cá entre as urnas no terraço; como os braços se estendiam a ele. Pensou, as mulheres são sempre assim; a vagueza mental delas é irremediável; era uma coisa que nunca conseguira entender, mas assim é que era. Tinha sido assim com ela – com sua esposa. Não conseguiam fixar nada com clareza em suas mentes. Mas errara em se zangar com ela; além disso, essa vagueza das mulheres não lhe agradava? Fazia parte do extraordinário encanto delas. Farei com que ela me dê um sorriso, pensou. Parece assustada. Estava tão calada. Contraiu os dedos e determinou que sua voz, seu rosto e todas as expressões rápidas que tivera sob seu comando para que as pessoas se apiedassem dele e o elogiassem durante esses anos todos se abrandassem. Faria com que ela lhe desse um sorriso. Encontraria alguma coisa simples e fácil para dizer a ela. Mas o quê? Pois, andando tão envolvido em seu trabalho, ele esqueceu o tipo de coisa que as pessoas diziam. Havia um cachorrinho. Eles tinham um cachorrinho. Quem estava cuidando do cachorrinho hoje?, perguntou. Sim, pensou James impiedoso, vendo a cabeça da irmã diante da vela, agora ela vai ceder. Vou ficar sozinho a combater o tirano. Teria de ser ele a cumprir o pacto. Cam nunca resistiria à tirania até a morte, pensou implacável, observando-lhe o rosto, triste, amuado, dócil. E assim como às vezes uma nuvem cai numa encosta verdejante, a gravidade desce, entre todas as colinas ao redor há mágoa e tristeza e é como se as próprias colinas tivessem de avaliar o destino da encosta nublada, da encosta sombreada, com piedade ou rejubilando-se maliciosamente com seu desânimo, da mesma forma Cam agora se sentia anuviada, sentada ali entre pessoas calmas e decididas, e pensava como responder ao pai sobre o cachorrinho, como resistir à sua súplica – perdoe-me, dê-me atenção; enquanto James, o legislador, com as tábuas da sabedoria eterna apoiadas na perna (sua mão no leme se tornara simbólica para ela), dizia, Resista-lhe. E falava com muita razão e justeza. Pois deviam combater a tirania até a morte, pensou ela. Entre todas as qualidades humanas a que mais reverenciava era a justiça. Seu irmão era como que uma divindade, seu pai um suplicante. E ao qual ela realmente se rendia, pensou, sentada entre ambos, fitando a costa cujos pontos cardeais lhe eram totalmente desconhecidos e pensando como o gramado, o terraço, a casa agora se atenuavam na distância e lá morava a paz.

– Jasper – disse tristonha. Ele ia cuidar do cachorrinho.

E que nome ela ia lhe dar?, o pai persistia. Tinha tido um cachorro quando era menino, chamado Frisk. Ela vai ceder, pensou James, enquanto observava uma expressão lhe subindo ao rosto, uma expressão que ele lembrava. Estavam olhando para baixo, pensou, o tricô ou alguma coisa assim. Então de repente ergueram o olhar. Houve um lampejo de azul, lembrava ele, e então alguém sentado com ele riu, rendeu-se, e ele ficou muito zangado. Devia ser sua mãe, pensou, sentada numa poltrona baixa, com o pai de pé a sobranceá-la. Começou a procurar entre as séries infinitas de impressões que o tempo havia depositado, folha sobre folha, dobra sobre dobra, suave e incessante em seu cérebro; entre odores, sons; vozes, ásperas, surdas, doces; e luzes passando, vassouras batendo; o marulho do mar; um homem que andava de lá para cá e se detivera de chofre, empertigado, a sobranceá-los. Enquanto isso, notou que Cam passava os dedos na água, fitava a costa e não dizia nada. Não, ela não cederá, pensou; ela é diferente, pensou. Bem, se Cam não lhe respondia, não iria amolá-la, decidiu o sr. Ramsay, apalpando o bolso em busca de um livro. Mas ela queria responder; desejava ardentemente remover algum obstáculo que lhe travava a língua e dizer, Ah sim, Frisk. Vou chamá-lo de Frisk. Queria até dizer, Foi o cachorro que encontrou sozinho o caminho pela charneca? Mas, por mais que tentasse, não conseguia pensar em nada assim para dizer, firme e fiel ao pacto, embora passando ao pai, sem que James percebesse, um penhor secreto do amor que sentia por ele. Pois pensou, passando os dedos na água (e agora o filho de Macalister tinha pegado uma cavalinha, que se debatia no fundo do barco, com sangue nas guelras), pois pensou, olhando James que mantinha os olhos desapaixonados no velame ou de vez em quando relanceava o horizonte por um instante, você não está exposto a isso, a essa pressão e divisão dos sentimentos, a essa tentação extraordinária. Seu pai apalpava os bolsos; mais um segundo e encontraria o livro. Pois ninguém a atraía tanto; as mãos dele lhe pareciam belas, e seus pés, a voz, as palavras, a pressa, o temperamento, a estranheza, a paixão, o fato de dizer na frente de todos, perecemos, sozinhos, seu distanciamento. (Abrira o livro.) Mas o que continuava a ser intolerável, pensou endireitando-se e observando o filho de Macalister arrancando o anzol das guelras de outro peixe, era aquela crassa cegueira e tirania dele que lhe envenenara a infância e criara tormentas terríveis, de modo que ainda agora ela acordava à noite tremendo de raiva e lembrava alguma ordem sua, alguma insolência: "Faça isso", "Faça aquilo"; sua prepotência, seu "Submeta-se a mim".

Então ela não disse nada, mas mansa e tristonha olhou a costa, envolta em seu manto de paz; como se as pessoas de lá tivessem adormecido, pensou; fossem livres como vapores, fossem livres para ir e vir como fantasmas. Lá não sentem nenhum sofrimento, pensou.

VI

Sim, era o barco deles, concluiu Lily Briscoe de pé no final do gramado. Era o barco com velas marrom acinzentadas, que agora viu se nivelar na água e disparar pela baía. Lá está ele sentado, pensou, e os filhos ainda estão em silêncio. E não conseguia alcançá-lo. Estava vergada ao peso da compaixão que não lhe dera. Dificultava-lhe pintar.

Ela sempre o considerara difícil. Nunca conseguira elogiá-lo diretamente, lembrou. E isso reduzia a relação entre eles a algo neutro, sem aquele elemento de sexo que tornava seus modos com Minta tão galantes, quase licenciosos. Colhia-lhe uma flor, dava-lhe seus livros. Mas acreditava que Minta os leria? Ela perambulava com eles pelo jardim, marcando as páginas com alguma folhinha.

"Lembra, sr. Carmichael?", estava propensa a perguntar, olhando o velho. Mas ele puxara o chapéu até a metade para cobrir a testa; estava dormindo, ou sonhando, ou deitado ali coletando palavras, supôs ela.

"Lembra, sr. Carmichael?", sentia-se propensa a perguntar ao passar por ele, pensando novamente na sra. Ramsay na praia; a barrica subindo e descendo; as páginas voando. Por que, depois desses anos todos, aquilo tinha sobrevivido, ressoado, se acendido, visível até o último detalhe, tudo antes em branco, tudo depois em branco, por quilômetros e quilômetros?

"É um barco? É uma cortiça de pesca?", diria, repetiu Lily, voltando, de novo relutante, à tela. Graças aos céus, o problema do espaço continuava, pensou, retomando o pincel. Ofuscava-lhe a vista. O volume todo do quadro dependia daquele peso. Belo e brilhante, assim devia ser na superfície, etéreo e evanescente, uma cor se fundindo na outra como as cores na asa de uma borboleta; mas sob ela a estrutura devia estar solidamente montada, com cavilhas de ferro. Devia ficar uma coisa que se conseguisse eriçar a um sopro e uma coisa que não se conseguisse mover nem puxando com uma parelha de cavalos. E começou a pôr um vermelho, um cinzento, e começou a traçar seu caminho até aquele vazio ali. Ao mesmo tempo parecia estar sentada ao lado da sra. Ramsay na praia.

"É um barco? É uma barrica?", disse a sra. Ramsay. E começou a caçar os óculos. E, encontrando-os, sentou-se em silêncio, olhando o mar. E Lily, pintando perseverante, sentiu como se uma porta se abrisse, alguém entrasse e parasse fitando em silêncio num lugar alto que parecia uma catedral, muito escuro, muito solene. De um mundo distante chegavam gritos. Navios a vapor desapareciam em colunas de fumaça no horizonte. Charles atirava pedras que ricocheteavam.

A sra. Ramsay sentava em silêncio. Estava contente, pensou Lily, em descansar em silêncio, nada comunicativa; em descansar na obscuridade extrema das relações humanas. Quem sabe o que somos, o que sentimos? Quem sabe mesmo no momento de intimidade, Isso é saber? Pois as coisas não se estragam, a sra. Ramsay podia ter perguntado (parecia acontecer com tanta frequência, esse silêncio a seu lado), ao serem ditas? Não somos mais expressivos assim? O momento pelo menos parecia extraordinariamente fértil. Comprimiu um buraquinho na areia e o recobriu, nele enterrando a perfeição do momento. Era como uma gota de prata na qual se mergulhava e iluminava a escuridão do passado.

Lily recuou para ter uma perspectiva – assim – do quadro. Era um percurso estranho, esse de pintar. Avançava-se, avançava-se, ia-se cada vez mais longe, até que por fim tinha-se a impressão de estar numa tábua estreita no mar, em plena solidão. E enquanto mergulhava o pincel na tinta azul, também mergulhava lá no passado. Agora a sra. Ramsay tinha se levantado, lembrou. Era hora de voltar para casa – hora do almoço. E todos juntos deixaram a praia, ela andando atrás com William Bankes, e lá estava Minta na frente deles com um furo na meia. Como aquele furinho redondo no calcanhar cor de rosa parecia se pavonear na frente deles! Como William Bankes o deplorava, sem, até onde conseguia lembrar, dizer nada a respeito! Para ele significava a aniquilação da feminilidade, desordem e desasseio, criadas saindo e camas ainda desfeitas ao meio-dia – todas as coisas que ele mais abominava. Tinha um jeito de estremecer e abrir os dedos como que cobrindo um objeto desagradável à vista, que repetiu agora – estendendo a mão diante de si. E Minta continuou em frente, e provavelmente Paul a encontrou e ambos foram para o jardim.

Os Rayley, pensou Lily Briscoe, apertando o tubo de tinta verde. Reuniu suas impressões sobre os Rayley. A vida deles lhe apareceu numa série de cenas: uma, na escada de madrugada. Paul entrara e se recolhera cedo; Minta estava demorando para chegar. Depois outra, Minta, desgastada, tingida, espalhafatosa na escada lá pelas três da manhã. Paul saiu de pijama com um atiçador na mão caso fossem ladrões. Minta estava comendo um sanduíche, no meio da escada junto a uma janela, na luz cadavérica da madrugada, e havia um furo no tapete. Mas o que diziam?, perguntou-se Lily, como se olhando conseguisse escutá-los. Algo violento. Minta continuou a comer o sanduíche, de maneira irritante, enquanto ele falava. Ele falava coisas indignadas, enciumadas, ofendendo-a, num murmúrio para não acordar as crianças, os dois pequenos. Ele estava tenso, contraído; ela exuberante, despreocupada. Pois as coisas tinham desandado depois do primeiro ano, mais ou menos; o casamento não tinha dado certo.

E isso, pensou Lily pegando a tinta verde no pincel, isso de criar cenas a respeito é o que chamamos de "conhecer" as pessoas, "pensar" nelas, "gostar" delas! Nada daquilo era verdade; tinha inventado; mas, de qualquer forma, era como os conhecia. Continuou a se embrenhar no quadro, no passado.

Outra vez, Paul disse que "jogava xadrez em cafés". Ela construíra um edifício imaginário inteiro a partir daquela frase também. Lembrava que, quando ele disse isso, ela pensou numa cena em que Paul ligava para a empregada e ela dizia "a sra. Rayley não está, senhor", e ele decidiu que também não iria para casa. Viu-o sentado em algum lugar lúgubre onde a fumaça se grudava à pelúcia vermelha dos assentos e as garçonetes o conheciam, jogando xadrez com um homenzinho que trabalhava com comércio de chá e morava em Surbiton, mas que era só isso o que Paul sabia a seu respeito. E aí Minta não estava em casa quando ele chegou, e aí houve aquela cena nas escadas, quando ele pegou o atiçador caso fossem ladrões (sem dúvida para assustá-la também) e falou com tanta aspereza, dizendo que ela lhe estragara a vida. De qualquer forma, quando foi visitá-los num chalé perto de Rickmansworth, as coisas estavam medonhamente tensas. Paul a levou ao jardim para olhar as lebres belgas que criava, Minta foi junto, cantarolando, e pôs o braço nu no ombro dele, para que ele não lhe contasse nada.

Minta se sentia enfastiada com as lebres, pensou Lily. Mas Minta nunca se mostrava. Nunca dizia coisas como aquilo de jogar xadrez num café. Era circunspecta demais, desconfiada demais. Mas, continuando com a história deles – agora tinham superado a fase perigosa. Passara algum tempo com eles no último verão; o carro quebrou e Minta teve de lhe estender as ferramentas. Ele se sentou na estrada consertando o carro, e foi a maneira como ela lhe entregou as ferramentas – eficiente, direta, amistosa – que demonstrou que agora tudo ia bem. Não estavam mais "apaixonados"; não, ele estava enrabichado por outra mulher, uma mulher séria, que usava o cabelo trançado e andava com uma pasta na mão (Minta a descrevera com simpatia, quase admiração), que frequentava comícios e tinha as mesmas posições de Paul (haviam se tornado cada vez mais acentuadas) quanto aos impostos sobre os bens imóveis e a taxação sobre os bens de capital. Longe de romper o casamento, essa aliança o salvara. Eram excelentes amigos, claro, ele sentado na estrada e ela lhe estendendo as ferramentas.

Então era esta a história dos Rayley, sorriu Lily. Imaginou-se a contá-la à sra. Ramsay, que estaria muito curiosa em saber o que havia acontecido com os Rayley. Ela se sentiria levemente triunfante, contando à sra. Ramsay que o casamento não tinha sido um sucesso.

Mas os mortos, pensou Lily, deparando-se com algum obstáculo no quadro que a fez parar e ponderar, recuando um ou dois passos, Oh, os mortos! murmurou, eram lamentados, esquecidos, até um pouco desprezados. Estão à nossa mercê. A sra. Ramsay se extinguira e se fora, pensou. Podemos passar por cima das vontades dela, podemos ir além de suas ideias limitadas e antiquadas. Ela se distancia cada vez mais de nós. Como um arremedo parecia vê-la no final do corredor dos anos dizendo, entre todas as coisas mais incongruentes, "Case-se, case-se!" (sentada muito aprumada de manhã cedo com os passarinhos começando a pipilar no jardim lá fora). E alguém teria de lhe dizer, Tudo se passou contra seus desejos. Eles são felizes assim; eu sou feliz assim. A vida mudou totalmente. A isso todo o seu ser e mesmo sua beleza ficaram, por um instante, empanados e antiquados. Por um instante Lily, ali parada, com o sol quente às costas, sumariando os Rayley, triunfou sobre a sra. Ramsay, que nunca ia saber que Paul ia a cafés e tinha uma amante, que se sentava no chão e Minta lhe estendia as ferramentas; que ela continuava aqui pintando, nunca se casara, nem mesmo com William Bankes.

A sra. Ramsay tinha planejado. Se estivesse viva, talvez tivesse conseguido. Já naquele verão ele era "o mais bondoso dos homens". Era "o maior cientista da época, diz meu marido". Era também "o pobre William – fico tão triste, quando vou visitá-lo, em não ver nada de bonito na casa – ninguém para fazer um arranjo de flores". Assim providenciava que fossem passear juntos, e ela vinha a saber, com aquele tênue toque de ironia que fazia a sra. Ramsay escorregar por entre os dedos, que tinha uma mente científica; que gostava de flores; que era tão exata. Que mania de casamento era aquela?, indagou-se Lily, aproximando-se e afastando-se do cavalete.

(Súbita, súbita como uma estrela deslizando no céu, uma luz avermelhada como que lhe ardeu na mente, cobrindo Paul Rayley, emanando dele. Subiu como uma labareda em sinal de alguma celebração de selvagens numa praia distante. Ouviu o bramido e a crepitação. O mar inteiro num raio de quilômetros se fez rubro e dourado. À labareda mesclou-se um aroma de vinho que a embriagou, pois voltou a sentir seu temerário desejo de se atirar do penhasco e se afogar procurando um broche de pérolas numa praia. E o bramido e a crepitação lhe causaram repugnância, de medo e asco, como se visse seu esplendor e força, mas ao mesmo tempo visse também como aquilo se alimentava dos tesouros da casa, avidamente, asquerosamente, e o abominou. Mas como visão, como glória, superava tudo o que conhecia e ardeu durante anos e anos como um sinal de fogo numa ilha deserta em alto mar, e bastaria dizer "apaixonados" e imediatamente, como acontecia agora, o fogo de Paul voltava a arder mais uma vez. E se extinguiu e ela disse a si mesma, rindo, "Os Rayley"; Paul ia a cafés e jogava xadrez.)

Ela escapara por um triz, pensou. Estivera a olhar a toalha da mesa e lhe ocorrera num átimo que traria a árvore para o meio e não precisaria nunca se casar com ninguém, e sentira uma enorme exultação. Sentira, agora podia enfrentar a sra. Ramsay – um tributo ao poder assombroso que a sra. Ramsay tinha sobre as pessoas. Faça isso, dizia, e a pessoa fazia. Mesmo sua sombra à janela com James transbordava de autoridade. Lembrou como William Bankes ficara chocado com seu descaso diante da significação de mãe e filho. Ela não admirava a beleza deles?, perguntou ele. Mas William, lembrou, escutara atentamente com seus olhos de menino sábio quando ela explicou que não era irreverência: que uma luz ali precisava de uma sombra lá e assim por diante. Não tinha intenção de desdenhar um tema que, ambos concordavam, Rafael havia tratado divinamente. Não era uma cética. Muito pelo contrário. Graças à sua mente científica, ele entendeu – uma prova de inteligência desinteressada que lhe agradara e reconfortara imensamente. Então era possível conversar a sério sobre pintura com um homem. De fato, a amizade dele fora um dos grandes prazeres da vida dela. Amava William Bankes.

Iam a Hampton Court e ele sempre lhe dava, como perfeito cavalheiro que era, tempo mais do que suficiente para lavar as mãos, enquanto andava pela margem do rio. Isso era típico da relação entre eles. Muitas coisas passavam em silêncio. Então percorriam os pátios e admiravam, verão após verão, as proporções e as flores, ele lhe dizia coisas enquanto andavam, sobre perspectiva, sobre arquitetura, parava para olhar uma árvore ou a paisagem além do lago e admirar uma criança (era seu grande pesar – não tinha uma filha) com o ar vago e distante que era natural a um homem que passava tanto tempo num laboratório que o mundo quando saía parecia deslumbrá-lo, e por isso andava devagar, erguia a mão em pala para proteger os olhos e parava, com a cabeça atirada para trás, simplesmente para respirar o ar. Então lhe contava que era dia de folga de sua empregada; que precisava comprar uma passadeira nova para a escada. Talvez ela aceitasse ir junto com ele comprar uma passadeira nova para a escada. E uma vez alguma coisa o levou a falar dos Ramsay e disse que quando a viu pela primeira vez ela estava com um chapéu cinzento; não tinha mais do que dezenove ou vinte anos. Era assombrosamente bela. Lá ficou parado olhando a avenida em Hampton Court, como se pudesse enxergá-la entre as fontes.

Agora ela olhava o degrau de entrada da sala. Viu, pelos olhos de William, o contorno de uma mulher, pacífica e silenciosa, com os olhos baixos. Estava sentada cismarenta, pensativa (estava de cinza naquele dia, pensou Lily). Tinha os olhos baixos. Nunca os levantava. Sim, pensou Lily, olhando detidamente, devo tê-la visto assim, mas não de cinza; não tão imóvel, nem tão jovem, nem tão pacífica. A figura surgiu bastante rápida. Era assombrosamente bela, disse William. Mas a beleza não era tudo. A beleza tinha essa punição – vinha rápida demais, completa demais. Imobilizava a vida – congelava-a. Esqueciam-se as pequenas agitações; o rubor, a palidez, alguma distorção estranha, alguma luz ou sombra, que por um instante tornava o rosto irreconhecível e mesmo assim adicionava uma qualidade que a partir daí via-se para sempre. Era mais simples aplainar tudo aquilo sob a capa da beleza. Mas que aparência tinha ela, indagou-se Lily, quando enfiava seu chapéu de caça na cabeça, ou corria pelo gramado, ou repreendia Kennedy, o jardineiro? Quem poderia lhe dizer? Quem poderia ajudá-la?

Contra sua vontade, tinha voltado à superfície e se encontrou como que fora da cena, olhando, um pouco aturdida, como se fosse algo irreal, para o sr. Carmichael. Estava estendido em sua cadeira com as mãos cruzadas sobre o ventre sem ler nem dormir, mas lagarteando como uma criatura empanturrada de existência. O livro caíra na grama.

Queria ir até ele e dizer "sr. Carmichael!". Então ele ergueria o olhar benevolente como sempre, com seus olhos verdes vagos e opacos. Mas só se acordava alguém se se soubesse o que se pretendia dizer. E ela pretendia dizer não uma coisa só, mas tudo. Pequenas palavras que rompiam e desmembravam o pensamento não diziam nada. "Sobre a vida, sobre a morte; sobre a sra. Ramsay" – não, pensou ela, não se podia dizer nada a ninguém. A urgência do instante sempre errava o alvo. As palavras adejavam e atingiam baixo demais. Então desistia-se; então a ideia desaparecia; então ficava-se como na maioria ficam as pessoas de certa idade, cautelosas, furtivas, com rugas entre os olhos e um ar de perpétua apreensão. Pois como expressar em palavras essas emoções do corpo? expressar aquele vazio ali? (Ela estava olhando os degraus da sala; pareciam extraordinariamente vazios.) Era uma sensação do corpo, não da mente. As sensações físicas que acompanhavam a aparência nua dos degraus de súbito tinham se tornado extremamente desagradáveis. Querer e não ter transmitia a todo seu corpo uma dureza, uma tensão, um vazio. E aí querer e não ter – querer e querer – como aquilo dava um aperto no coração, mais um aperto e outro aperto! Oh, sra. Ramsay! exclamou mentalmente àquela essência sentada no barco, àquela abstração feita a partir dela, aquela mulher de cinzento, como que a censurando por ter partido, e então, tendo partido, por ter voltado. Parecera tão seguro pensar nela. Fantasma, ar, nada, uma coisa com que se podia brincar à vontade, em segurança, a qualquer hora do dia ou da noite, era isso que ela tinha sido, e então de repente estendia a mão e dava um aperto desses no coração. De súbito, os degraus vazios da sala de estar, os babados da poltrona lá dentro, o cachorrinho tropeçando pelo terraço, as ondas e os sussurros do jardim se transformaram em curvas e arabescos engrinaldando um centro totalmente vazio.

"O que isso significa? Como explica tudo isso?", queria perguntar, virando-se outra vez para o sr. Carmichael. Pois o mundo inteiro nessa hora tão matinal parecia ter se dissolvido numa poça de pensamento, numa funda bacia de realidade, e quase se podia imaginar que, se o sr. Carmichael falasse, uma pequena lágrima atravessaria a superfície da poça. E então? Alguma coisa emergiria. Uma mão se ergueria, uma lâmina cintilaria. Era bobagem claro.

Veio-lhe uma curiosa impressão de que afinal ele ouvia as coisas que ela não conseguia dizer. Era um velho inescrutável, com a mancha amarela na barba, sua poesia e suas charadas, singrando serenamente um mundo que satisfazia a todas as suas necessidades, de maneira que, pensou ela, bastava-lhe abaixar a mão onde estava sentado no gramado para colher qualquer coisa que quisesse. Olhou o quadro. Tal teria sido sua resposta, provavelmente – que "você", "eu", "ela" passam e desaparecem; nada fica; tudo muda; mas não as palavras, não a pintura. E no entanto ficaria pendurada no sótão, pensou; seria enrolada e enfiada embaixo de um sofá; mas mesmo assim, mesmo em relação a um quadro como aquele, era verdade. Podia-se dizer, mesmo desse rascunho, não daquele quadro efetivo, talvez, mas daquilo a que ele se propunha, que "ficaria para sempre", estava para dizer, ou, pois as palavras ditas mesmo a ela soavam pretensiosas demais, insinuar, sem palavras; quando, olhando o quadro, ficou surpresa ao descobrir que não conseguia vê-lo. Seus olhos estavam repletos de um líquido morno (de início não pensou em lágrimas) que, sem alterar a firmeza dos lábios, adensou o ar, escorreu pelas faces. Tinha pleno controle de si mesma – oh, sim! – sob todos os outros aspectos. Então estava chorando pela sra. Ramsay, sem se aperceber de qualquer infelicidade? Dirigiu-se mais uma vez ao velho sr. Carmichael. Então o que era aquilo? O que significava? As coisas podiam erguer as mãos e pegar alguém; a lâmina podia cortar; o punho agarrar? Não havia segurança? Não havia como decorar os caminhos do mundo? Nenhum guia, nenhum abrigo, mas tudo era um milagre, jogando-se ao ar do alto de uma torre? Seria possível, mesmo para os idosos, que isso fosse a vida? – desconcertante, inesperada, desconhecida? Por um instante ela sentiu que se ambos se levantassem aqui e agora no gramado e exigissem uma explicação, por que era tão curta, por que era tão inexplicável, falassem com violência, como poderiam falar dois seres humanos plenamente capacitados aos quais nada se devia ocultar, então a beleza surgiria, o espaço se preencheria, aqueles floreios vazios ganhariam forma; se gritassem a uma altura suficiente a sra. Ramsay voltaria.

– Sra. Ramsay! – chamou em voz alta – Sra. Ramsay!

As lágrimas lhe escorriam pela face.

VII

[O filho de Macalister pegou um dos peixes e cortou uma lasca da lateral para usar como isca. O corpo mutilado (ainda estava vivo) foi atirado de volta ao mar.]

VIII

— Sra. Ramsay! – gritou Lily. – Sra. Ramsay!

Mas não aconteceu nada. A dor aumentou. A que extremos de imbecilidade aquela angústia era capaz de reduzir uma pessoa!, pensou. De todo modo o velho não a ouvira. Continuava benevolente, calmo – e, se se quisesse, sublime. Graças aos céus, ninguém a ouvira gritar aquele grito ignominioso, pare dor, pare! Obviamente não saíra fora de si. Ninguém a vira deixar sua tábua estreita para entrar nas águas da aniquilação. Continuava uma solteirona mirrada, segurando um pincel de tinta no gramado.

E agora aos poucos a dor da falta e a raiva amarga (estar de volta, justo quando pensava que jamais tornaria a prantear a sra. Ramsay. Sentira falta dela entre as xícaras de café no desjejum? nem um pouco) diminuíram; e da angústia desses sentimentos restou, como antídoto, um alívio que era um bálsamo em si mesmo, e também, mas mais misteriosamente, a sensação de alguém ali, da sra. Ramsay, aliviada por um momento do peso que o mundo lhe impusera, detendo-se levemente a seu lado e então (pois esta era a sra. Ramsay em toda a sua beleza) erguendo à fronte uma coroa de flores brancas com a qual se foi. Lily espremeu seus tubos outra vez. Atacou aquele problema da sebe. Era estranho como a via tão claramente, caminhando com sua rapidez habitual por campos entre cujas dobras, arroxeadas e suaves, entre cujas flores, jacintos ou lilases, acabou por desaparecer. Era algum artifício do olho do pintor. Depois de saber de sua morte passara dias a vê-la assim, pondo a coroa na fronte e prosseguindo incondicionalmente em sua companhia, uma sombra, pelos campos. A visão, a frase tinha o poder de consolar. Onde estivesse, pintando, aqui, no campo, ou em Londres, a visão lhe vinha e seus olhos, semicerrados, procuravam alguma coisa para dar base à sua visão. Olhava do alto do vagão, do ônibus; pegava uma linha partindo do ombro ou da face; olhava as janelas em frente; olhava o Piccadilly, com sua fileira de luzes ao anoitecer. Tudo fizera parte dos campos da morte. Mas sempre alguma coisa – podia ser um rosto, uma voz, um jornaleiro anunciando *Standard, News* – arremetia, passava por ela, despertava-a, exigia e ao final conseguia um esforço da atenção, de forma que a visão precisava ser refeita perpetuamente. Agora de novo, sentindo-se movida por alguma necessidade instintiva de distância e azul, olhou a baía abaixo, das faixas azuis das ondas criando pequenas colinas e dos espaços mais purpúreos campos pedregosos. De novo foi despertada por alguma coisa incongruente. Havia um ponto marrom no meio da baía. Era um barco. Sim, percebeu após um segundo. Mas barco de quem? Do sr. Ramsay, respondeu. Sr. Ramsay, o homem que passara a seu lado, com a mão erguida, altivo, à frente de uma procissão, com suas belas botas, pedindo uma compaixão que ela lhe recusara. O barco estava agora a meio da baía.

Fazia um tempo tão bom exceto por um vestígio de vento aqui e ali que o mar e o céu pareciam um tecido só, como se as velas estivessem coladas ao céu ou as nuvens tivessem caído dentro do mar. Um vapor em alto mar traçara no ar um grande rolo de fumaça que permanecia ali fazendo curvas e círculos decorativos, como se o ar fosse uma gaze fina que retinha e guardava as coisas em sua trama com delicadeza, apenas embalando-as suavemente de um lado ao outro. E tal como acontece às vezes quando o tempo está muito bom, os rochedos pareciam ter consciência dos navios e os navios pareciam ter consciência dos rochedos, como se trocassem alguma mensagem secreta por meio de sinais. Pois às vezes muito próximo da costa, o Farol esta manhã na névoa parecia a uma enorme distância.

"Onde estarão agora?", pensou Lily, olhando o mar. Onde estava ele, aquele homem muito velho que passara por ela em silêncio, com um embrulho de papel pardo debaixo do braço? O barco estava no meio da baía.

IX

Eles não sentem nada lá, pensou Cam olhando a costa, a qual, subindo e descendo, tornava-se sempre mais distante e mais pacífica. Sua mão abria uma trilha no mar enquanto sua mente criava desenhos com as faixas e espirais verdes e, entorpecida e toldada, vagueava na imaginação por aquele submundo das águas onde as pérolas se prendiam em cachos a alvas ramagens marinhas, onde na luz verde se dava uma transformação na mente inteira da pessoa e o corpo brilhava translúcido envolto num manto verde.

Então a contracorrente se amainou em torno de sua mão. O ímpeto da água cessou; o mundo ficou repleto de pequenos sons rangendo e estralejando. Ouviam-se as ondas quebrando e batendo na lateral do barco como se estivessem ancorados num porto. Tudo se fez muito próximo. Pois o velame, sobre o qual James mantivera os olhos fitos até que se tornasse alguém conhecido, descaiu totalmente; então as velas se detiveram, batendo à espera de uma brisa, ao sol quente, a quilômetros da costa, a quilômetros do Farol. Tudo em todo o mundo parecia parado. O Farol ficou imóvel e a linha da costa distante ficou fixa. O sol esquentava e todos pareciam muito próximos sentindo mutuamente suas presenças, das quais se haviam quase esquecido. A linha de pesca de Macalister se afundou a prumo no mar. Mas o sr. Ramsay continuou a ler com as pernas encolhidas.

Estava lendo uma brochura de capa brilhante sarapintada como um ovo de tarambola. Vez por outra, enquanto estavam parados naquela calmaria horrenda, ele virava uma página. E James sentia que cada página era virada num gesto peculiar destinado a ele: ora afirmativo, ora imperioso, ora na intenção de ganhar a piedade dos outros; e o tempo todo, enquanto seu pai lia e virava aquelas pequenas páginas uma depois da outra, James continuou a recear o momento em que ele ergueria os olhos e em tom cortante falaria com ele sobre uma coisa ou outra. Por que estavam se demorando aqui?, perguntaria isso ou alguma outra coisa totalmente desarrazoada. E se ele perguntar, pensou James, pego uma faca e cravo no coração dele.

Ele sempre conservara esse velho símbolo de pegar uma faca e cravar no coração do pai. Só que agora, tendo crescido e estando a fitar o pai numa raiva impotente, não era ele, aquele velho lendo, que queria matar, era a coisa que descia sobre ele – sem que soubesse, talvez: aquela harpia de asas negras, súbita e feroz, com suas garras e bico, tudo duro e frio, que se cravavam, cravavam (ele podia sentir o bico que se cravara em suas pernas nuas quando era criança), e então ia embora, e ali estava ele de novo, um velho, muito triste, lendo seu livro. Que ele gostaria de matar, que gostaria de cravar no coração. Qualquer coisa que fizesse – (e podia fazer qualquer coisa, sentiu, olhando o Farol e a costa distante) estivesse numa empresa, num banco, fosse um advogado, um homem à frente de algum empreendimento, isso ele combateria, isso ele perseguiria e esmagaria – tirania, despotismo, era o nome que lhe dava – que levava as pessoas a fazerem o que não queriam fazer, que lhes retirava o direito de falar. Como algum deles poderia responder "Eu não" quando ele disse "Vamos ao Farol"? Faça isso. Me traga aquilo. As asas negras se entendiam e o bico duro dilacerava. E então no momento seguinte, ali estava ele sentado lendo seu livro; e podia levantar os olhos – nunca se sabia – de maneira muito arrazoada. Podia falar com os Macalister. Podia enfiar um soberano na mão de alguma velha transida de frio na rua, pensou James; podia se entusiasmar com as diversões de alguns pescadores; podia abanar os braços no ar de alegria. Ou podia se sentar à cabeceira da mesa num silêncio mortal do começo ao fim do jantar. Sim, pensou James, enquanto o barco balançava e mal se movia lá ao sol quente; havia uma vastidão erma nevada e pedregosa muito austera e solitária; e ele viera a sentir, ultimamente com grande frequência, quando seu pai dizia alguma coisa que surpreendia os outros, que havia ali apenas dois pares de pegadas, as dele e as do pai. Apenas os dois se conheciam. O que era então esse terror, esse ódio? Voltando e se embrenhando entre tantas folhagens em que o passado o envolvera, perscrutando o coração daquela floresta onde a luz e a sombra se entrecruzam tanto que todas as formas se distorcem e a pessoa fica às cegas, ora com o sol ofuscante, ora com uma sombra escura toldando a vista, ele procurou uma imagem que acalmasse, separasse e rematasse seu sentimento dando-lhe uma forma concreta. Suponha-se então, quando pequeno sentado sozinho num carrinho ou no joelho de alguém, que tivesse visto uma carroça esmagar, ignorante e inocente, o pé de alguém. Suponha-se que ele tivesse visto primeiro o pé, na grama, liso e inteiro; então a roda; e depois o mesmo pé, roxo, esmagado. Mas a roda era inocente. Da mesma forma agora, quando seu pai viera a passos largos pelo corredor batendo à porta deles de manhã cedo para irem ao Farol, passara por cima do pé dele, do pé de Cam, do pé de todo mundo. Fazer o quê? sentar e olhar.

Mas estava pensando no pé de quem, e em qual jardim tudo isso aconteceu? Pois havia cenários para tais cenas; com árvores, flores, uma determinada luz, algumas figuras. Tudo tendia a se instalar num jardim onde não havia sinal dessa tristeza nem dessa agitação de abanar os braços; as pessoas falavam num tom de voz normal. Entravam e saíam o dia todo. Havia uma velha mexericando na cozinha; e todas as venezianas se abriam e se fechavam ao sopro da brisa; tudo respirava, tudo crescia; e sobre todos aqueles pratos e travessas, sobre as hastes altas que brandiam flores vermelhas e amarelas, à noite se estendia um véu amarelo muito fino, como uma folha de parreira. À noite as coisas ficavam mais paradas e mais escuras. Mas o véu que parecia uma folha era tão fino que as luzes o suspendiam, as vozes o amarfanhavam; através dele podia enxergar uma figura se inclinando, ouça, se aproximando, se afastando, algum vestido farfalhando, alguma corrente tilintando.

Foi nesse mundo que a roda passou por cima do pé. Alguma coisa, lembrou, parou e lançou sombra sobre ele; não saía dali; alguma coisa subiu e floresceu no ar, alguma coisa estéril e pontiaguda desceu exatamente ali, como uma lâmina, uma cimitarra, caindo bem entre as folhas e flores daquele mundo feliz, fazendo-as murchar e se despetalar.

"Vai chover", lembrou o pai dizendo. "Não poderão ir ao Farol."

O Farol era então uma torre prateada brumosa com um olho amarelo que se abria súbito e suave ao anoitecer. Agora...

James olhou o Farol. Podia ver as pedras caiadas de branco; a torre, hirta e reta; podia ver que tinha faixas brancas e pretas; podia ver janelas; podia ver até as roupas lavadas e estendidas nas pedras a secar. Então era aquele o Farol, aquilo?

Não, aquilo outro também era o Farol. Pois nada era simplesmente uma coisa só. Aquilo outro também era o Farol. Às vezes quase se podia enxergá-lo do outro lado da baía. Ao anoitecer, erguia-se o olhar e via-se o olho abrindo e fechando e a luz parecia alcançá-los naquele jardim arejado e ensolarado onde ficavam.

Mas recompôs-se. Sempre que dizia "eles" ou "uma pessoa", e então começava a ouvir o farfalhar de alguém se aproximando, o tilintar de alguém se afastando, tornava-se extremamente sensível à presença de quem quer que estivesse ali. Agora era o pai. A tensão se fez aguda. Pois dentro de um instante, se não houvesse brisa, seu pai iria fechar o livro de um golpe e diria: "O que é agora? A troco do quê estamos aqui parados, hein?", como antes, uma vez, tinha baixado sua lâmina entre eles no terraço e ela se enrijecera totalmente, e se houvesse por ali um machado, uma faca ou qualquer coisa pontiaguda ele teria pegado e cravado no coração do pai. Sua mãe se enrijecera totalmente e então, soltando o braço, de modo que ele sentiu que ela deixara de ouvi-lo, de certa forma se erguera e fora embora, deixando-o ali, impotente, ridículo, sentado no chão segurando uma tesoura.

Não havia um sopro sequer de vento. A água casquinava e gorgolejava no fundo do barco onde três ou quatro cavalinhas agitavam a cauda numa poça de água insuficiente para cobri-las. A qualquer instante o sr. Ramsay (James mal se atrevia a olhar para ele) podia despertar, fechar o livro e dizer alguma coisa cortante; mas por ora estava lendo, de modo que James continuou furtivamente, como se furtivo descesse as escadas descalço, com medo de despertar um cão de guarda com o rangido de uma tábua, a pensar como era ela, aonde tinha ido naquele dia. Começou a segui-la de aposento em aposento e por fim chegaram a um aposento onde numa luz azul, como se fosse o reflexo dos inúmeros pratos de porcelana, ela falou com alguém; prestou atenção ao que ela estava falando. Falava com uma empregada, dizendo simplesmente o que lhe vinha à cabeça. "Vamos precisar de um prato grande hoje à noite. Onde está ele – o prato azul?" Só ela falava a verdade; só com ela ele podia falar. Esta era a fonte de sua perpétua atração por ele, talvez; era uma pessoa à qual se podia dizer o que vinha à cabeça. Mas, durante o tempo inteiro em que esteve pensando nela, tinha consciência de que o pai lhe seguia o pensamento, lançando-lhe sombra, fazendo-o estremecer e falhar.

Finalmente parou de pensar; ali continuou sentado com a mão no leme ao sol, fitando o Farol, incapaz de se mover, incapaz de espanar esses grãos de infelicidade que lhe pousavam na mente um depois do outro. Parecia que uma corda o prendia ali, com nós que tinham sido amarrados pelo pai e só conseguiria escapar pegando uma faca e mergulhando... Mas naquele instante o velame oscilou devagar, devagar se enfunou, o barco pareceu se agitar e se sacudir num sono semiconsciente, e então despertou e disparou entre as ondas. O alívio foi enorme. Todos pareciam ter se afastado de novo e se posto à vontade, e as linhas de pesca se retesaram enviesadas na lateral do barco. Mas seu pai não se animou. Apenas ergueu a uma altura misteriosa sua mão direita no ar e a deixou cair de novo no joelho como se regesse alguma sinfonia secreta.

X

[O mar sem uma mancha sequer, pensou Lily Briscoe, ainda parada de pé e olhando a baía. O mar se estende como seda pela baía. A distância tinha um poder extraordinário; tinham sido tragados por ela, sentiu, tinham desaparecido para sempre, tinham se tornado parte da natureza das coisas. Estava tão calmo; estava tão quieto. O próprio vapor desaparecera, mas o grande rolo de fumaça ainda pairava no ar e pendia pesarosamente como uma bandeira em sinal de despedida.]

XI

Então ela era assim, a ilha, pensou Cam, mais uma vez passando os dedos pelas ondas. Nunca a vira do mar. Era assim que ficava no mar, então, com um denteado no meio e duas projeções agudas, e o mar entrava ali com força e então se espraiava por muitos quilômetros nos dois lados da ilha. Era bem pequena e tinha mais ou menos o formato de uma folha em pé. Então pegamos um barquinho, pensou, começando a contar a si mesma uma história de aventuras, escapando ao naufrágio de um navio. Mas com o mar lhe correndo entre os dedos, uma alga desaparecendo entre eles, ela não estava querendo contar a si mesma uma história; o que ela queria era a sensação de aventura e fuga, pois estava pensando, enquanto o barco avançava, como a zanga do pai por causa dos pontos cardeais, a teimosia de James quanto ao pacto e sua angústia pessoal, como tudo aquilo deslizara, passara, fora embora. O que vinha agora? Aonde estavam indo? De sua mão, gelada de frio, afundada no mar, jorrou uma fonte de alegria à mudança, à fuga, à aventura (que estivesse viva, que estivesse ali). E as gotas que saíam dessa súbita e irrefletida fonte de alegria caíram aqui e ali sobre as formas escuras, as formas entorpecidas em sua mente; formas de um mundo não realizado mas girando em sua escuridão, apanhando, aqui e ali, uma centelha de luz: Grécia, Roma, Constantinopla. Pequena como era, mais ou menos no formato de uma folha em pé com as águas borrifadas de ouro a banhá-la, tinha, imaginava, um lugar no universo – mesmo uma ilha tão pequena como aquela? Os senhores de idade no gabinete pensou ela saberiam lhe dizer. Às vezes ela se desviava de propósito do jardim para flagrá-los. Lá estavam eles (podia ser o sr. Carmichael ou o sr. Bankes, muito velhos, muito tesos) sentados um na frente do outro em suas poltronas baixas. Farfalhavam diante de si as páginas do *The Times*, quando ela entrava vindo do jardim, toda atabalhoada, a respeito de alguma coisa que alguém tinha dito sobre Cristo; tinham desenterrado um mamute numa rua de Londres; como eram os traços do grande Napoleão? Então pegavam tudo aquilo com suas mãos asseadas (usavam trajes cinzentos; cheiravam a urze) e juntavam os fragmentos, virando o jornal, cruzando as pernas e de vez em quando diziam alguma coisa muito breve. Numa espécie de transe ela tirava um livro da prateleira e ficava ali, observando o pai a escrever, de maneira tão regular, tão metódica, de uma página a outra, dando de vez em quando uma tossidela ou dizendo brevemente alguma coisa ao outro senhor de idade à sua frente. E pensava, parada ali de pé com o livro aberto, aqui a pessoa pode deixar que qualquer pensamento seu se expanda como uma folha na água; e se ele se desse bem aqui, entre os senhores de idade fumando e o *The Times* farfalhando, era porque estava certo. E observando o pai enquanto escrevia em seu gabinete, ela pensou (agora sentada no barco) que era extremamente agradável, extremamente sábio; não era frívolo nem tirânico. Na verdade, se a via ali, lendo um livro, perguntava-lhe com a maior gentileza do mundo, Havia algo que pudesse lhe dar?

Para não haver nenhum engano, olhou-o a ler o livrinho de capa brilhante sarapintada como um ovo de tarambola. Não; não havia nenhum engano. Olhe-o agora, queria dizer a James. (Mas James estava com os olhos postos nas velas.) É um grosseirão sarcástico, diria James. Sempre puxa a conversa para si mesmo e seus livros, diria James. É intoleravelmente egoísta. O pior de tudo, é um tirano. Mas olhe!, disse ela, olhando para ele. Olhe-o agora. Ela o olhou lendo seu livrinho com as pernas enrodilhadas; o livrinho cujas páginas amareladas conhecia sem saber o que estava escrito nelas. Era pequeno; era impresso em letra miúda; na guarda, ela sabia, ele tinha anotado que gastara quinze francos no jantar; o vinho tinha sido demais; tinha dado gorjeta demais ao garçom; estava tudo somado direitinho no final da página de guarda. Mas o que podia estar escrito no livro que até estava com as pontas arredondadas de tanto ficar no bolso dele, ela não sabia. O que ele pensava, não sabiam, nenhum deles sabia. Mas estava absorto nele, de modo que quando erguia o olhar, como fez agora por um instante, não era para ver coisa alguma; era para fixar algum pensamento com maior precisão. Feito isso, sua mente retomava o voo e ele mergulhava na leitura. Lia, pensou ela, como se estivesse guiando alguma coisa, atraindo um grande rebanho de carneiros, galgando penosamente uma trilha estreita, e às vezes ia rápido e reto, abria caminho entre as moitas densas, e às vezes parecia que um galho lhe batia, uma sarça lhe cegava a vista, mas não se deixaria vencer por aquilo; prosseguia, virando página após página. E ela continuou a contar a si mesma uma história escapando do naufrágio de um navio, pois estava a salvo enquanto ele estivesse sentado ali; a salvo, tal como se sentia quando entrava sorrateira vindo do jardim, pegava um livro e o senhor de idade, abaixando o jornal de chofre, dizia alguma coisa muito breve por cima das páginas sobre o caráter de Napoleão.

Voltou a contemplar a ilha, além do mar. Mas a folha estava perdendo o formato em ponta. Era muito pequena; estava muito distante. O mar agora era mais importante do que a costa. Estavam rodeados de ondas por todos os lados, que se erguiam e se afundavam, com um tronco descendo a rolar por uma onda e uma gaivota se equilibrando em outra. Por aqui, pensou passando os dedos pela água, um navio naufragou, e murmurou, sonhadora, semiadormecida, perecemos, sozinhos.

XII

Muito depende então, pensou Lily Briscoe, olhando o mar que não tinha praticamente nenhuma mancha, que estava tão manso que as velas e as nuvens pareciam engastadas em seu azul, muito depende, pensou, da distância: se as pessoas estão perto ou longe de nós; pois seu sentimento pelo sr. Ramsay mudava à medida que ele se afastava na baía. Parecia ter se alongado e se estendido; ele parecia se tornar cada vez mais remoto. Parecia que ele e os filhos tinham sido tragados por aquele azul, por aquela distância; mas aqui, no gramado, logo perto, o sr. Carmichael soltou um ronco. Ela riu. Ele recolheu o livro da grama. Ajeitou-se de novo na cadeira bufando e soprando como algum monstro marinho. Aquilo era totalmente diferente, porque estava muito perto. E agora tudo estava quieto de novo. A essa hora já deviam ter se levantado, supôs, olhando a casa, mas não apareceu nada por lá. Mas, lembrou, eles sempre saíam logo que terminavam a refeição, iam para seus próprios afazeres. Tudo condizia com esse silêncio, esse vazio e a irrealidade da hora matutina. Era um jeito que as coisas às vezes tinham, pensou demorando-se um instante e olhando as longas janelas cintilantes e a pluma de fumaça azul: tornavam-se irreais. Da mesma forma, voltando de uma viagem ou após uma doença, antes que os hábitos tecessem seus fios na superfície, sentia-se aquela mesma irrealidade, que era tão desconcertante; sentia-se emergir alguma coisa. Era então que a vida se fazia mais vívida. Podia-se ficar à vontade. Felizmente, não era preciso falar usando um tom de grande animação, ao cruzar o gramado para ir cumprimentar a velha sra. Beckwith, que estaria procurando um canto para se sentar, "Oh, bom dia, sra. Beckwith! Que dia lindo! A senhora vai ter coragem de sentar ao sol? Jasper escondeu as cadeiras. Vou lhe arranjar uma!" e todo o resto do falatório habitual. Não era preciso falar nada.

Planava-se, agitavam-se as velas (havia um grande movimento na baía, barcos de saída), entre as coisas, além das coisas. Vazio não era, e sim cheio até a borda. Parecia que estava mergulhada até a boca em alguma substância, parecia se mover, flutuar e se afundar nela, sim, pois essas águas eram de uma profundidade insondável. Quantas vidas não tinham se vertido dentro delas! Do casal Ramsay, dos filhos e de todas as coisas mais avulsas e sortidas. Uma lavadeira com seu cesto de roupa; uma gralha; um lírio-tocha; os roxos e os verdes acinzentados das flores: algum sentimento em comum que mantinha a união do conjunto.

Foi talvez algum sentimento assim de completude que, dez anos antes, de pé ali quase no mesmo lugar onde estava agora, que a fizera dizer que devia estar apaixonada pelo lugar. O amor tinha mil formas. Podiam existir apaixonados cujo dom era selecionar e separar os elementos das coisas, reuni-los e assim, dando-lhes uma inteireza que não tinham em vida, criar de alguma cena ou encontro entre pessoas (todas agora separadas e desaparecidas) uma daquelas coisas condensadas e englobadas numa unidade sobre as quais se demora o pensamento e com as quais brinca o amor.

Seus olhos pousaram na mancha marrom do veleiro do sr. Ramsay. Chegariam ao Farol na hora do almoço supôs. Mas o vento havia se refrescado e, como o céu mudara ligeiramente, o mar mudara ligeiramente e os barcos alteraram suas posições, a visão, que um instante antes parecia ser de uma fixidez miraculosa, agora era insatisfatória. O vento dissolvera o rastro de fumaça; havia algo de desagradável na posição dos navios.

Aquela desproporção parecia subverter alguma harmonia em sua mente. Sentiu uma aflição obscura. Esta se confirmou quando ela voltou ao quadro. Andara desperdiçando a manhã. Por alguma razão não conseguia alcançar aquela fina linha de equilíbrio entre duas forças opostas – o sr. Ramsay e o quadro – que era indispensável. Haveria talvez algo de errado no desenho? Será, indagou-se, que a linha da fachada precisava de uma interrupção, será que o volume das árvores estava pesado demais?

Deu um sorriso irônico; pois não pensara, ao começar, que havia solucionado o problema?

Então qual era o problema? Devia tentar segurar algo que lhe escapava. Escapara-lhe quando esteve pensando na sra. Ramsay; escapou-lhe agora quando pensava no quadro. Vinham frases. Vinham visões. Belos quadros. Belas frases. Mas o que ela queria capturar era aquele próprio arrepio nos nervos, a coisa mesma antes que fosse convertida em alguma coisa. Pegue isso e recomece; pegue aquilo e recomece; disse desesperada, outra vez lançando-se com energia ao cavalete. Era uma máquina desgraçada, uma máquina ineficiente, pensou, o aparato humano para pintar ou para sentir; sempre quebrava no momento crítico; heroicamente, era preciso forçá-lo para continuar. Fitou, intrigada. Ali estava a sebe, claro. Mas não se conseguia nada insistindo à força. Conseguia-se apenas que o olhar se ofuscasse ao fitar a linha da fachada ou pensar – ela estava com um chapéu cinzento. Era assombrosamente bela. Que venha, pensou, se vier. Pois há momentos em que não se consegue pensar nem sentir. E se a pessoa não consegue pensar nem sentir, pensou, onde ela está?

Aqui na grama, no solo, pensou, sentando e examinando com o pincel uma pequena colônia de tanchagens. Pois o gramado estava muito descuidado. Aqui sentada no mundo, pensou, pois não conseguia se libertar da sensação de que tudo nesta manhã estava acontecendo pela primeira vez, talvez pela última vez, tal como um viajante, embora esteja a ponto de adormecer, sabe, olhando pela janela do trem, que precisa olhar agora, pois nunca voltará a ver aquele povoado, ou aquela carroça puxada por uma mula, ou aquela mulher trabalhando no campo. O gramado era o mundo; estavam juntos aqui, neste estado de elevação, pensou, olhando o velho sr. Carmichael, que parecia (embora não tivessem trocado uma palavra durante esse tempo todo) comungar seus pensamentos. E nunca voltaria a vê-lo, talvez. Ele estava envelhecendo. E também, lembrou, sorrindo ao chinelo que lhe balançava no pé, estava ficando famoso. As pessoas diziam que sua poesia era "muito bonita". Passaram a publicar coisas que ele havia escrito quarenta anos antes. Agora existia um homem famoso chamado Carmichael, sorriu, pensando quantas formas uma pessoa podia assumir, como ele era aquilo nos jornais, mas aqui era o mesmo que sempre fora. Parecia igual – mais grisalho. Sim, parecia igual, mas alguém tinha dito, lembrou ela, que quando soube da morte de Andrew Ramsay (foi morto num átimo por uma granada; teria dado um grande matemático) o sr. Carmichael "perdeu todo o interesse na vida". O que significava isso – quê?, indagou-se. Havia marchado pela Trafalgar Square segurando um grande bastão? Virara páginas e páginas sem ler, sentado sozinho em seu quarto em St John's Wood? Ela não sabia o que ele fizera ao saber que Andrew morrera, mas mesmo assim sentiu-o nele. Apenas trocavam algumas palavras tartamudeadas na escada; olhavam o céu e diziam vai ou não vai fazer tempo bom. Mas era uma maneira de conhecer as pessoas, pensou: conhecer o contorno, não o detalhe, sentar no jardim de alguém e olhar as encostas de uma colina descendo arroxeadas até a charneca distante. Era dessa maneira que o conhecia. Sabia que de certa forma ele havia mudado. Nunca lera nenhum verso seu. Mas pensava saber como era o andamento, lento e sonoro. Era doce e maduro. Era sobre o deserto e o camelo. Era sobre a palmeira e o poente. Era extremamente impessoal; falava alguma coisa sobre a morte; falava muito pouco sobre o amor. Havia um distanciamento nele. Precisava pouquíssimo dos outros. Pois não se esgueirava sempre um tanto desajeitado pela janela da sala com algum jornal debaixo do braço, tentando evitar a sra. Ramsay, que por alguma razão não lhe agradava muito? Por causa disso, claro, ela sempre tentava detê-lo. Ele lhe fazia uma mesura. Parava a contragosto e fazia uma profunda mesura. Incomodada que ele não precisasse de nada dela, a sra. Ramsay lhe perguntaria (Lily podia ouvi-la) não gostaria de um casaco, um tapete, um jornal? Não, não precisava de nada. (Aqui fazia sua mesura.) Havia nela algum atributo que não lhe agradava muito. Era talvez seu ar de comando, seu tom categórico, algo de prosaico nela. Era muito direta.

(Um barulho chamou sua atenção para a janela da sala – o rangido de um gonzo. A brisa leve estava brincando com a janela.)

Devia ter gente que não gostava nada dela, pensou Lily (Sim; percebeu que o degrau da sala estava vazio, mas isso não lhe causou nenhum efeito. Não precisava da sra. Ramsay agora). – Gente que a considerava segura demais, drástica demais. E sua beleza provavelmente também ofendia as pessoas. Que monótona, diriam, e sempre a mesma! Preferiam outra espécie – a morena, a vivaz. Além disso era fraca com o marido. Deixava que fizesse aquelas cenas. E era reservada. Ninguém sabia exatamente o que lhe acontecera. E (para voltar ao sr. Carmichael e seu desagrado) não se conseguia imaginar a sra. Ramsay parada pintando, deitada lendo, uma manhã inteira no gramado. Era impensável. Sem dizer uma palavra, tendo como único sinal de sua missão um cesto no braço, ela saía para ir ao povoado, às casas dos pobres, para se sentar em algum quartinho abafado. Muitas e muitas vezes Lily a vira sair silenciosamente no meio de algum jogo, de alguma conversa, com a cesta no braço, muito aprumada. Vira-a voltar. E havia pensado, rindo (ela era tão metódica com as xícaras de chá) mas também comovida (sua beleza era de tirar o fôlego), sobre a senhora pousaram olhos que estão se fechando de dor. A senhora esteve lá com eles.

E aí a sra. Ramsay se aborrecia porque alguém estava atrasado, porque a manteiga não estava fresca ou o bule de chá estava lascado. E o tempo todo em que ficava reclamando que a manteiga não estava fresca a pessoa ficava pensando em templos gregos e na beleza que devia ter existido neles. Nunca falava disso – apenas ia, ao ponto, direta. Seu instinto era ir, um instinto como o das andorinhas para o sul, o das alcachofras para o sol, guiando-a infalivelmente para a espécie humana, fazendo-a construir seu ninho no coração da humanidade. E este, como todos os instintos, era um pouco enervante para as pessoas que não o possuíam; para o sr. Carmichael talvez, para ela com toda a certeza. Ambos alimentavam uma certa ideia quanto à ineficácia da ação, à supremacia do pensamento. Suas idas ao povoado eram como uma reprimenda a eles, davam outro viés ao mundo, de forma que se sentiam levados a protestar, vendo desaparecer suas ideias preconcebidas, vendo se desfazer a superioridade delas. Charles

Tansley também fazia aquilo: era uma das razões pelas quais as pessoas não gostavam dele. Subvertia as proporções do mundo de uma pessoa. E o que acontecera com ele?, indagou-se, distraidamente remexendo nas tanchagens com o pincel. Conseguira seu cargo de docente. Tinha se casado; morava em Golder's Green.

Um dia durante a guerra ela fora a um salão de conferências e o ouvira falar. Estava denunciando alguma coisa: estava condenando alguma coisa. Pregava o amor fraterno. E a única coisa que ela sentiu foi como poderia amar a humanidade alguém que não sabia diferenciar um quadro do outro, que se postara atrás dela fumando fumo picado ("cinco pence a onça, srta. Briscoe") e fazia questão de lhe dizer que as mulheres não sabem escrever, as mulheres não sabem pintar, não tanto porque acreditasse nisso, mas porque por alguma estranha razão era o que desejava. Lá estava ele, magro, ruivo, rancoroso, pregando o amor do alto de um palanque (havia umas formigas andando entre as tanchagens que ela espicaçou com o pincel – formigas ruivas, cheias de energia, que se pareciam bastante com Charles Tansley). Assistira-o ironicamente sentada no salão semivazio, bombeando amor naquele espaço gelado, e de repente apareceu a velha barrica ou o que fosse aquilo que subia e descia entre as ondas e a sra. Ramsay procurando o estojo dos óculos entre os seixos. "Oh, céus! Que maçada! Perdi de novo. Não se incomode, sr. Tansley. Perco milhares todos os verões", ao que ele voltou a comprimir o queixo no colarinho, como se temesse sancionar aquele exagero, mas pudesse aceitá-lo nela, de quem gostava, e sorriu com grande encanto. Devia ter confidenciado com ela numa daquelas longas expedições quando as pessoas se separavam e voltavam sozinhas. Estava custeando os estudos da irmã pequena, contara-lhe a sra. Ramsay. Era algo imensamente meritório da parte dele. Sua opinião pessoal sobre ele era grotesca, Lily sabia muito bem, remexendo as tanchagens com o pincel. Metade das opiniões de alguém sobre as outras pessoas eram, no final das contas, grotescas. Atendiam a finalidades próprias. Ele lhe servia de bode expiatório. Quando perdia a calma via-se açoitando os flancos magros dele. Se quisesse tratá-lo a sério teria de recorrer aos comentários da sra. Ramsay, teria de enxergá-lo pelos olhos dela.

Fez um pequeno montículo para as formigas escalarem. Causou-lhes uma indecisão frenética com essa interferência na cosmogonia delas. Umas correram para cá, outras para lá.

A pessoa precisava de cinquenta pares de olhos para enxergar, refletiu ela. Cinquenta pares de olhos não bastariam para rodear toda a figura dessa única mulher, pensou. Entre eles haveria algum totalmente cego à sua beleza. O que a pessoa mais precisaria era de algum sentido secreto, etéreo como ar, que se infiltrasse pelos buracos das fechaduras e a rodeasse quando estivesse tricotando, falando, sentada sozinha e silenciosa à janela; que tomasse e entesourasse como o ar que sustinha o vapor do navio seus pensamentos, suas fantasias, seus desejos. O que significava a sebe para ela, o que significava o jardim para ela, o que significava para ela quando uma onda se quebrava? (Lily ergueu os olhos, como vira a sra. Ramsay erguer os olhos; também ouviu uma onda batendo na praia.) E o que se agitava e revirava em sua mente quando as crianças gritavam: "Como foi? Como foi?" no críquete? Interromperia o tricô por um segundo. Olharia atenta. Então se distraía de novo, e de súbito o sr. Ramsay interrompia os passos diante dela, e algum estranho choque a percorria e parecia embalá-la em seu regaço ao sentir uma profunda agitação quando ele a sobranceava ali parado olhando-a de cima. Lily podia vê-lo.

Ele lhe estendeu a mão para se levantar da cadeira. Parecia de certa forma que já fizera aquilo antes; que já se inclinara uma vez daquela mesma maneira para levantá-la de um barco que, parado a um palmo de uma ilha, exigira que as senhoras recebessem tal auxílio dos cavalheiros para chegar à terra firme. Cena antiquada aquela, que praticamente exigia vestidos de crinolina e calças pião. Ao aceitar seu auxílio, a sra. Ramsay pensou (supôs Lily) que havia chegado a hora. Sim, diria agora. Sim, iria se casar com ele. E pisou manso e devagar a terra firme. Provavelmente disse apenas uma palavra, deixando a mão descansar na dele. Talvez até, Casarei com você, com sua mão na dele; mas não mais do que isso. Vezes e vezes a mesma emoção os percorrera – sem dúvida, pensou Lily, alisando uma trilha para suas formigas. Não estava inventando; estava apenas tentando desdobrar e alisar algo que recebera dobrado anos atrás; algo que havia visto. Pois no rebuliço do cotidiano, com toda aquela criançada, todas aquelas visitas, tinha-se uma constante impressão de repetição – de uma coisa caindo no mesmo lugar onde outra caíra antes, e assim criando um eco que retinia e enchia o ar de vibrações.

Mas seria um erro, pensou, pensando nos dois em passeio, ela com seu xale verde, ele com sua gravata esvoaçando, de braços dados, passando pela estufa, simplificar a relação deles. Não havia nenhuma monótona felicidade – ela com seus impulsos e rompantes, ele com seus tremores e depressões. Oh, não. A porta do quarto batia com violência logo de manhã cedo. Ele saltava da mesa num acesso de fúria. Arremessava seu prato zunindo pela janela. Aí por toda a casa havia uma sensação de portas batendo e venezianas estremecendo como se soprasse uma ventania e as pessoas saíssem correndo para fechar os postigos às pressas e deixar tudo em ordem. Um dia encontrara Paul Rayley na escada numa dessas circunstâncias. Tinham rido muito, como duas crianças, tudo porque o sr. Ramsay, ao encontrar um bichinho, uma tesourinha no leite do desjejum, tinha arremessado prato e tudo pelo ar até o terraço lá fora. "Uma tesourinha", murmurou Prue assombrada, "no leite dele." Outros podiam encontrar centopeias. Mas ele construíra em torno de si uma tal barreira de sacralidade e ocupava o espaço com um tal ar de majestade que uma tesourinha no leite era uma verdadeira monstruosidade.

Mas isso cansava a sra. Ramsay, assustava-a um pouco – os pratos zunindo e as portas batendo. E às vezes recaíam entre eles longos silêncios tensos, quando, numa disposição mental que irritava Lily, entre queixosa e ressentida, ela parecia incapaz de superar a tempestade com calma ou de rir junto com eles, mas em seu cansaço talvez ocultasse alguma coisa. Ficava sentada em silêncio, cismarenta. Depois de algum tempo ele vinha sub-reptício até onde ela estava – zanzando sob a janela à qual ela estava sentada escrevendo alguma carta ou falando, pois fazia questão de se mostrar ocupada quando ele passava, de evitá-lo e fingir que não o via. Então ele se fazia suave como seda, afável, cortês e tentava ganhá-la dessa maneira. Mesmo assim ela continuava arredia e então adotava por alguns momentos alguns daqueles ares e pompas, o tributo devido à sua beleza, dos quais em geral era totalmente despida; virava a cabeça, assumia aquela atitude, olhando por sobre o ombro, sempre com alguma Minta, algum Paul ou William Bankes a seu lado. Depois, permanecendo à parte do grupo como a própria encarnação de um sabujo esfaimado (Lily se levantou da grama e ficou de pé olhando os degraus, a janela, onde o vira), ele a chamava pelo nome, uma vez só, um verdadeiro lobo uivando na neve, mas ainda assim ela não cedia; chamava-a mais uma vez, e agora algo no tom a atingia, ia até ele, deixando todos de repente, e iam andar juntos entre as pereiras, os repolhos e as amoreiras. Acertariam as coisas juntos. Mas com que atitudes, com que palavras? Mantinham tal dignidade em sua relação que, afastando-se, ela, Paul e Minta disfarçavam a curiosidade e o desconforto e começavam a colher flores, a jogar bola, a conversar, até a hora do jantar, e lá estavam os dois, ele numa ponta da mesa, ela na outra, como sempre.

"Por que um de vocês não faz botânica?... Com todas essas pernas e braços por que um de vocês não...?" E assim falavam como sempre, rindo, entre os filhos. Tudo estaria como sempre, tirando uma leve vibração, como uma lâmina no ar, que vinha e passava entre eles como se a cena de sempre dos filhos sentados com seus pratos de sopa tivesse adquirido novo frescor aos olhos deles após aquela hora entre as peras e os repolhos. Era Prue em especial, pensou Lily, que a sra. Ramsay fitava de relance. Ela se sentava no meio entre irmãos e irmãs, sempre tão ocupada, parecia, verificando se estava tudo em ordem, que mal falava alguma coisa. Como Prue devia ter se sentido culpada por aquela tesourinha no leite! Como ficara pálida quando o sr. Ramsay atirou o prato pela janela! Como ficava abatida com aqueles longos silêncios entre os dois! De qualquer forma, sua mãe agora parecia tentar reanimá-la, assegurando-lhe que estava tudo bem, prometendo-lhe que um dia desses ela teria aquela mesma felicidade. Gozara-a por menos de um ano, porém.

Deixara as flores caírem da cesta, pensou Lily, estreitando os olhos e mantendo um recuo como que para olhar o quadro, sem chegar a tocá-lo, porém, com todas as suas faculdades num transe, superficialmente imobilizadas sobre ele, mas movendo-se por baixo com extrema rapidez.

Deixou suas flores caírem da cesta, derrubou e espalhou as flores pela grama e, relutante e hesitante, mas sem perguntar nem protestar – não possuía a faculdade da obediência em seu mais alto grau de perfeição? –, foi também por aquele caminho. Descendo pelos campos, atravessando os vales, branco, semeado de flores – era assim que o pintara. Os montes eram austeros. Era pedregoso; era íngreme. As ondas ressoavam roucas nas pedras abaixo. Lá iam eles, os três juntos, a sra. Ramsay andando depressa na frente, como se esperasse encontrar alguém virando a esquina.

De repente a janela que estava olhando se embranqueceu com alguma coisa leve por trás. Finalmente alguém entrara na sala; alguém se sentara na cadeira. Queiram os céus, rogou ela, que fiquem lá sentados tranquilos e não venham atrapalhar com suas conversas. Misericordiosamente, quem estava lá dentro lá ficou; por sorte tinha se assentado de maneira a lançar uma sombra triangular de formato estranho no degrau. Alterava um pouco a composição do quadro. Era interessante. Podia ser útil. Estava recuperando a disposição. Era preciso continuar olhando sem reduzir nem por um instante a intensidade da emoção, a determinação de não afrouxar, de não se deixar ludibriar. Era preciso prender a cena – assim – num torno e não deixar nada vir estragar. Era preciso, pensou mergulhando o pincel com vagar, estar no mesmo plano da experiência comum, sentir simplesmente Isso é uma cadeira, aquilo é uma mesa, e ao mesmo tempo É um milagre, é um êxtase. O problema afinal podia ser solucionado. Ah, mas o que acontecera? Alguma onda de branco passou pela vidraça. O ar devia ter agitado algum folho na sala. Seu coração deu um salto, agarrou-a, torturou-a.

"Sra. Ramsay! Sra. Ramsay!", exclamou sentindo voltar o velho horror – querer, querer e não ter. Ainda conseguia infligi-lo? E então, mansamente, como se se refreasse, aquilo também se tornou parte da experiência comum, ficou no mesmo plano da cadeira, da mesa. A sra. Ramsay – fazia parte de sua plena bondade com Lily – estava lá sentada com toda a simplicidade, na cadeira, lampejava suas agulhas de cá para lá, tricotava sua meia marrom avermelhada, lançava sua sombra no degrau. Lá estava ela sentada.

E como se tivesse alguma coisa que devia partilhar, embora a duras penas conseguisse se afastar do cavalete, a mente tão ocupada com o que estava pensando, com o que estava vendo, Lily passou pelo sr. Carmichael com seu pincel até o final do gramado. Onde estava aquele barco agora? O sr. Ramsay? Precisava dele.

XIII

O sr. Ramsay quase acabara a leitura. Uma das mãos pairava sobre a página como que pronta para virá-la no instante em que terminasse. Estava sentado ali de cabeça descoberta com o vento lhe soprando os cabelos, extraordinariamente exposto a tudo. Parecia muito velho. Parecia, pensou James, ora voltando-se para o Farol, ora para a imensidão das águas se perdendo no mar aberto, alguma velha pedra na areia; parecia ter se tornado fisicamente o que sempre fora no fundo da mente dos dois – aquela solidão que para ambos era a verdade das coisas.

Estava lendo muito rápido, como se estivesse ansioso em chegar ao final. De fato agora estavam muito perto do Farol. Ele avultava, hirto e reto, reluzindo branco e preto, e viam-se as ondas quebrando em estilhaços brancos como vidro esmagado nas pedras. Viam-se linhas e vincos nas pedras. Viam-se claramente as janelas; um salpico de branco numa delas, um pequeno tufo de verde na pedra. Um homem saíra, olhou-os por um binóculo e entrou de novo. Então era assim, pensou James, o Farol que fora visto do outro lado da baía nesses anos todos; era uma torre reta numa pedra nua. Aquilo o satisfez. Confirmou algum obscuro sentimento seu sobre seu próprio caráter. As senhoras de idade, pensou, pensando no jardim em casa, continuavam arrastando suas cadeiras pelo gramado. A velha sra. Beckwith, por exemplo, estava sempre dizendo que beleza, que encanto, como deviam ter orgulho, como deviam ser felizes, mas na verdade pensou James, olhando o Farol lá em cima de sua pedra, é assim que é. Olhou o pai lendo ardorosamente com as pernas muito enrodilhadas. Ambos partilhavam aquele conhecimento. "Avançamos enfrentando uma borrasca – haveremos de naufragar", começou a dizer a si mesmo, a meia voz exatamente como dizia o pai.

Parecia que ninguém falava nada fazia séculos. Cam estava cansada de olhar o mar. Pedacinhos de cortiça preta passaram flutuando; os peixes estavam mortos no fundo do barco. Seu pai ainda lia, e James olhava para ele e ela olhava para ele, e os dois prometeram que combateriam a tirania até a morte, e ele continuava a ler totalmente inconsciente do que pensavam. Era assim que ele escapava, pensou ela. Sim, com sua testa grande, o nariz grande, segurando firmemente seu livrinho sarapintado diante de si, ele escapava. Podia-se tentar agarrá-lo, mas, como um pássaro, ele abria as asas e esvoaçava até se pôr fora do alcance em algum lugar distante em algum desolado toco de árvore. Ela fitou a imensa extensão do mar. A ilha ficara tão pequena que quase nem parecia mais uma folha. Parecia o alto de uma pedra que algum vagalhão iria cobrir. E no entanto em sua fragilidade havia todas aquelas trilhas, aqueles terraços, aqueles quartos – todas aquelas coisas inumeráveis. Mas tal como, logo antes de dormir, as coisas se simplificam e apenas um detalhe de toda aquela miríade de detalhes tem o poder de se afirmar, assim também, sentiu olhando sonolenta para a ilha, todas aquelas trilhas, terraços e quartos estavam se apagando e desaparecendo, e nada lhe restou na mente além de um turíbulo azul claro balançando ritmicamente de um lado a outro. Era um jardim suspenso; era um vale, cheio de pássaros, flores e antílopes... Estava adormecendo.

– Agora vamos – disse o sr. Ramsay, fechando o livro de repente.

Ir aonde? A que extraordinária aventura? Despertou num salto. Desembarcar em algum lugar, escalar algum lugar? Aonde ele os levava? Pois depois de seu imenso silêncio as palavras lhes causaram um sobressalto. Mas era absurdo. Ele estava com fome, disse. Era hora do lanche. Além disso, olhem, disse. Lá está o Farol. "Estamos quase lá."

– Ele está indo muito bem – disse Macalister, elogiando James. – Está mantendo o barco bem firme.

Mas seu pai nunca o elogiava, pensou James soturno.

O sr. Ramsay abriu o embrulho e distribuiu os sanduíches entre eles. Agora estava feliz, comendo pão com queijo com esses pescadores. Bem que gostaria de morar numa cabana e ficar vadiando pelo porto escarrando com os outros velhos, pensou James, observando-o enquanto cortava seu pedaço de queijo em fatias amarelas finas com seu canivete.

Está certo, é isso, Cam continuou a sentir enquanto descascava seu ovo cozido. Agora sentia o mesmo que sentia no gabinete quando os velhos estavam lendo *The Times*. Agora posso ficar pensando no que quiser e não vou cair de um precipício nem me afogar, pois aqui está ele, de olho em mim, pensou ela.

Ao mesmo tempo estavam passando tão velozes pelas pedras que ficava muito emocionante – era como se fizessem duas coisas ao mesmo tempo; estavam comendo o lanche aqui ao sol e também estavam procurando segurança num grande temporal após um naufrágio. A água ia durar? A comida ia durar?, perguntava-se contando uma história a si mesma mas sabendo ao mesmo tempo qual era a verdade.

Para eles logo acabaria, dizia o sr. Ramsay ao velho Macalister; mas os filhos deles iam ver algumas coisas estranhas. Macalister disse que tinha feito setenta e cinco anos em março passado; o sr. Ramsay estava com setenta e um. Macalister disse que nunca tinha precisado de médico; nunca perdera nenhum dente. E é assim que eu gostaria que meus filhos vivessem – Cam tinha certeza de que era isso que seu pai estava pensando, pois ele a deteve quando estava para jogar um sanduíche no mar e lhe disse, como se pensasse nos pescadores e na vida que levavam, que se ela não queria mais devia guardar de volta no embrulho. Não devia desperdiçar. Disse isso com tanta sensatez, como se conhecesse tão bem as coisas que aconteciam no mundo, que ela o guardou imediatamente, e então ele lhe deu, de seu próprio embrulho, um pedaço de pão de mel, como se fosse um grande fidalgo espanhol, pensou ela, oferecendo uma flor a uma donzela à janela (tanta cortesia havia em seus modos). Mas ele era simples e de aparência surrada, comendo pão com queijo; e no entanto estava a conduzi-los numa grande expedição na qual, até onde ela sabia, iriam se afogar.

– Foi ali que o navio afundou – de repente disse o filho de Macalister.

– Três homens se afogaram aqui onde estamos agora – disse o velho.

Vira-os com seus próprios olhos agarrados ao mastro. E o sr. Ramsay, dando uma olhada no local, estava prestes, receavam James e Cam, a prorromper:

Mas eu em águas mais revoltas

e se o fizesse não iriam aguentar; soltariam um grito estridente; não iriam suportar outra explosão da paixão que fervia dentro dele; mas para a surpresa de ambos a única coisa que disse foi "Ah" como se pensasse consigo mesmo, Mas por que criar tanto caso por causa disso? Claro que homens se afogam numa tempestade, mas é algo plenamente natural, e as profundezas do mar (espalhou os farelos do papel de seu sanduíche sobre elas) afinal não passam de água. Então tendo acendido o cachimbo tirou o relógio. Olhou atentamente; fazia, talvez, algum cálculo matemático. Por fim disse, triunfante:

– Muito bem!

James havia pilotado como um marinheiro nato.

Aí está! pensou Cam dirigindo-se em silêncio a James. Finalmente conseguiu. Pois ela sabia que era isso o que James vinha querendo, e sabia que agora que conseguira ele estava tão satisfeito que não olharia para ela, para o pai, para ninguém. Lá ficou sentado com a mão no leme muito empertigado, com um ar bastante enfarado e franzindo levemente o cenho. Estava tão satisfeito que não ia deixar ninguém lhe tirar um pingo de sua satisfação. O pai o elogiara. Deviam pensar que se mantinha em absoluta indiferença. Mas agora você conseguiu, pensou Cam.

Tinham virado de bordo e estavam avançando com rapidez e vivacidade em longas vagas ondulantes que os jogavam de uma para a outra numa animação e numa cadência extraordinária ao lado do arrecife. À esquerda uma fileira de pedras transparecia marrom na água que se fazia mais fina e mais verde e numa só delas, mais alta, uma onda quebrava sem cessar e espirrava uma pequena coluna de gotas que caíam em chuva. Podiam ouvir o bater da água, o tamborilar das gotas caindo, uma espécie de som sibilante das ondas que rolavam, cabriolavam e batiam nas pedras como se fossem criaturas selvagens totalmente livres que davam saltos e cambalhotas e brincavam assim por todo o sempre.

Agora podiam ver dois homens no Farol, observando-os e preparando-se para recebê-los.

O sr. Ramsay abotoou o casaco e enrolou a barra das calças. Pegou o pacote grande de papel pardo, mal embrulhado, que Nancy havia preparado e ficou sentado com ele no colo. Assim totalmente preparado para desembarcar ficou olhando a ilha a suas costas. Com seus olhos presbíteros talvez conseguisse enxergar com toda a clareza a forma minguada de uma folha em pé numa travessa dourada. O que ele conseguia ver?, indagou-se Cam. Para ela era apenas um borrão. O que ele estava pensando agora?, indagou-se. O que ele buscava, com tanta determinação, tanta atenção, tanto silêncio? Observaram-no, os dois, sentado com a cabeça descoberta com seu embrulho no colo fitando fixo a frágil forma azul que parecia o vapor de alguma coisa que se consumira em cinzas. O que o senhor quer?, ambos queriam perguntar. Ambos queriam dizer, Peça-nos qualquer coisa e lhe daremos. Mas ele não lhes pediu nada. Ficou sentado a olhar a ilha e podia estar pensando, Perecemos, sozinhos, ou podia estar pensando, Alcancei. Encontrei, mas não disse nada.

Então pôs o chapéu.

– Tragam aqueles embrulhos – disse indicando com a cabeça as coisas que Nancy lhes preparara para levarem ao Farol. – Os embrulhos para os homens do Farol – disse.

Ergueu-se e ficou de pé na proa do barco, muito alto e aprumado, diante do mundo, pensou James, como se estivesse dizendo: "Deus não existe", e Cam pensou, como se estivesse saltando no espaço, e ambos se ergueram para segui-lo enquanto saltava, ágil como um rapaz, segurando o embrulho, para o cimo da pedra.

XIV

— Ele deve ter alcançado – disse Lily Briscoe em voz alta, sentindo-se de súbito totalmente esgotada. Pois o Farol se tornara quase invisível, dissolvera-se numa névoa azul, e o esforço de olhá-lo e o esforço de pensar nele chegando lá, que pareciam ambos um esforço só, haviam-lhe distendido ao máximo o corpo e a mente. Ah, mas estava aliviada. O que quisera lhe dar, fosse o que fosse, ao deixá-la esta manhã, finalmente conseguira dar.

– Chegou – disse em voz alta. – Está terminado.

Então, surgindo de surpresa, bufando de leve, o velho sr. Carmichael se pôs a seu lado, parecendo uma velha divindade pagã, desgrenhada, com algas nos cabelos e o tridente (era apenas um romance francês) na mão. Pôs-se a seu lado no final do gramado, oscilando um pouco o corpanzil, e disse sombreando os olhos com a mão:

– Devem ter chegado – e ela sentiu que estava certa. Não tinham precisado falar. Estiveram pensando as mesmas coisas e ele lhe respondera sem que lhe tivesse perguntado nada. Ele estava lá de pé estendendo as mãos sobre toda a fraqueza e o sofrimento da humanidade; estava examinando tolerante e compassivo, pensou ela, o destino final de todos eles. Agora ele coroava a ocasião, pensou ela, naquele instante em que lhe caía a mão, como se o visse deixar cair de sua grande altura uma coroa de violetas e asfódelos que, adejando lentamente, por fim pousou na terra.

Como se alguma coisa ali a chamasse, voltou depressa à tela. Ali estava – seu quadro. Sim, com todos os seus verdes e azuis, suas linhas transversais e verticais, sua tentativa de chegar a alguma coisa. Ficaria pendurado no sótão, pensou; seria destruído. Mas que importância tinha?, perguntou a si mesma, retomando o pincel. Olhou os degraus: estavam vazios; olhou a tela: estava borrada. Com uma intensidade súbita, como se a visse claramente por um segundo, traçou uma linha ali, no centro. Estava pronto; estava terminado. Sim, pensou, depondo o pincel com extrema fadiga, obtive minha visão.

Sobre a autora

Adeline Virginia Stephen nasceu em 25 de janeiro de 1882, em Londres. Filha de Sir Leslie Stephen, historiador, crítico e editor, e de sua segunda esposa, Julia Prinsep Stephen, notável pela renomada beleza, teve contato com o mundo literário desde cedo. Aos vinte anos já era uma crítica literária experiente e em 1905 passou a escrever regularmente para o *The Times Literary Supplement.* Foi nas reuniões do célebre grupo de Bloomsbury – como veio a ser chamado o círculo de vanguarda intelectual que reunia escritores e artistas, desde 1904, em Londres –, que conheceu seu futuro marido, o crítico e escritor Leonard Woolf. Com ele fundou a Hogarth Press, em 1917, responsável pela publicação de autores como T. S. Eliot, Katherine Mansfield, Máximo Gorki, além da obra completa de Sigmund Freud. Seus primeiros trabalhos incluem os romances *A viagem* (1915), *Noite e dia* (1919), *O quarto de Jacob* (1922), *Mrs. Dalloway* (1925; L&PM, 2012) – livro que inovou ao apresentar uma trama não linear que se desenvolve dentro e fora da mente das personagens –, *Ao farol* (1927; L&PM, 2013) e *Orlando* (1928). As duas primeiras obras de ficção prepararam o terreno para *O quarto de Jacob* e para os outros que vieram depois: nestes é que a escritora reinventou a narrativa ficcional moderna, obtendo sucesso de público e reconhecimento da crítica. No início da década de 30, publicou o romance *As ondas* (1931), sua experiência literária mais radical. Este experimentalismo extenuou a autora, que encontrou divertimento relaxante na escrita de *Flush* (1933; L&PM, 2003), livro contado a partir do ponto de vista de um cão. Neste período, Virginia já apresentava um histórico de saúde mental frágil, que culminaria no seu suicídio em 1941, que foi precedido por uma série de colapsos nervosos: primeiro, com a morte da mãe, em 1895; depois, com o falecimento do pai, em 1904; e novamente logo após o seu casamento com Leonard.

L&PM CLÁSSICOS MODERNOS

Antologia poética – Anna Akhmátova

Dublinenses – James Joyce

Ao farol – Virginia Woolf

O futuro de uma ilusão seguido de *O mal-estar na cultura* – Sigmund Freud

Misto-quente – Charles Bukowski

Nada de novo no front – Erich Maria Remarque

Os subterrâneos – Jack Kerouac

IMPRESSÃO:

PALLOTTI
GRÁFICA

Santa Maria - RS | Fone: (55) 3220.4500
www.graficapallotti.com.br